警察三个半

三个半

初日春
米可
著

中信出版集团｜北京

图书在版编目（CIP）数据

警察三个半 / 初曰春, 米可著. -- 北京 : 中信出
版社, 2022.1
ISBN 978-7-5217-3372-3

Ⅰ.①警… Ⅱ.①初…②米… Ⅲ.①长篇小说—中
国—当代 Ⅳ.①I247.5

中国版本图书馆CIP数据核字(2021)第144788号

警察三个半

著　　者：初曰春　米　可
出版发行：中信出版集团股份有限公司
　　　　　（北京市朝阳区惠新东街甲4号富盛大厦2座　邮编　100029）
承 印 者：北京诚信伟业印刷有限公司

开　　本：880mm×1230mm　1/32　　印　张：8　　字　数：190千字
版　　次：2022年1月第1版　　　　印　次：2022年1月第1次印刷
书　　号：ISBN 978-7-5217-3372-3
定　　价：49.80元

引子

辅警也能转正？

虽然喝了整晚的闷酒，段一飞的脑子却一点也不糊涂。他琢磨着转正政策，回想着那些关于"辅警只算半个警"的戏言，也盘算自己的机会，还有爱情、理想，以及如何报答父母……

男子汉大丈夫，当然应以立业为先。段一飞不愿放过这个机会，可是，年轻的辅警们挤满了这条赛道，有的甚至还早已领先了他几个身位。他能够像父母暗许的那样，"虽无飞，飞必冲天；虽无鸣，鸣必惊人"吗？

必须要把握每一次机会！必须要赚取每一点积分！必须要第一个冲过考评的终点！段一飞只觉得手心发热，身体充满了力量，竟开始小跑起来。

虽是九月过半，"秋老虎"却异常凶猛，湿热从地表无声升腾，在城市灯火的照耀下，形成了一片亦真亦幻的薄雾，笼罩在逼仄的道路上。稀少的路人在这薄雾间无声穿梭，并不能看清模样。

跑了一阵，铃铛声由远及近传了过来。段一飞熟悉这铃声。这是收废品的老王头拴在车把上的铃铛，铃声就是他走街串巷的吆喝。

这个老王头算得上是上半城的"破烂王"，小到废旧报纸可乐瓶，大到空调摩托，甚至是报废汽车，他都能收。前些年因为贪图便宜，收了盗窃的赃物，老王头还被公安处理过，也因此和镇守上半城的副所长张跃进相熟，经常提供些情报线索，帮助破了不少案子。

这样的人如果能帮自己的忙，转正还是难事吗？段一飞快赶了几步，握住老王头的三轮车把，准备从他嘴里套出点有用的线索来。

老王头瞄了一眼道：原来是一飞啊，这是哪儿去啊？

段一飞并不回答，反问道：老人家，这么晚还出来干活啊，车斗里都拉的啥？

老王头眯眼一笑：能有啥，破铜烂铁，都是工地的废料。瞧，这是我的收买记录。说着拿出手机展示付款界面。

一切正常，丝毫找不出蹊跷，段一飞有些卡壳，挠了挠头说：拉着这么一车货，这上坡下坡的，太辛苦了，我帮你骑回去吧。

老王头眨了眨眼，露出心照不宣的神色。他拍了拍段一飞的肩膀，夸赞道：现在年轻人素质就是高。

这一路的确辛苦，再加上老王头的破三轮年久失修，段一飞的大腿经历了一场磨难，几次差点翻了车。好不容易骑到了地方，把车停稳后，段一飞开始偷瞄废品院内的光景。老王头又堵在了他的面前，依旧一脸心照不宣。

我知道你想瞅啥。放心，我现在合法经营，一笔笔都有记录，里面没有违法收来的东西。

段一飞有些失望，但还是绷着脸：我就是想送你回家，你可别想多了。

说完，他转身便走，迈出几步后，老王头突然在他背后说：也不能让你白忙活。我这里倒是有个情况，本想告诉张跃进副所长，或许，你能帮我带个话。

段一飞立刻回到老王头身边，保证说：一定把话带到。

老王头沉吟了片刻，然后说出了自己的一个疑虑。原来他在上半城另一处租了个老房子，平时就住在废品收购站，偶尔才回出租屋过两天。一周前回去取衣服时，就觉得屋子里面发臭，当时并没有太在意，可前天再回去时恶臭就更浓烈了，就像是臭鸡蛋的味道。正犹豫着，一滴黑色的浓汁滴到了地板上，抬头，原来是从天花板上渗下来的。肯定是楼上什么东西烂掉了。老王头上楼敲门，没人应。这时有人打来电话，生意重要，老王头便把恶臭的事情放到了一边。等到今天上午干完活，嗅觉的记忆又回来了。老王头突然想到，楼上住的是对小情侣，也是租户，20岁出头的样子。有一次，男的下楼倒垃圾，结果塑料袋破了，垃圾洒满了楼道，其中还有一个针头……

老王头收住话头，面色凝重地盯着段一飞。

你刚才说是什么味道？段一飞问。

臭鸡蛋，就是那种腐烂的味道。

还有针头？

老王头点了点头。

段一飞觉得脚掌开始发热，迫不及待想冲进老王头租住房间的楼上看一看，但他还是耐着性子，问老王头：为什么不第一时间报警？

楼上楼下的，万一是人家腌咸菜呢？老王头撇撇嘴，再说了，我也是一个前科人员，真要有什么事，我不也算是嫌疑人嘛。

不，真要是有什么事，你就是举报立功人员！段一飞跳起身，问清了老王头出租屋的地址，立刻飞奔过去。

当然，按理说，段一飞应该先向管理警务站的张跃进副所长汇报这一可疑情况，但这个念头一闪而过，便被自己压住了。段一飞现在想的都是辅警转事业编的名额，毕竟上半城警务站只分到了一个名额，龙思文和林心蕊都盯得很紧，哪怕 0.1 分也要你争我抢、锱铢必较。因此，假如出租屋里真发生了谋杀这类重大案件，段一飞还能掌握先手线索，把案子破了，那绝对是立了大功一件！而假如屋里就真的只有一筐臭鸡蛋，老王头见到的那个针头没准也能揪出一对瘾君子。

几分钟后，段一飞来到老王头出租屋的楼下，那股子恶臭随即也飘进了他的鼻孔。按照外墙上留下的租房电话号码，段一飞联系到房东，把他也喊了过来。房东大概是没想到自己的出租屋会出问题，也神色紧张，钥匙几次都没捅进锁孔内，还是段一飞强忍着恶心，替房东开了门。推开门，是一个略显空荡的客厅，角落里堆积着十几个饮料瓶。段一飞不想破坏可能提供线索的足印，便沿着墙脚走，余光扫过厨房和卫生间，也没有发现明显的异样。随后，段一飞来到了卧室那扇虚掩着的门前，极度的恶臭正是从卧室里传出来的。他用脚尖顶开门，眼睛对焦，大脑分析，得出结论，接着，便是一阵难以克制的呕吐感，逼着段一飞冲回到楼道口，哇啦地吐了出来。

胃是清空了，但泪腺还是难以抑制刺激，泪水蒙住了段一飞的双眼。勉强打电话向张跃进说清情况后，段一飞便蹲在了楼道口，一边像门神似的守在那里，一边回想起自己和辅警小伙伴们在上半城警务站坚守的日日夜夜。

他不禁有些怀疑，这样争抢功劳的行为是不是不够仗义……

第一章

01

尽管男友信哥说好了要陪自己到天水街派出所报到，但打心底，林心蕊对这个讨过来的承诺只相信一半。毕竟期望越大，失望也就越大。

这是林心蕊在清湾区的第81天，也是她第一次看到大海后的第81天。在此之前，她和信哥一直生活在一座距海几千公里远的内陆城市。从初中、高中一直到大学，她的日子过得波澜不惊，幸福仿佛唾手可得。

没想到，大学毕业前，信哥突然掏出手机，打开高德地图，一倍倍放大后，指着一处蓝色的海湾说：我们去这里生活吧。

信哥的声音中充满了不可置疑的憧憬，而具有天生讨好型人格的林心蕊也假装热忱地点了点头。

从长途汽车到绿皮火车，再转乘复兴号高铁，林心蕊面前的世界被一点点放大，但她内心的"领土"却在一寸寸缩小。这是一个拥挤的城市，拥挤到你必须抓住点什么，否则就挤不进早高峰的地铁。这是信哥的原话，是他在收到公务员录取通知时对林心蕊说的，一点也没有顾及林心蕊公考落榜的失落，但林心蕊依旧假装欣喜地点了点头。

林心蕊只得退而求其次，报名参加清湾分局面向社会的辅警考试，最终笔试面试总成绩高居第一。不管怎么说，这也是件值得夸耀的事情，清早来报到时，她还特意发了一条朋友圈：九九八十一天，新生活开始啦！附上的照片里，是一对可爱的泰迪熊。林心蕊满心希望信哥能给自己点个赞，但公交车都驶出三站地了，也没有收到对方的任何消息，反倒是妈妈给她留下了五个字：快点死回来！林心蕊心里一颤，险些把手机掉到地上。

吵闹声从车子前部传来，一位大爷正抓着把手，训斥身边座位上的一个"杀马特"，那嘴巴像机关枪似的，密集的火力压得那个顶着五颜六色头发的脑袋抬不起来。大爷的年龄其实不大，"杀马特"坐的也不是爱心专座，但大爷似乎训人有瘾，嘴巴刹不住闸。又过了一站地，大爷刚开始说起孔融让梨的典故，"杀马特"终于按捺不住，从座位上弹射起来，一拳就揍在大爷的下巴上。大爷"哦呵"一声，四仰八叉地躺倒在地，伸出手刚想骂人，"杀马特"亮出一把弹簧刀，大爷很识相地闭了嘴。

面对这两位不受待见的主儿，车上没有一个人上前劝解，也没有一个人拨打报警电话。即将成为辅警的林心蕊下意识地握紧手机，手心潮出了汗。公交车也在此时到了站，"杀马特"挤到后门，目光交错的瞬间，他狠狠瞪了林心蕊一眼，林心蕊有些慌张地把手机揣进兜里。

门开了，"杀马特"跳下了车。潮热从手心涌上了林心蕊的脖颈，她不禁暗忖：胆小鬼也能够在公安局里工作吗？

林心蕊终究还是来到了天水街派出所，抬眼看到的，是接警大厅里一个穿着制服的老同志在和一个光头警察闲聊。光头警察开着玩笑，但语气有几分客气。

林心蕊鼓起勇气，来到老同志面前道：领导，我是来报到的。

对方一愣，和光头警察一起哈哈大笑，林心蕊的脸也随着笑声涨红起来。老同志连连摆手说，我不是什么领导，我也是来报到的。说着，又指着光头警察道：这才是领导，是张跃进副所长，管着上半城的警务站。

张跃进笑着点头，上上下下打量着林心蕊，瞧得她心里有些发毛。

老同志自我介绍说：我叫杜玉好，也是这批招录进来的辅警，你叫我好哥就行。

林心蕊嗫嚅了声"好哥"，定睛看着他身上的制服。

杜玉好笑道：我是二进宫了，之前在天水街派出所干过几年联防队员，干得不怎么样，就没脸在派出所混下去，但这身衣服我还留着。你瞧，我这衣服没有警号，也没有肩章和臂章。

光头张跃进补充道：好哥太低调了吧，那会儿你可是功勋卓著啊，由你来带这批新招的辅警，绝对能让小汪所长轻省许多。

杜玉好摇摇头：也就剩下点经验了。

说话间，接警大厅外传来一阵嘈杂，林心蕊抬头瞥了一眼，心往下沉，竟然是那个"杀马特"来了，只不过从他肿起的眼泡来看，先前的那股子嚣张劲儿早已不见踪影。他身后的小伙子抬脚踹到"杀马特"的屁股上，后者直接扑倒在杜玉好的怀里。

还没等对方开口，小伙子上前一步，立正，敬礼，把刀递给杜玉好：路上撞见这家伙带着弹簧刀，我怀疑是想抢劫，顺手把他薅过来了。领导，按说我也算是辅警了，可以考虑给我个表彰啊。

张跃进又笑了，他瞅着颇有领导气派的杜玉好：得建议小汪所长让你负责信访接待，绝对能把那些难缠户给唬住。

杜玉好笑笑：别开涮，我就是一打杂的临时工。

看到小伙子不解，杜玉好只得再次解释了一遍自己的身份。末了，他问小伙子：你叫什么名字？

小伙子的军姿这才放松下来，语气也更加轻松：我叫段一飞，今年 23 岁。

你刚从上半城的水产市场过来？杜玉好问道。

你怎么知道？段一飞一惊，随即反应过来，你是嗅到我身上的海腥味了吧？

张跃进称赞：一老一小，都挺机灵。

我在水产市场还捡了一个人，他慢我几步。段一飞话音刚落，一个背着三床被褥、被褥上还压了两个洗脸盆的少年出现在接警大厅门口。捆扎被褥的绳子即将脱落，包袱看起来也已经到了崩溃的边缘。

段一飞兀自介绍：袁锵锵，刚收的小迷弟，今年 20 岁，也是这批招的辅警。我是在大排档吃饭时遇到的他。

袁锵锵露出羞涩的笑，光头警察已经招呼着杜玉好，一起押着"杀马特"穿过大厅门禁去往办案区。

02

大家还没来得及寒暄，张跃进又打开门禁，喊大家到院子里集合。这时候，从接警大厅西侧的景泰蓝花瓶旁，走来五个穿军绿色 T 恤的年轻男子。

段一飞很自然地联想到，这五人是此次专门面向本年度退伍军人招收的辅警。此前，段一飞也是部队中的一员，不过比他们早退伍，已经在社会上闯荡了一年多，所以只能参加面向社会的辅警招录。

看到五个年轻人原地踏步，等待跨过门禁的那一瞬，他的心还是被某种情绪击中了。已经多久没有踢过正步，没有出早操和急行军了呢？当兵那会儿的血性还剩下多少？段一飞的思绪有点儿飘。

来到院子后，那五人昂首挺胸、目不转睛，始终体现出良好的纪律性。反观其他三人，则横七竖八地站着，像是一堆乱树枝：杜玉好的整个身子都是蜷缩着的；林心蕊倒是想站直，但内心的不自信让眼睛四下乱瞟；袁锵锵则依旧扛着那三床厚被子，努力不让自己散架。段一飞也跟着松懈下来，颠着腿脚，嘴里哼起了小曲儿，前排打头的退伍兵回过头，满脸不屑。

段一飞没好气地嚷嚷：军姿，说你呢，注意军姿！

对呀，你的军姿呢？你不也是退伍兵吗？随张跃进一同出现的所长汪海洋点了段一飞的名字，然后气鼓鼓地向教导员陈晨低头耳语。

段一飞偷偷打量两位所领导，所长只有30岁出头，肩头挂着两杠二，不怒自威；教导员挂着两杠三，50岁左右，笑呵呵的，像是邻家大婶儿。他喜的是所长对自己挺重视，已经看过了自己的履历；忧的是第一眼就给人家留下了不好的印象，莫非他俩正在议论自己？

正琢磨着，汪海洋把队伍甩给陈晨：这儿就交给你了，我到分局开个会，还是那个新型毒品的摸排。

说完，他便跳上了警车，派出所大门随即打开，只见一辆红色敞篷法拉利正好堵在门口。车头对车头，谁都前进不得。汪海洋还以为是来办事的群众，便耐着性子先倒回院内，等法拉利轰隆隆地开进来后，才加速离开派出所。

法拉利上面下来的是一个20岁出头的青年，他径直走向陈晨，语气不算恭敬，但也谈不上轻薄：你是所长？

陈晨一怔，然后明白过来：你是那个龙……龙思文？

龙思文一愣，然后笑得合不拢嘴：还好你没喊错我的名字。

陈晨冷冰冰地下令：入列！

龙思文像是检阅队伍一般，扫视了一圈院内的众人，磨磨蹭蹭地挪进了队伍当中。

陈晨清了清嗓子，说：欢迎加入天水街派出所，这次招聘辅警是为了成立两支小队，分别进驻天水街派出所的上半城和下半城警务站，协助民警做好社区警务工作。我看了一下各位的履历，家庭不同、学历不同、特长不同，但有一点是相同的，大家都非常优秀。因为咱们公安工作有自身的特殊性，为了便于日后开展工作，你们将会到分局战训基地，参加为期两周的体能、战术及公安业务集训。希望大家能够发扬艰苦奋斗、奋勇争先的精神，以优异的成绩迈出从警生涯的第一步。

龙思文举起了手：是从事辅警生涯的第一步。

陈晨一怔，两秒钟没说出话来。段一飞也了一眼身边这个刺头——说实话，他还挺擅长治刺头的。许是感受到了段一飞的目光，龙思文动了动腮帮，挤出一个鄙夷的笑容。

陈晨定了定神，缓缓道：对于辅警的身份，你们肯定了解过，知道它和正式民警的区别。龙思文说得对，这或许不是你们从警生涯的第一步，但不能自贬身份，觉得辅警只是半个警察，因此也放松了自我要求，而是要树立这是通向理想生活的跳板的理念。你们当中大多数都很年轻，辅警工作很可能是日后一切成功的开始。我希望你们能够珍惜这段时光，当某一天你们功成名就，回看过去时，可以骄傲地宣布，我的逆袭之路，是从穿上辅警制服的那一天开始的。听明白了吗？

听明白了，众人高声应答。

陈晨提高了音量：拿出点年轻人的朝气，听明白了吗?

听明白了! 众人吼出了气势，只有龙思文在那里嘀咕：好一锅大婶鸡汤，真难消化。

战训基地毗邻清湾，出了后门，便可直达海滩。林心蕊的宿舍更可谓"海景房"，睁开眼睛，海就在眼前；闭上眼，海浪还在拍打她的耳膜。

记得刚来这座城市的第一天，下了火车，信哥便拉着她直奔海滩，对着那层层涌起的浪花振臂高呼，仿佛在宣布，自己的到来意味着对整个世界的征服。此后，林心蕊再也没有来过海边。她多么希望信哥能抽出点时间，再带她来转一转，她喜欢那种被拥在怀中，感受深爱之人心跳的感觉。

哨声响了，又是一天训练的开始。林心蕊再次环顾房间，被子已近乎"豆腐块"，地上也是纤尘不染，毛巾鞋子都各就各位，内务卫生量化考核的成绩虽然比不上那几个退伍士兵，但应该也不会太差，肯定还有龙思文在后面垫底呢。想到这儿，她暗吁一口气。

辅警初任培训为期两周，教官是来自市特警支队的老民警，叫胡峰。这个胡峰乍一看佛系得很，培训第一天便告诉大家：我只讲结果，不看过程。大家分成两组，自我管理好，我呢，结业时考核一下，任务便算完成。

那五名退伍士兵自然又站成了一排，是第一组，剩下的人自动组成了第二组。看着身边的散兵游勇，被推选为组长的段一飞倒吸一口冷气。

03

杜玉好年龄最大，又干过联防队员，说话自然有分量，但语气却谦卑得近乎低声下气：咱们的考核分为两个部分，段一飞之前在部队待过，警务技战术和体能测试就由他来负责；林心蕊是咱们五个人里文凭最高的，理论和业务学习就由她来辅导大家吧。大家有什么意见吗？

另外四个人面面相觑，袁锵锵举起了手：我来给大家提供后勤服务，大家要是嘴馋了，就到我房间里，我那儿有好多好吃的。

大家笑了一阵，杜玉好便对段一飞说：你先给大家整队吧！

段一飞本不想当这个教官，但他又是极具集体荣誉感的人，这种荣誉感催促着他走到队伍前面，举起右拳，下达口令：按我举拳的方向，由高到矮站成一排，林心蕊站在队尾。

一阵混乱后，杜玉好、袁锵锵、林心蕊一列排开，只有龙思文像是神游一般地吊在队尾，嘴里嘀咕着：有必要吗？

段一飞不由得有些火：龙思文，你个儿高，得站到排头。

龙思文也有些没好气地回道：我觉得你挺想出风头的，我把那位置留给你了。

段一飞压着火：明白了，你长得最帅，当然要鹤立鸡群了。

一个辅警半个警，五个辅警，只不过是警察两个半，有什么可出风头的？

龙思文的话让大家有些不是滋味，段一飞没有搭理他，绷起了脸：这是标准的跑道路，12圈半，5公里，向右转，跑步走！

袁锵锵暗自叫苦不迭，林心蕊心里也是一咯噔，但杜玉好已经带头迈开步子，大家便都跑了起来。只有龙思文依然插着兜，脸上讥笑的表情像是在瞧马戏团里小丑的拙劣表演。

400 米一圈跑完，队伍回到了龙思文身边。段一飞吼着"一二三四"，其他三个组员也上气不接下气地跟着他喊了起来。

半小时后，大家跑完 12 圈，丢盔卸甲似的再次经过龙思文身边时，段一飞突然喊道：我们是一个集体，龙思文不跑步，他的 5 公里就得由我们分摊，我们每人都得再多跑 1.25 公里，继续！

一声"继续"，唤得袁锵锵连连叫苦，杜玉好也直摆手说年龄大跑不动了，只有落在最后面的林心蕊没有吭声。

就这样，空荡荡的跑道上，四个人跑，一个人看。当大家跟跟跄跄地摔过终点线后，袁锵锵举起胳膊，大口喘着粗气：我的妈呀，得补补，得好好补补！你们晚上想吃蒜蓉小龙虾，还是麻辣小龙虾？

解散后，龙思文便一头扎回了宿舍，仿佛这样便可以排除其他的干扰和杂音。

龙思文的父亲叫龙力，是清湾区有名的地产大佬，从小到大对儿子的管教都相当宽松，近似于散养，不问考试成绩，全凭孩子的兴趣爱好，美其名曰全面素质教育，但真正的原因是他正忙着"抢钱"，无暇他顾。他认为有了钱就有了一切，等回过头关注儿子的时候，却为时已晚。

如果说生命是一场探索，在于不断发现新的意义，那么对于 24 岁的龙思文来说，那些曾经让他沉迷的嗜好已渐渐失去风味，而更值得努力和奋斗的事情却还没有出现。何况，他无意中发现，所谓的挑战即便是出现了，对于出身富贵的自己来说也不算什么。成功触手可及，无须太多努力。

慢慢地，虚无感开始在他年轻的心中发酵，他逐步远离了那些富二代朋友。是的，他很讨厌被人贴上"富二代"这个标签。仿佛富二代就等于挥霍生命、为富不仁，活得像体格庞大的寄生虫。他试图去抗争，想做点什么事情来证明自己，但世界上的一切又仿佛都近在手边，目标之间的区别只在于金钱价值。后来被骂久了，龙思文也就习惯了，开始麻木起来。

龙力忙于生意应酬，父子两人平日很少交流，关系不尴不尬。一个月前，龙力非常罕见地把龙思文喊到了办公室，向他提供了一个集团下属分公司副总经理的职位。龙思文摇了摇头，他对所有被动塞给自己的事物都有着本能的反感。

父亲紧追不舍：你到底想干什么？

龙思文还是摇头，一副向生活妥协的丧气样。龙力无奈地说，要么到国外留学吧。

龙思文终于开腔了：要去你去，我不想当海里的乌龟。

龙力彻底恼了：你这也不干，那也不干，趁早别在家里待着，我眼不见心不烦。

没想到的是，龙思文真的失联了。准备报警寻人时，清湾分局的崔副局长却打来电话，语气里颇有些不明就里的无奈，说是龙思文居然报考了辅警，莫不是龙老板派来体验生活的吧？龙力也是一愣，但转念一想，儿子反正对什么都提不起兴趣，能进入公安队伍历练一下总比无所事事强。于是他便请崔副局长一定一碗水端平，不要对儿子有什么特殊照顾。

可真正等到龙思文通过辅警招录考试后，龙力又有些动摇，怕儿子出警时遇到危险，万一伤了残了可就没有后悔药吃了。于是，龙力又通过妻子，拐弯抹角地暗示龙思文：若是碰到不顺心的事儿，随时可以辞职。

04

对于段一飞来说，5公里长跑算不上什么，但在小组其他成员眼中，那就是超负荷的剧烈运动了。

晚餐以后，袁锵锵订的小龙虾准时送达，一同到货的还有两大扎鲜啤。袁锵锵把大伙儿招呼到自己房间，就连龙思文也被他生拉硬拽了过去。

袁锵锵举起酒杯：敬二组！

大家也都纷纷碰杯，只有龙思文埋头喝酒，一点儿也不理会对面段一飞鄙视的眼神。

三杯酒下肚，杜玉好慢声细语地说，这次培训结束后，一组和二组会有一个团体比赛，到时候会决出一支优胜队伍，代表天水街派出所参加清湾分局的辅警大比武。

袁锵锵把杯子放下问：好哥，这消息从哪儿来的？

杜玉好说，傻孩子，我原来干过联防队员，局里辅警大队的人我都熟。

段一飞眼睛瞟向龙思文，暗想他在比赛中肯定是个拖累，便故意激将：咱就是个陪练，保准会被第一组给干趴下，没办法喽。网上有句话怎么说的来着？对，"不怕神一样的对手，就怕猪一样的队友"。

一直没吭声的龙思文笑了，正中段一飞下怀。段一飞问：你笑什么？

龙思文答：我知道你想出风头，但出风头有什么意义呢？

小龙，你少说两句，杜玉好的脸绷了起来。

段一飞接过他的话：是啊，你这种人已经领先我们普通人一大截了，自然觉得比赛无所谓。

龙思文哼了一声，显出一副不屑回答的模样。袁锵锵赶忙举起筷子缓和气氛：吃虾！吃虾！

段一飞突然吼道：锵锵，别怂恿我揍人啊。

袁锵锵委屈巴巴地说：我没怂恿你啊。

段一飞又转向林心蕊：还姓龙呢，不如改姓虫吧。

林心蕊紧张得说不出话来。杜玉好刚要当和事佬，段一飞又把他的嘴堵上了：好哥，富家子弟可不懂咱们劳动人民的辛苦。

龙思文本打定主意，不和段一飞一般见识，但他一遍遍的反讽和刺激，像是鞭子一样，不停抽在自己的身上，把火气直抽上脑门。克制不住的龙思文终于踢翻了桌子，却被段一飞一把抓住。两人随即扑倒在地，开始厮打，其他三人则手忙脚乱地拉架。喧闹的声音传到了隔壁一组的宿舍，有人过来探了个脑袋，然后给教官胡峰打了电话。

看到教官，段一飞弹起来，笔直地立正，然后敬了个礼。胡峰的关注点不在打架，而是一桌的酒菜。

胡峰厉声问：量化考核第三条是怎么规定的？

段一飞答：参训期间，严禁饮酒！

胡峰抬高了嗓门：是谁干的？

大家面面相觑，没有人吭声。龙思文从地上爬起来，抹了一把脸，大大咧咧地说：酒是我从家带的，小龙虾是我叫外卖送来的。

胡峰点头说：行啊，很好！既然你们这么有劲头，组织酒局的龙思文出去跑 10 公里，其他人各跑 5 公里，现在，快！

龙思文没有申辩，自顾自出了门，其他人互相瞅瞅，也都跟着跑去了操场。月光下，一行人没有整齐的号子，也没有彼此鼓劲，他们只是低着头，默默忍受着肌肉的酸痛、心中的不平以及互相的埋怨。转眼间，这群刚刚还在共同举杯的人彼此互不搭理，拉成了一条线。段一飞、袁锵锵、林心蕊先后完成了 5 公里的长跑，杜玉好的最后 1 公里几乎是走下来的，还好胡峰教官没有计较。

段一飞穿上外套，准备回宿舍，却发现其他三人没有离开的意思。林心蕊指着龙思文说：他还没跑完呢。

段一飞瞅了一眼跑道：他？算了吧。

袁锵锵小声提醒说，好歹他也是代我受过。

跑到第 23 圈时，龙思文的小腿抽了筋，整个人摔在了跑道上。除了段一飞，其他人都一拥而上，胡峰也有些于心不忍：算了吧，回去休息。

龙思文像是没有听到教官的话，咬着牙爬起来，开始一步一颠地向前挪。众人劝说不动，便在他后面随行保护，终于陪他艰难地走完了最后 800 米。

谁都没想到，在终点处，龙思文居然笑嘻嘻地对段一飞说：我把白天欠大家的 5 公里都还上了。

当晚，龙思文难以入睡，小腿肌肉的疼痛也撕扯着他的神经，让他反复在脑海里回放最后那 800 米的历程。是倔强还是任性？或许都有那么一点，或许都不是。他不打算去寻找答案了，因为他猛然发现，在月光下踽踽独行，竟让自己体会到了一丝久违的快乐。

接下来静养的两天里，龙思文一直没闲着，他捧起《公安机关办理行政案件程序规定》和《公安机关办理刑事案件程序规定》研究起来。这两本书是林心蕊带给他的，哪些是考试重点，林心蕊早就在书里用彩笔做了标注。

送书的时候，林心蕊只站在房间门口，但还是一眼瞥见了电视柜边上打开的鞋盒，里面是一双崭新的绿纹白底篮球鞋。林心蕊闭上眼都能说出这双鞋的型号。她同时心痛地想到了这款鞋子的价格：

8999 元。林心蕊不止一次地想过把这双鞋送给男友信哥当生日礼物，甚至动过贷款的心思。

05

龙思文有洁癖，休养学习之余，他把房间彻底清扫了一遍，在每日内务通报的排名里，一跃到了第二名。杜玉好的脸上浮出由衷的笑，他知道龙思文这匹不羁的小马驹开始沿着正道跑起来了。

的确，杜玉好不止一次地向第二组的组员们强调结业前的那场对决，还提到优胜小组中将推选出一名优秀学员。这就不仅是集体的荣誉了，也事关个人的荣光。段一飞、林心蕊和龙思文都以各自的方式努力着，就连一直迷迷瞪瞪、贪恋美食的袁锵锵也给自己加大了训练量。

胡峰教官虽然置身事外，但心里门儿清：结业前的小组比赛只是为了检验一下训练成果，而全局辅警大比武纯属子虚乌有。不过，他并没有戳穿这些谎言，杜玉好也是在通过这种方式来团结大家伙儿。

比赛前夜，龙思文请来了按摩师，他向教官摆出的理由是为自己的腿伤做康复，实际上却是给全体组员做肌肉按摩，为次日的比赛做足准备。段一飞摆出一脸不屑，袁锵锵和林心蕊也有些不知所措，杜玉好倒是先趴在了床上，他还从来没有享受过这种待遇。

龙思文的好意不只如此，等大家按摩完，回到宿舍时，发现每个人的桌子上都有一双全新的专业跑鞋，就连段一飞也没落下。虽然没有任何说明，但大家都知道龙思文是想让他们跑得更快点。而林心蕊除了女式跑鞋，还收到了一双绿纹白底篮球鞋，正是她想买给信哥的那一款。鞋盒里还有购物小票，方便她随时更换鞋码。

林心蕊百感交集，她感动于龙思文的心细如发，却也不安于这份礼物的厚重。纠结几分钟后，林心蕊抱着鞋盒来到龙思文的宿舍。听到敲门声，龙思文大概猜到了是谁在门外。他不善于当面拒绝他人，便让按摩师助手把林心蕊拦在屋外，说自己已经休息了。林心蕊等了一会儿，不见龙思文出来，便把鞋盒放在门前，返回了宿舍。

　　上午的比赛是法律知识考试，上机操作，现场打分。林心蕊、龙思文和段一飞先后提交答案，得了满分；袁锵锵犯迷糊，少做了一道选择题，得分 98；就连自称记性很差的杜玉好也取得了 96 分。但是，另一组的成员全都得了满分。几个人顿时傻眼，刚刚高涨起来的情绪立刻跌进谷底。

　　下午的比赛是警务技战术，杜玉好、段一飞和林心蕊组成了一个三人出警组。他们接到胡峰下达的指令：有人报警称前方房间内发生争吵，请第二出警组出警解决。三人进入房间后，发现两名男青年衣衫不整、鼻青脸肿，可能出现过互殴情况。他们立刻呈品字形站位，保证视线无死角。随后就是例行的搜身检查和查验身份，一切都很正常，但当两个男青年面对段一飞关于互殴的询问时，却都吞吞吐吐。这样一来，就必须把两人带回警队展开进一步调查。

　　就在一行人准备离开时，杜玉好突然蹲在垃圾桶边小心翻拣，虽然没有收获，但两人的神色明显紧张起来。杜玉好又推开窗子，在空调外挂机上摸了摸，缩回手时，手里多了一包白色粉末。

　　正是凭借这包白色粉末，第二组在警务技战术比赛中拔得头筹。因此，到了最后一项体能考核时，第一组的五个退伍士兵都憋着劲儿，发令枪一响，便甩开腿冲到了前面。

　　赛场没有选择战训基地内的塑胶跑道，而是定在了警校外的海滩边上：5 个来回，正好 5 公里，还必须佩戴 5 公斤的单警装备，取全队总耗时记入比赛最后成绩。平日里段一飞跑步像散步一般轻松，此时却变成了猎豹，只一个来回，便把所有人甩到了身后。此后的 4 公里，他越跑越快，只用不到 18 分钟便跑完了全程。

完赛后，段一飞并没有停下，而是立即折返到袁锵锵身边，瞟了一眼，看小伙子速度还可以，又来到杜玉好的身边，杜玉好摆摆手，表示自己也没问题。段一飞便又跑到林心蕊身边，二话没说就把她的单警装备接了过来，林心蕊的速度立刻有了提升。段一飞领着她跑完了最后一个来回，以 26 分 47 秒的成绩完赛，虽然位列十人中的第九名，却并没有落后排名第八的第一组组员太多。此时赛道上只剩下一瘸一拐的龙思文。

一直犯迷糊的袁锵锵突然反应过来，他对段一飞道，我刚算了第一组的成绩，思文哥必须得在 1 分 27 秒内完赛，我们才能赢。

段一飞心里一咯噔，问道：这小子还差多远？

还差 600 米。

段一飞暗骂了一句，随即如离弦之箭冲到了龙思文身边。

龙思文瞅了段一飞一眼：你想干吗？

段一飞喝道：给我闭嘴。话音未落，便搂住龙思文的大腿，一个翻身，把他扛在了自己的肩膀上。

龙思文还想反抗，段一飞骂道：不想拿第一啦?! 龙思文这下不折腾了，任由段一飞背着自己往前冲。

夕阳西下，海水开始涨潮，整个沙滩沐浴在一片金黄之中。被扛在肩上的龙思文思绪有些飘散，他感到了一种互相依靠的确定和踏实，而越来越响亮的加油声也传入耳中，抬起头，终点就在眼前。龙思文正想也跟着吼一声"加油"，整个身子就飞了出去，原来是段一飞把自己抛过了终点线。而在边上一直计时的袁锵锵也随即跳起来高呼道：赢了! 我们赢了!

事后，胡峰宣布，获胜队员可以优先选择单位。段一飞打小生活在上半城，因此选了上半城警务站；龙思文以为段一飞一定会贪图下半城的繁华，为了避开他，也阴差阳错地选了上半城；至于林心蕊和袁锵锵，因为杜玉好跟定了上半城的张跃进，便也跟着选了上半城。

结果公布后，杜玉好冲张跃进感慨：不是刺头不聚头哇。

张跃进一愣，反问道：你是说咱俩，还是段一飞、龙思文那两个小子？

杜玉好先是摇头，后又点头：辅警只能算半个警，加上你这个副所长，正好是刺头三个半。

张跃进拍了拍杜玉好的肩膀，自信地说：应该说是好警三个半！

第二章

01

张跃进自掏腰包给这批辅警配备了新的餐具，可接到手里两三分钟，龙思文就把碗给摔碎了。

这事儿也怪不得他，刚进餐厅，他就有点眼晕。这哪儿是餐厅啊？就像邻近住户废弃的柴火屋，五六平方米的样子，连转身都困难。局促的空间往往会放大人的某种意识，龙思文觉得哪儿哪儿都在跟自己犯冲。

他耸了耸鼻子，仔细一嗅，闻到的不是饭菜的香味儿，辨别了一阵子，发现异味是从窗户飘进来的。也不知窗外有什么东西，反正是臭烘烘的，影响了兴致，也破坏了食欲。

龙思文原本不想发飙，但好巧不巧，一只老鼠探头探脑地出来了，而且根本不怕人，跟喝醉了酒似的晃到他的脚下。他吓得把碗摔到了地上，一蹦三尺高，脑袋正好撞到了从屋顶悬下来的灯泡上。

老鼠瞬间溜走，林心蕊笑得花枝乱颤。她捂着嘴，勉强止住笑：公子哥儿，没想到你这么怂，让一只米老鼠给吓破了胆。

龙思文不想被人耻笑，反驳说：有什么啊？我只是没有心理准备，我家里养的是什么宠物，说出来吓死你。

林心蕊说：得了吧，你这么怕老鼠，没准养的就是抓老鼠的猫呢。

你想错了，我养的是这个，哧溜哧溜，往你怀里钻。龙思文扭动身子，模仿着蛇的动作，把做饭大妈逗得喘不上气来。

大妈忍不住说：这小子挺逗，刚才要的这两下子，要不是眼神儿好，我能把他当个大姑娘。

林心蕊接过话茬儿，没错，他这是标准的水蛇腰。

坐下吧，刚才蹦那么高，练了头球进门，也该补充点能量了，一直沉默不语的段一飞开腔了。他本想趁着氛围不错幽默一下，谁知龙思文却认为他是在嘲讽自己。

龙思文不情愿地坐下，大妈把饭端上来后，他脸都绿了。主食是大包子，茴香馅儿的，汤是紫菜鸡蛋汤，上面撒了香菜叶——茴香和香菜是他最忌讳的。有几次，他强逼着自己接受这两样食材，结果刚进嘴就吐得一塌糊涂。

就吃这个吗？龙思文问。

张跃进说：老规矩，迎新人就得包包子，团团圆圆，图个吉利。

龙思文吃也不是，走也不是，只好耍起了嘴皮子：规矩得改改了，要适应发展嘛。咱都迈进了新时代，还这么保守。

段一飞嘴里的饭差点喷出来：想吃海参鲍鱼大闸蟹吗？你倒得有那本事啊。

屁大点儿的事儿……话音未落，龙思文捏住了鼻子，埋怨杜玉好，你怎么这样呀？太不讲公德了。

杜玉好丈二和尚摸不着头脑，说我这进了门儿就没吭气，招谁惹谁了。

龙思文指了指他手中的蒜瓣，杜玉好这才反应过来说：这可是好东西。俗话讲，吃肉不吃蒜，营养减一半儿。今儿的包子，茴香只是点缀，内容很扎实，几乎就是纯肉馅儿的。一看你就没买过菜，知道最近猪肉有多贵吗？这可是张副所下令，省了好些天攒出来的，就为了欢迎你们。

张跃进听罢，微笑着点头。但龙思文并不买账，说这东西污染环境，太臭了，别人没法闻。

张跃进也拿起一瓣蒜：我和好哥不比你们年轻人，不搞对象，不跟人搂搂抱抱，没什么顾忌。

杜玉好又从桌上拿起一瓣，递过去说：小龙啊，它能防感冒抗癌症，男子汉大丈夫，试一下。

龙思文捏起蒜瓣，像是品鉴羊脂玉般翻来覆去地打量了一番，最终还是放了回去，淡淡地说：你们吃吧，我减肥。

这一下午可真难挨，他觉得前胸贴后背，肚子咕咕乱叫。可大话已经说出去了，既然减肥就不能点外卖，他只能盼着晚饭多吃点儿。

可晚饭更是令他大失所望，白菜炖鸡架子，清汤寡水的，而且又加了香菜。龙思文心想，这做饭的大妈怎么回事儿啊，难不成跟卖香菜的是亲戚？没办法，他胡乱凑合了几口。他很想回家，可是公安局有规定，辅警也要轮流值班，他只能趁夜深人静的时候，为自己点了外卖。

02

关键时刻，家里开大排档的袁锵锵冲了出来，用自己的厨艺暂时化解了矛盾。

张跃进在私底下说，瞧见没，就没有过不去的火焰山，他龙思文闹腾得再欢实，还是得适应大环境，总不能反过来让环境适应自己吧。

本来是挺平常的话，但经过段一飞的嘴一传就变味儿了：张副所长说了，在上半城警务站，是龙得盘着，是虎得卧着。他根本没想到这话带上了龙思文的姓氏，触及了后者的痛点。

龙思文寻思，不就是个副所长吗，有什么了不起？等着瞧吧。

该让几个人适应工作了。张跃进带着他们走街串巷，到辖区熟悉情况。别人都还好说，唯独龙思文带着抵触情绪，总有些想要呛声挑事的调调，要想把他身上的毛捋平，就和整治上半城一样，都需要多费点时间。

上半城位于整座城市的西北，背后挨着后山。天气好的时候，在半山腰就能眺望到与下半城比邻的大海。过去城里人讲究住北不住南、住西不住东，整座城的西北角是风水宝地，只有达官贵人才住得起。

然而如今社会发展了，稍微有点能耐的人都跑到南部沿海置业，留在上半城的只有少数坐地户。房主都很执着，等待着这一片被拆迁，但老实说，一般的开发商根本不敢动上半城的心思，他们连拆迁费都出不起。房主们通常会把房子租出去，导致大批流动人口聚集到一起，给治安管理带来巨大的压力。

张跃进带着几个人转悠，为了让大家有个直观的印象，他摸着光脑袋打了一个比方：辖区居民对待拆迁，好似很多中年油腻大叔对待感情，18岁的时候喜欢18岁的女孩，到了48岁，仍旧喜欢18岁的女孩。

龙思文私以为张跃进很低俗，拆迁都能扯到油腻大叔；再说，怎么会拆不了呢？只要是能用钱摆平的事儿，那都不叫事儿。他的脑子里闪出个念头：回头让父亲想办法，把这一片儿建设起来，堵住张跃进的嘴。

张跃进却还是在不停地介绍，他恨不得让几位年轻人即刻对辖区情况一清二楚：

警务站把着一个路口，这条路从海边的海防林出发，双向八车道，一路向北，在警务站所在的路口"缩水"成两车道。若是在战争年代，这绝对是兵家必争之地，到了当下，则成了各种矛盾的交汇口，老百姓们往往因为一些小事吵得不可开交……

听到张跃进这么介绍，林心蕊的头立刻大了起来，因为刚进警务站没多久，她就碰上了类似的问题。

有对小夫妻，几年前把父母的养老钱搜刮走，到下半城开了家棋牌室，做得风生水起。为了撇清关系，小两口把户口从父母家迁了出去。最近听到风声，说某集团公司要在父母家附近搞建设，他们就杀了回来，非要把户口落回父母那里，瞄准的是未来的拆迁费。

之前调解关系的时候，张跃进知道这两位不是好惹的主儿，事情不会那么妥帖地办好。一转念，又觉得这是历练新人的好机会，便把调解的事情交代给了林心蕊。

父母大概也是年岁大了，想主动跟儿子儿媳缓和关系，毫不犹豫地同意了办理落户手续，但到林心蕊这里却卡了壳：本来已有骗取拆迁费之嫌，何况按照户籍规定，已婚的子女是不能落户回父母户籍名下的。林心蕊当然没有明说对方是想骗钱，但当她操着普通话对户籍规定进行解释时，那对夫妻却你一句我一句地说起了方言，让林心蕊瞬间不知所措，说着说着，居然还将手机镜头对准了她。

林心蕊下意识地举起户籍规定要遮自己的脸，没想到那个女人却用普通话吼道：别啊，你可别拿书打我啊。

望着两口子遁去的背影，林心蕊心里咯噔一下。

果然，这对夫妻还真有些能耐，主动联系了省城一家网站，提供了这段掐头去尾的视频，声称在办理业务时受到了警察的侮辱和威胁。人们通常会同情弱者，既然两口子把自己装扮成弱者，就有好多人为之鸣不平，林心蕊一夜间倒成了口诛笔伐的负面典型。有人叫嚣，要查她的家庭住址，给她点颜色看看；更有甚者直接放出了话，说要把她的腿打断。

　　林心蕊承受了空前的压力，吓得袁锵锵像跟屁虫似的盯着她，生怕她想不开去寻短见。至于该如何应对这一突如其来的变故，段一飞和龙思文意见相左。

　　段一飞认为解铃还须系铃人，得让那两口子主动出来认错；龙思文却决定以毒攻毒，他私下里请了一群网络水军，在网上跟那些人对骂，企图压下风头，但结果可想而知，只能把这件事越抹越黑。

　　龙思文不禁又嫌弃起了这座警务站：什么破地方啊，内部连个监控都没有，出了事都没法自证清白。为了保证自己的安全，他觉得有必要给警务站做一些升级改造，至于改造资金，还是得到金主爸爸那里跑一趟。

03

　　龙思文请假回了趟家。他此行的目的非常直接：跟父亲龙力缓和关系，进而消除在花钱方面的后顾之忧。他曾经无数次地告诫自己，工作之后不要动用家里一分钱，可他输给了现实。他习惯了大手大脚，吃不惯警务站的饭菜，通常靠点外卖来解决温饱问题，而雇用的那群网络水军似乎也没起到什么好的效果。因此，他又开动脑筋，希望能从哪里把自己的面子给找补回来。

　　想要达成目的其实很简单，只需要把母亲吴晓娟哄开心就好。

龙思文绕路去了市里的民俗市场，挑挑拣拣，选了一款手工香包。母亲不缺奢侈品，缺的是一份心意。就像这香包一样，许多事情其实都需要包装和渲染，但只要恰到好处，就能起到事半功倍的效果。

吴晓娟拿着香包，既没有显出爱不释手的神情，也没有流露出不满。她把香包放进了自己的梳妆柜里，问儿子：又想从我这儿要钱吧？

龙思文一吐舌头，竖起大拇指说：老妈是最厉害的，你儿子这辈子最大的遗憾就是，没遗传到老妈身上的优点，没那么高的智商和情商。

吴晓娟说：别捧我，捧到最后还是那俩字儿——给钱。

龙思文说：老妈，我讲的是实情。你家那口子总骂我笨，搞得我干啥都没了自信。

吴晓娟撇撇嘴：他懂什么啊？这些年来，没有我在背后撑着，他还在街上摆摊呢。

说到这里，吴晓娟露出了得意的笑容。龙家的发家史是个奇迹，说起来谁都不敢相信。当初两口子在街头卖早点，赶上了政府抓惠民工程，吴晓娟胆子大，盘下个门面儿，开了早餐店。再后来，她抓住了机遇，开了连锁店，赚得了第一桶金，投到了别的项目上。

是啊，谁能想到远近闻名的上市公司竟起源于一个早点摊？这神奇又励志的故事就发生在龙思文的父母身上。虽然公司在做大做强的过程中遭遇了诸多困难，一度还险些破产倒闭，但最终都挺了过来。

龙力事后总结教训，认为所有的亏都吃在没文化上，便给儿子改名"思文"，逼着儿子学习。问题是之前光顾着赚钱了，两口子对儿子疏于管教，此时再想插手可没那么简单。他们学别人，也想把儿子送到国外，但龙思文既没有学习的脑筋，也没有学习的心思，使不完的精力都用在练习那些实用技能上了。可真要把他送到个什么技工学校，又未免有些掉面子，便也只好放任他喜欢什么就干什么。

所以，听到龙思文想升级警务站的安保措施，吴晓娟先是一愣，沉吟片刻后便也答应下来：这钱别找你爸要了，全由我来出吧。龙思文高兴得连喊了好几声亲妈，才离开了母亲身边。

可一回警务站，龙思文又开始闹情绪，这回的对象是杜玉好。起因是经过了几天的适应工作，杜玉好对四名辅警进行了分工，袁锵锵担任巡逻接警员，林心蕊做流动人口专管员，段一飞是机动力量，而龙思文则是负责看视频监控和接听电话。

这是跟张跃进商量好的结果，龙思文不痴不傻，不好跟张跃进炝蹶子，就跑去找杜玉好理论。

他开门见山，直奔主题：好哥，好你个哥啊？为什么要偏心眼儿，让我看监控？怎么办吧？我也想机动，你如果一碗水端不平，我会很激动。

你说绕口令呢？不当相声演员可惜喽，段一飞接过了话茬儿。

龙思文说，你想当还没那本事呢。

段一飞一拱手：惭愧，相声讲究的是一丑二怪，我还真白搭。

龙思文反应过来中了圈套，辩解说，我不丑不怪，看过综艺节目吗？帅气十足的人也能搞喜剧。

段一飞说不对，你那是贱气十足。

眼瞅着又要聊翻脸了，杜玉好出面干预说，你是网络高手，这个岗位是为你量身打造的。

龙思文根本听不进去，把火气撒到了杜玉好身上：难怪你干了两次联防队员，连个工作都不会分配。

这话一说出口，就连袁锵锵都有些看不过去了，便站出来打圆场：少说两句憋不死人，这些话会让人多想的。

场面有些僵持，这时张跃进接到了汪海洋打来的电话，对方的语气不知是赞赏还是奚落：张光头啊，你收下的那个辅警挺厉害啊，居然动员他母亲给你们警务站捐了全套的安防设备，还有一辆可以住人的房车，动静可真不小啊！

捐赠仪式上不但分局的崔副局长来了，市局的领导也参加了，他们纷纷赞扬龙氏集团有社会担当。这些夸赞倒让龙思文脸上有些挂不住了：本来只是想找补点儿面子，这么大阵仗未免也太夸张了。

04

段一飞在公开场合叫板，说有钱没什么了不起的，不是啥事儿都能办成。

龙思文不甘示弱：吃不到葡萄的都说葡萄酸，但就是有无数事实证明，有钱能让鬼推磨。

你推一个试试，你要不花钱请什么水军，林心蕊也不会被推到火坑里，段一飞不紧不慢地兜了底儿。

这好比是扇了自己一个大嘴巴子，龙思文脸上火辣辣的。不，这比打耳光还要厉害，把他头顶的光环打碎了，靠钱堆砌起来的所有优势都不复存在。

他静下心来一想，也是啊，倘若当时不私下请水军，任由网民去吵，事情可能很快就消停了。这是个信息爆炸的时代，几乎每天都会爆出一些明星绯闻，转移人们的视线。清者自清，林心蕊的事情很容易淡出公众的视野。

龙思文这才发现，打一开始自己就错了，可他不想认错，觉得总能找到解决的方式，那无非就是再花些钱。还是那句话，只要是钱能摆平的事儿，那都不叫事儿。

幸亏陈晨出面了。姜还是老的辣，别看她平常笑嘻嘻的，一副等着退休养老的状态，真到事儿上还是让众人领教了她的厉害。陈晨早已知道段一飞和龙思文是对小冤家，但她并不打算去调和两人的矛盾。她认为年轻人有点摩擦，彼此较劲，反而能刺激进步，只需顺势引导。

下班之后，她带着两人去了下半城，直接进了那对小夫妻开的棋牌室，喊了一壶花茶，在麻将桌前坐定了。

龙思文不知她意欲何为：陈姐，咱这不犯错误吧？

陈晨说：你天不怕地不怕，还在乎犯错误吗？

龙思文哑口无言，段一飞在一旁偷着乐。陈晨白了他一眼：笑什么？出去把老板叫过来，总能三缺一吧？

还真玩儿啊？我不擅长搞这个，当兵时间长了，打打篮球还行，段一飞有些心虚地挠挠头。

龙思文的兴致却被撩拨起来了：别那么扫兴，不就是怕输钱吗？赢了算你的，输了我全包，只要把陈姐陪得高兴，就 OK。

陈晨并不搭话，而是朝段一飞瞟了一眼：还等什么呢？把老板请过来。

老板记性不错，一下子就认出了陈晨。他说了几句客套话，就要去准备水果和干果。陈晨一把拽住他，说我们需要的是人，坐下，陪姐玩几把。

陈晨打出一张红中，嘴里念叨：先打红中，干掉穷种。牌一出手，她扭头看老板：你可是上半城的好小伙儿，不再受穷了，但是啊，可不能忘本。

老板点点头，扔出南风。陈晨把那张牌攗到手里说：该碰就碰，时运来了还能杠上开花，免得影响和牌。这跟咱们过日子一样，碰到了事情不及时处理，搞不好就会点炮。

老板侧着脸说：大姐，我不懂你的意思。

陈晨把茶杯端到嘴边，抿了一口说：上个月第一个周六，你开车去了邻近的一个市，住在一家连锁酒店，晚上被我们的同行碰到了，还是你的生意伙伴帮你交了罚款。

老板脸色变了，不知该如何回答。陈晨又说，要想人不知除非己莫为，你就住在本市，干吗要到外边开房呢？她的笑容慢慢透出了寒意：毕竟大家都不是傻子，很多事情不能深究，就像这户口迁移，谁都知道上半城那片快要拆迁，你以为政府对那些想骗拆迁费的人能没个预备？

怎么个预备法？

当然是卡死一个时间线了，比如入户时间必须在 5 年以上。

老板愣住了，杯里的茶凉了，他的心也凉了。

后面的事情简单明了，无须赘述，却让两个年轻人拍手称赞。尤其是龙思文，虽然还是那么傲娇，但也是一个劲儿地说，如果自己也有这番能耐就好了。

05

袁锵锵发现了一个秘密：只要一得空，段一飞就会微信发个没完，偶尔还会煲个电话粥。他留意到，段一飞在打电话时语气非常温柔，连姿态也会跟着变得绅士起来，跟平日里的做派大相径庭。

这天一早，袁锵锵在警务站转悠，发现了躲在角落里的段一飞。

飞哥，你搞什么鬼名堂呢？袁锵锵上前问。

打个电话。说着，段一飞挂断手机，又特意强调了一遍：给朋友打个电话。

袁锵锵在心里偷着乐：打电话就打电话呗，你脸红什么？

今儿天热。

袁锵锵嘴巴一撇：你可真能扯，你看看窗外，雨下得稀里哗啦，降温好几度。心虚什么？我猜不是一般的朋友。

段一飞打起马虎眼：不是一班的，还是二班、三班的吗？

袁锵锵说：我不管，先提前打个预防针，可不许重色轻友。

几个人当中，袁锵锵年龄最小，却并不代表他什么都不懂。既然这层窗户纸已经点破了，再遮遮掩掩就没意思了，段一飞倒也实在，把该说的全说了。

手机上显示文煜朵来电的时候，段一飞的心里正堵得慌，隐约有种不祥的预兆。接通电话后，他发觉自己的预感太准了，他不知该在电话里说什么。回头想想，还得感谢袁锵锵，让他暂时逃避了现实问题。

袁锵锵说：恭喜阿飞哥，啥时候请吃喜糖啊？

段一飞苦笑：八字还没一撇呢。

就凭你这一表人才，想搞定一个女孩是分分钟的事儿。袁锵锵挤出个夸张的表情，凑到他跟前，觍着脸说，把照片拿来看看。

绕不过一个坎儿——门当户对。段一飞依旧停留在自己的思绪里，这让他的话显得特别突兀。

袁锵锵一惊一乍地说：我搞清楚了，你要么是找了个富二代，要么是找了个官二代。见他不说话，袁锵锵穷追不舍：难道是拆二代？

当时究竟搪塞了他些什么恐怕是无从考证了，总之袁锵锵当天就在警务站宣布：段一飞的准岳父是市领导。刚开始龙思文以为他只是信口开河，没想到对方说的一些信息还真八九不离十。龙思文把嘴一咧，笑得露出了后槽牙，说以前只晓得王子和灰姑娘，原来还有老土鳖追公主呢。

一旁的段一飞再也无法保持淡定，他心头一紧，一些被压抑的想法也从心底泛了上来：曾经在一段时间里，确切地说，是在他跟文煜朵刚确定关系那会儿，他特别郁闷。那时他还在部队，总觉得文煜朵喜欢的不是他这个人，而是他那身军装。文煜朵再三保证这辈子不会变心，就差发毒誓了，可他愣是不信。

难以入眠的时候，他把夜色当作黑色的幕布，脑海中两人交往后的种种细节在上面交替映现，直到天亮，他也想不出个所以然。实在是撑不住了，有一次，段一飞问身边的战友：选择文煜朵会不会让人以为自己是在高攀当官儿的？对方说，这种事只有他自己心里最清楚。

扪心自问，他不是这种人，慢慢地，段一飞也想明白了，他无须理会别人的言语，只要问心无愧就好，可这个雨天又将他打回了原形。

熬到中午，雨总算是小了些，龙思文一看伙食，就借故离开饭桌，跑到门口等外卖。没多会儿，他看到马路对面来了辆电动自行车，径直朝警务站的方向驶过来。

骑车的人被硕大的雨披遮挡着，辨别不出真面目。龙思文心想，这外卖的速度也太快了，得给个好评。正琢磨着，电动自行车从身边飞过，溅了他一身水。

你，站住！龙思文怒吼一声。

车把扭了一下，连人带车摔到了一处浅水洼里。龙思文心里很得意，嘴上仍旧不饶人：怎么回事儿？拐个弯儿也不打转向灯。

那人爬起来，他瞅了一眼就愣住了，忙赔上笑脸：美女，有何贵干？

来人轻声细语地说，我想找段一飞。

你是？龙思文脑子飞快运转，瞬间判定了她与段一飞的关系，想到平日和段一飞的种种矛盾，决定报复他一下，说：刚被女朋友喊走了。他呀，换女朋友比换衣服还快，这已经是我见到的第三个了。

话说出口，龙思文就已经有些后悔，但他又告诉自己，平日里段一飞对自己这么不待见，凭什么不能小小地反击一下？他想象不到，这样的小小反击，会给本来就很脆弱的爱情带来多大波澜。

当段一飞最终得知，女友生气的原因是龙思文的那一番戏谑调侃后，他的拳头立刻脱离了理性大脑的控制。

第三章

01

　　特种兵出身的段一飞把龙思文结结实实揍了一顿，揍完后，便脚底一抹油，溜了。

　　段一飞深知警务室门口标语上"打输住院，打赢坐牢"这8个字的奥义，因此胜利后非但没有喜悦，反而陷入了深深的恐惧中。他知道龙思文不达目的誓不罢休，也能猜想龙力看到儿子鼻青脸肿后的暴跳如雷。不过，他更难接受自己会因此受到处罚，甚至会丢掉辅警的工作。

　　段一飞先是躲进了水产市场，搬起海货来。3年的特种兵经历告诉他，越是鱼龙混杂的地方，越适合藏身匿迹。

　　至于父母的面子，还是要保住，因此天刚擦黑，段一飞就脱掉皮袄，偷偷换回辅警制服，把帽檐压到最低，回到父母住的那个巷道点卯。

　　段一飞的父亲段大军，老实巴交地在苯酚车间熬了30年，如今除了每月2000多元的退休金，就只剩下一身慢性病。段一飞的母亲惠友兰是一个家庭妇女，性格却极要强，她不仅承包了上半城工人新村最里角的停车房，还在停车房里开了一隅麻雀大小的茶社，赚点儿热水钱。

"工人新村"这个名字听着很新，实则已经有 50 年的历史了。随着早年新村东边的胜利化工厂关停，但凡有点能耐的都已从这片棚户区搬走，剩下的，都是段父段母这样的老人家。

在极度平淡甚至有些无聊的日子里，段一飞当兵、转士官、考辅警，都成了母亲惠友兰广而告之的好消息。她甚至要求儿子每次回家都穿着辅警制服，先穿过长长的巷道，再来到她身边。段一飞当然明白母亲的苦心，但他也向母亲解释，穿着制服招摇过市容易引来小痞子的报复。

母亲嘴一撇：我儿是特种兵，一个打八个。到时候报纸一登，长脸。

段一飞无数次地想告诉母亲，辅警其实只是一个临时工，但每次话到嘴边，他还是忍住了。

之前三天他假借加班办案的名义出门，今天回来之前，做足了侦查，确定巷道附近没有来抓自己的警察后，才来到停车房门口巴掌大的工作间外。段一飞怔住了，他看到了文煜朵的背影，她身边站着的是张跃进，正在和父母说着什么。

看到段一飞来了，张跃进不言语了，文煜朵也转过身，眼睛红成了两颗小山楂。段一飞的第一反应是逃，但当着女友的面开溜似乎不太男人，便扶着门框勉强站定。

张跃进开口了：小段辛苦了啊，不过还得让你加个班。

段一飞不明就里。

文煜朵的肩膀有些抖：打你手机也不接，我就去找张所长，才知道你在执行任务。

段一飞一愣，小心翼翼地接了一句：工作纪律。

张所长啊，咱家一飞就是讲纪律，领导说东他绝不朝西，在部队里每年都是优秀士兵。惠友兰嗓门很大，不像是说给张所长听，倒像是在向街坊邻居宣告。

张跃进笑道：他就是太讲纪律了，任务结束都忘了开机，我才通过文煜朵找到这儿来的。

他又冲段一飞道：这几天在海产市场里蹲守辛苦了，给你一晚上的假，明天回警务站上班。说完，他没理会段母"好歹留下吃顿饭"的招呼，径自离开了。

只剩下文煜朵，段母开始露怯了，毕竟人家是市领导的千金。她偷偷塞给儿子 200 块钱，把他推出了门，要他请文煜朵好好下个馆子，把这个宝贝闺女给喂胖点儿。

文煜朵脸红着，跟着段一飞离开了工人新村，远处即是铜背山森林公园的大门。铜背山是清湾的屏障，地理上依山傍海，成就了下半城的繁华。下半城修有索道站，可以直达铜背山顶，举目远眺，浅浅的海湾和五光十色的城市风光便尽收眼底。为了民众出行方便，上半城也曾修建过索道中段的停靠站，但因为运力不足，不久便废弃了。

两人默不作声地走了一段，来到废弃的索道站。段一飞长臂舒展，轻巧一跃，便攀上了索道站的井架。他用脚尖钩着栏杆，张开双臂，尽可能将身体探出去，仿佛整个世界都囊进了胸怀。

半晌，段一飞问井架下的文煜朵：你知道我最崇拜谁吗？

文煜朵想了想，摇了摇头。

我最崇拜楚庄王，不飞则已，一飞冲天。

我明白了，所以你叫段一飞。

段一飞从井架上跳了下来，文煜朵也终于忍不住开口：一飞，张跃进已经向我解释了龙思文的事，我知道我错怪你了。

段一飞绷紧了脸，没有吭声。

文煜朵又小心翼翼道：龙思文已经答应不追究你打他的事情了，张所长也没把这件事往上级报，明天你可以放心回去上班了。

段一飞的脸红了，他迅速别过脸去，大步流星地向山下走，既没有和文煜朵说一声谢谢，也没有道一声再见。

文煜朵看着段一飞的背影，有些心痛，她知道，刚才那句话对段一飞的自尊心打击很大。没想到走出 20 米后，段一飞站住了，肩膀一松，像是叹了口气，然后又回到了文煜朵的身边：这里治安不好，我送你回下半城吧。

02

有些真相，只要不去戳破它，便始终存有一层渺茫的希望。

翻开日历，自从信哥以加班方便为由从一起租住的小屋搬走，林心蕊已经连续三周没有见到他了。她每天都会给他发微信，但信哥偶有回复，也都只是"我在忙"。慢慢地，林心蕊都不知道除了那些苍白的嘘寒问暖，她还能对信哥说点什么。

九月的最后一天，林心蕊来到警务站外，眺望海天间倏然易逝的晚霞，感到信哥正在慢慢淡出自己的生活。

挨过了国庆小长假，正常上班的第一天，林心蕊向张跃进请了半天假，来到清湾区政府，信哥就在这个大院里上班。门卫大叔把林心蕊拦下来，问她找谁。林心蕊说出了信哥的名字。大叔摇头说没听过，林心蕊说是在发改委。大叔指着大门另一侧的信访接待大厅：你到那里等着吧。

林心蕊刚一进门，就被一阵浓重呛人的烟雾给熏出了泪。她屏住呼吸，坐在了门口的长椅上，瞧着前排会议桌两边的对阵双方。

右手边是一群气势汹汹的大爷大妈，他们穿着随意、举止粗放，有的脸上还挂着面粉，有的怀中抱着娃娃；左手边是几位干部模样的工作人员，为首的拆开一包烟，给在场的大爷们分发。

大爷们抽着烟，把话说开了。原来他们都是上半城工人新村的老住户，政府早就承诺要把新村整体拆迁，将村民安置到下半城，但许多年过去了，不仅搬迁的事没着落，工人新村的水管电路坏了也没人修。

在警务站时，林心蕊就经常接到这群大爷大妈的电话，什么楼上的水管炸开了啊，路上的野狗挡道了啊，大排档里吃出了死蟑螂啊，两伙广场舞大妈争抢地盘啊，虽然都是些鸡零狗碎的事情，却公说公有理婆说婆有理，让夹在中间的林心蕊晕头转向，只得求助于张跃进。张跃进不调解，任由两边吵，他明白这些被城市发展所遗忘的老住户日子过得太无聊，需要一个发声发泄的机会。吵舒坦了，事情自然也就解决了。

听了一阵，一个干部指着林心蕊身边的鞋盒说：把你的申诉材料拿出来吧。

林心蕊意识到对方误以为自己是来信访的，她连连摆手，怕错上加错，也不敢贸然提信哥的名字，逃跑似的离开了接待大厅。回到政府大门口，一辆黑色帕萨特正好从院内驶出，不经意地一瞥，林心蕊发现信哥正坐在副驾驶位上。显然，信哥也看到了自己，刹那间，他脸上的表情从疑惑变成了愤怒，甚至没有降下车窗和林心蕊说一句话。几分钟后，信哥发来一家咖啡馆的定位，她拎着鞋盒来到了这家咖啡馆。

直到晚上7点，信哥才出现，还未坐定，便劈头问林心蕊：你抽烟了？

林心蕊一愣，想到了烟雾缭绕的信访接待大厅，还没解释就又被对方追问：来找我干吗？

林心蕊拎起鞋盒：本来打算你生日时送你这双球鞋，但今天是我们恋爱的纪念日，就提前把鞋子送给你了。

信哥瞥见鞋盒外面的标注，犹豫了。

看到信哥没有伸手去接，林心蕊把鞋盒放在了桌子上。信哥转念一想厉声道：这款鞋至少要8000多块，你现在当辅警，一个月才挣多少？你哪儿来的钱……

林心蕊连连摆手：我没干坏事，是我爸偷偷给了我……

到现在你还找家里要钱，为了你的虚荣……

话停住了，林心蕊的眼泪已经成了断线的珠子。

沉默了一会儿，信哥的口气缓和下来：我也是为你好，你的工资很低，还不如多买点考公务员的复习资料。

林心蕊抽抽搭搭地点着头。

信哥又说：只有考上公务员，才算是站上了一个平台，才能够接触到更多的人、更多的事，眼界才能变得更宽。

林心蕊笃定地点点头。

如果明年考不上怎么办？后年、大后年还是考不上怎么办？你知道公务员考试竞争有多激烈吗？信哥叹了一口气，我在网上看到了你的消息，和办户口的群众撕扯，后来你请了水军吧？

林心蕊心里一咯噔。

我在参与城市发展的规划制订，你却在和那些人纠缠，我都不知道该怎么和你沟通。

你还是原来的你吗？我真的好失望！信哥最后叹息道。

林心蕊的泪水又有如泉涌。

信哥站起来，又看了一眼鞋盒：我现在是事业上升期，要保持艰苦朴素的生活作风，所以，对不起，这双鞋我不能收。

说完，信哥转身离开了咖啡厅，只留下林心蕊趴在桌上，任由泪水溽湿了衣襟。

03

正如雨过天晴，一场泪，倒也把真相擦拭干净。

林心蕊整理好装束，沉一口气，在微信上写下三个字：分手吧。片刻之后，信哥打来电话，林心蕊把心一横，按下拒听键，过了两分钟，信哥发来一句话：祝你幸福。

离开咖啡厅，林心蕊走在下半城的商业步行街上，国庆促销的广告正被取下，身边的行人也都步履匆匆。他们是去哪儿呢？是回到温暖的家里，回到可爱的人身边吗？林心蕊忧伤地抬头眺望，海雾弥漫的上半城在沉睡，她暂时还不想回到警务室里。

听到女儿要跟随男友到南方打拼，姜海燕只甩出了五个字：你考虑清楚。林心蕊的母亲是一名高中历史老师，不怒自威，同事们背地里都称她"叶卡捷琳娜女王"。早年间，"女王"做过行政副校长，但因为多生了一个林心蕊，违反了计划生育政策，被降为一名普通老师。

同样被牵连的还有林文生，他一直在政府机关工作。不同于妻子的是，林文生性格温和，甚至有些懦弱，从来没有因为自己无法被提拔而怪罪女儿，甚至在儿女之间，还偏向女儿多些。

林心蕊的哥哥叫林心杰，高中刚毕业，母亲便倾其所有，把他送到英国留学；而林心蕊本科毕业后，母亲说的还是那硬邦邦的五个字：你考虑清楚。

自己当时有没有考虑清楚呢？

林心蕊承认，当初盲目跟着男友来到清湾，某种程度上也是为了逃离母亲。既然母亲对自己抱着全然否定的态度，她想用自己挣来的幸福向母亲证明：没有你，我也会过得很好，甚至比哥哥还要好。

然而，公考失利，如今又被男友抛弃，接二连三的残酷现实打得林心蕊有些发蒙。她走进一座商场，五楼正在举办一场名为"失恋博物馆"的展览。鬼使神差地，林心蕊便买了门票，走了进去。

这里收藏了无数失恋者恋情的残留物，比如发黄的合照、掉了耳朵的毛绒玩具、用了一半的口红和蒙着细细灰尘的香水瓶。展牌上印着触目惊心的大字标语，记录失恋的痛苦、决绝、丧气与淡然。

林心蕊徘徊在一件件展品间，想到《安娜·卡列尼娜》里的那句话。的确，幸福的人都是相似的，不幸的人各有各的不幸，悲伤是可以传染的。沉浸在痛苦中的林心蕊被身边的闪光灯打断了情绪，环顾四周，博物馆里都是兴高采烈的男女，更显得她形单影只。

收回目光时，她看到了正要去洗手间的龙思文。目光交汇的瞬间，龙思文耸耸肩，来到她身边问：怎么？分手了？来这里寻求慰藉？

林心蕊咬了咬嘴唇，反问道：那你为什么来这里？

龙思文还没回答，一个女孩便走上前来，挽住了他的胳膊：你不是去洗手间了吗？

龙思文白了她一眼，没有答话。

女孩吃了瘪，兀自耸耸肩，继续看展去了。

女孩走后，龙思文尴尬地解释：朋友。

林心蕊保持着礼貌的微笑。

龙思文又道：要不，咱晚上一起吃夜宵吧？

不了，我还是在这里多找找慰藉吧，林心蕊婉拒。

龙思文耸耸肩，回到女孩身边，小声说了些什么，引起一阵哄笑。

　　一直到展览关闭，林心蕊才离开。此时的步行街变得空寂，她快步向公交车站走去。一个大叔推着三轮车走在林心蕊前面，车斗里有一只打着哈欠、昏昏欲睡的拉布拉多幼犬。

　　林心蕊的脚步慢了下来，她从小就想养一只小狗，但强势的母亲始终不同意。小奶狗大概发现了林心蕊的注视，挺直了腰板，端坐起来。林心蕊歪脑袋，它也跟着歪脑袋；林心蕊眨眼，它也跟着眨眼，一副乖巧聪明样。林心蕊鼓起勇气，快步走到大叔身边：叔叔，这个小可爱叫什么名字啊？

　　大叔说，啥？名字？它没有名字！

　　林心蕊又问，你没给它取名吗？

　　大叔笑了，傻丫头，这狗是卖的，我干吗给它取名字啊？

　　林心蕊思忖片刻。

　　看到她起了兴趣，大叔又道：这只小狗是一窝里最小的，吃奶的时候争不过别人，所以也是最瘦的。

　　大叔的话击中了林心蕊，她想都没想便道：这只小可怜多少钱？

　　1000！大叔倒是干脆。

　　林心蕊刚买过限量版球鞋，现在正闹经济危机，脸上露出了难色。

　　800，不能再少啦！否则明天我就卖给狗贩子了。

　　林心蕊一阵惊惶：好，那就800。

　　把小奶狗抱在臂弯，它仰着头，伸出舌头不住舔林心蕊的下巴，把她舔得一阵酥麻，咯咯地笑了出来。这是林心蕊分手后第一次笑，她抚摸着小奶狗的脑袋：好吧，小暖男，咱们一起回家吧。

04

所谓回家，其实就是回上半城的警务站。

网暴事件后，为了保证林心蕊的人身安全，张跃进在警务站隔壁寻了处平房，作为林心蕊的临时宿舍。林心蕊问房租多少钱，张跃进一摆手：啥钱？能有个人给他看屋子，不付你钱已经便宜他了。

林心蕊不知道他说的人是谁，但近年来上半城人口流失严重，很多房子都空出来了。张跃进在上半城混了20多年，低价租房也不是难事。既然和男友分了手，林心蕊索性退了原来男友出钱租的房子，把全部家当搬进了这间平房。

小奶狗当然也成了平房的住户，但它又瘦又黏人，只要林心蕊出门，就扒拉着她的裤脚，一副可怜巴巴的模样。林心蕊心软，偷偷把它揣进包里，带到了警务站。

当天，张跃进就在桌子底下发现了这只狗。他问林心蕊：你的狗？

林心蕊有些支吾，不知道张跃进是不是反对自己把狗带到单位。

张跃进撇撇嘴，对小奶狗龇牙道：来，警犬，给爷狠一个，来，汪汪！

小奶狗非但不凶狠，还伸出一只爪子，一副讨好的模样。张跃进嘿嘿一笑：果然和你的主人一样。说完，便找收破烂的老王头下棋去了。

杜玉好正在泡枸杞茶，林心蕊问：好哥，张所长对小狗是什么态度啊？

杜玉好一笑：没有态度。

没有态度？林心蕊有些搞不懂。

杜玉好抿了一口茶：这么多年来，上半城警务站都是"铁打的张所长，流水的徒弟"。来来往往的，只要不是太出格的事，他都不会过问。

什么事算出格呢?

杜玉好说,比如前几天段一飞和龙思文打架,龙思文要是把伤情往上报,段一飞就会吃不了兜着走。

是张所长做通了龙思文的思想工作?

杜玉好笑道:别看龙思文这孩子平时不招人待见,但有一点好,打输了他也认,不找外援,更不拼爹,这点很好。

正说着,龙思文从外面巡逻回来,武装带扔在桌面上,"哐当"一声,把小奶狗吓得汪汪直叫。龙思文拍拍小奶狗:段一飞,听话,好狗不叫。

段一飞正在里间的备勤室,从上铺直接翻下床,冲了出来:龙思文,你说谁呢?!

龙思文从口袋里掏出两张纸,晃一晃说:段一飞,这可是你的道歉书和我的谅解书,怎么,又按捺不住啦?

眼见着两边又要顶起来,杜玉好赶紧把龙思文先支开,又让袁锵锵陪段一飞到警务站后院的小菜地里摘菜,然后才想起来问林心蕊:这狗叫什么名字啊?

林心蕊说:想了好几个,都不满意。

杜玉好扫了一眼小奶狗:就叫它小飞龙吧。

为什么是小飞龙呢?

杜玉好说:从段一飞和龙思文的名字中各取了一个字,希望他俩能成为好兄弟。

林心蕊鼓起掌来:太好啦,就叫小飞龙。

杜玉好揪着小飞龙的后颈皮,把它拎了起来,来回打量:原来是个小伙子,疫苗打齐了没?

林心蕊摇了摇头。杜玉好一看见小飞龙就知道这是一个好种——头方爪大鼻子挺，父母一定血统纯正，几个月后拉出去配窝，绝对是个抢手货。现在要做的不仅是把疫苗打全，还要办一套血统证明，提升它的身价。而这样的证明，在狗市里两三百块钱就能买到。

这些年来，为了赚钱，杜玉好什么都会干一些，做代驾、给狗配种、买卖二手黄金首饰，总归是三教九流中社会认可度不高的营生。没办法，也是生活所迫——老婆没工作，孩子不上进，全家都靠他一个人。没点额外收入，还真会饿死英雄汉。

杜玉好也是在段一飞和龙思文这个年纪，到天水街派出所做了联防队员，配合张跃进管理上半城社会治安。开头那两年，两个年轻人像是打了鸡血，一副恨不得天下无贼才肯收兵的架势，但时间久了，也难免会懈怠，加上杜玉好娶了老婆生了娃，更多的心思就放在家庭上了。

正好有段时间上半城有个流动赌场总是被举报，每每张跃进出警去查，都慢了一步，人走屋空。分局督查部门也注意到了连续的涉赌报警，便异地调集警力。

原来张跃进在上半城待久了，脸太熟，只要有个风吹草动，都会被望风的人报告到赌场内部。但督查部门不管那一套，要以执法不严追究张跃进。一直沉默的杜玉好此时站了出来，他自称和一个参赌的邻居相熟，无意中透露了警局要通宵加班的事。

虽然杜玉好的说辞有漏洞，但督查部门也不再核实，毕竟他只是一个临时工性质的联防队员，更何况，此时的杜玉好也想离开公安队伍做生意了。

兜兜转转，生意没做成，岁月却蹉跎了。无奈之下，杜玉好接受了张跃进的建议，参加了天水街派出所面向社会的辅警招录考试，又回到上半城当了一名辅警。职位名称虽然变了，但说到底还是临时工。打心眼里，杜玉好不希望段一飞、林心蕊和袁锵锵走上自己的老路，至于含着金汤匙出生的龙思文，他的前路人生可非杜玉好能够想象。

05

打架事件后，龙思文给了段一飞一个月的"缓刑"。一个月内，但凡段一飞想动龙思文一根手指头，龙思文都不会签署那一纸谅解协议书，还要按照规定追究段一飞的法律责任。

打蛇打七寸，段一飞被龙思文捏住了软肋，好在他之前在部队时练就了能屈能伸的本事。好汉不吃眼前亏，段一飞避免和龙思文正面接触，张跃进也调整了勤务，让杜玉好和龙思文搭班，段一飞则和袁锵锵搭班巡逻，留下林心蕊在警务站内驻守，做一些服务群众和内勤工作。至于张跃进自己，收废品的老王头棋艺见长，再不琢磨出点必杀技，还真就搞不定他了。

龙思文心里也有点怕，上次冲突，段一飞只出了两拳一腿，便把自己打趴下。幸好杜玉好及时拦住，否则就算没残废，破了相也没脸见人了。

不动手，但时不时膈应一下段一飞，是龙思文的拿手好戏。自从林心蕊的小狗入驻上半城警务站，龙思文就成天把它唤作段一飞：来，段一飞，给爷叫一个；来，段一飞，握个爪；来，段一飞，鸡腿，冲啊！

小飞龙也不恼，每天除了屁颠屁颠地跟着人转，还经常混入警务站外的土狗之中，玩得不亦乐乎。林心蕊根本难以区分这些蓬头垢面的无名土狗，它们就像上半城里许许多多的底层住户，除了嗓门大点，几乎没有什么存在感。

突然有一天，林心蕊发现小飞龙的眼神中有了许多哀伤，意识到这几天上半城警务站外安静了许多，小飞龙的那些小伙伴都没了影儿。林心蕊问袁锵锵：那些狗是去哪儿了？

袁锵锵嘿嘿一笑：这不是天冷了吗？它们估计都组队到狗肉店里报到去了。

正说着，段一飞拎着一条死狗进入警务站，往地上一撂：奶奶的，就差一点没追上。

两个骑摩托车的，前面驾车，后面射弩，狗被射中后很快就断了气，后面那小子就拽住狗腿，塞进一个大布袋里。段一飞说着，把上前呜咽着的小飞龙推到一边，又把死狗屁股翻了过来，肉里插着一支飞镖。

段一飞大声道：所长大人，这两个家伙肯定会接连作案，绝对是系列团伙大案啊。

奶奶的，又输了，张跃进把手机一摔，抬起头道，你可别给我戴高帽，我是个副的。刚才袁锵锵说了，季节性犯罪，很正常。比如阳春三月，人苏醒过来，肇事案件就会增加；夏天热，人也躁，暴力犯罪就多；除夕前，老百姓都去菜市场采购年货，小偷也要过年，扒窃案就会多发；现在天冷了，偷狗的自然也就出来了。

看到张所长这个态度，段一飞有些不服气：这些狗可是人民群众的财产啊，我们必须得保护。

张跃进哼笑道：财产有大有小，事情也有轻重缓急。现在刑事案件立案标准是1000元，对犯罪分子刑事追究标准是2000元，你倒给我说说这条土狗值多少钱？

段一飞还是不服，但迎着张跃进挑衅的眼神，他一时找不到驳斥的理由。沉默中，林心蕊突然弱弱地说：他们使用毒针，是可以追究刑事责任的。

张跃进感兴趣了，问：怎么个追究法？

林心蕊鼓起勇气：我看了刑法司法解释，这些针剂如果被检验出含有国家管制的毒化物，而那两个偷狗贼持有的总重超过10克，又或者他们的毒针数量超过20个，就够以非法持有毒品罪来追究他们的刑事责任了。

张跃进赞许地点点头，指着其他人说：执法靠的不只是力气，还得靠脑子，你们也跟林心蕊学学。说完，他从柜子里翻出一个物证袋递给段一飞：把这个毒针密封到袋子里，回头送到分局毒化实验室检验一下成分。

连续发生盗狗案件后，林心蕊把小飞龙看得更严实了，走哪儿带哪儿，生怕哪天它也被坏人掳去。看到林心蕊关切的样子，杜玉好知道小飞龙是她的小暖男，填补着这个外地姑娘的孤独和无助。

至于段一飞，小飞龙就成了他手下的兵，林心蕊忙于工作时，段一飞就训练小飞龙坐下、卧倒、匍匐前进。他将印有"警犬执勤，请勿靠近"的背心给小飞龙套上，别说，装扮起来的小飞龙还真是虎虎生威。

在杜玉好看来，袁锵锵的性格与小飞龙很像，懒散懵懂、人畜无害，没人理睬时能安安静静发上半天呆，但若是有人理睬，又像是人来疯般，半天冷静不下来。杜玉好自己私底下已经给小飞龙相了好几个女朋友，就等它再长大一点生下小狗。

杜玉好美滋滋的赚钱梦很快被龙思文彻底击碎。一天傍晚，龙思文开着他那辆法拉利，载着林心蕊和小飞龙回来，小飞龙脑袋上还倒扣了一个"塑料灯罩"。他上前询问，原来龙思文向林心蕊出主意，说把小飞龙阉割后，不仅对它的健康有好处，更不会让它随意追着母狗走丢。爱狗心切的林心蕊倒还真听从了他的意见。

杜玉好傻了眼，只对上了小飞龙无辜的眼神。

第四章

01

毒针里面检测出了合成毒品 LSD 的成分。

消息传到警务站时，张跃进心底也是暗暗一惊，他没想到这种新型毒品会流入上半城。

瞅见张所长脸色起了变化，段一飞偷偷上网检索：LSD 也称麦角二乙酰胺，是一种强烈的半人工致幻剂，由于经常被伪装成邮票，吸食 LSD 也被称为"贴邮票"。有报道称学校周边很容易出现这种毒品。

看到段一飞动心思，张跃进警告道：你可不要轻举妄动啊，毒品案件有其自身特殊性，别看禁毒部门平时没动静，他们可都在等待机会，一旦出手，就是要打团伙、破大案。

段一飞"唔"了一声，脑袋里却始终盘桓着那两个偷狗贼的背影。既然他们能够接触到这种新型毒品，自己没准还能顺藤摸瓜，抓到贩毒甚至是制毒团伙。张跃进弹了段一飞一个脑崩儿，笑着离开了。其实他心里倒巴不得这几个年轻人能把上半城翻个底朝天——毕竟舀到自己碗里的才是菜。

当天晚上，段一飞混进下半城警务站。看到老战友来了，张扬立刻起身敬了个军礼。段一飞却摸出一包中华烟：都是弟兄，不必客气。

张扬连称自己不抽烟。段一飞也不勉强，开门见山地提出想看一眼公安监控。

张扬有些疑惑：全市公安监控都是联网的，在上半城也可以看得到啊。

段一飞控诉道：上半城监控的账户密码都在那个狗日的富二代手里，那家伙自私得很，只想自己揽功，根本不给别人看，你说气人不？

张扬只得登录天网系统，按照段一飞的要求，调取了追赶偷狗贼那天的路段监控。一番操作后，段一飞的身影便出现在画面中心。

段一飞定格画面，兴奋地说：这就是我，就差那么一点儿，比那些老警察勇猛多了。

绿茶醒脑，帮助段一飞从晚上8点一直扛到了凌晨2点。他一小段一小段地回放视频，目的就是想弄清楚两个偷狗贼的行动轨迹和体貌特征。

终于，在上半城西北角的垃圾填埋场外，摩托车后座上的男人摘去头盔。段一飞将画面定格、放大、调整清晰度，在小本子上记下：男，40岁上下，卷发，左耳缺半个。犹豫了一下，又加上一个词：本地人。最后一点是根据犯罪嫌疑人对上半城迷宫般路网的熟悉程度推断出来的。

末了，张扬问段一飞：这两个贼是干吗的？

段一飞神秘地一笑：保密。

自打确定嫌疑人的体貌特征后，段一飞便对上半城男性的发型和耳朵产生了高度兴趣。不管是白个儿巡逻，还是跟着张跃进出警，又或是上下班的路上，段一飞都歪着脑袋，盯着别人的耳朵看。

袁锵锵打趣说：阿飞哥，最近是不是想吃猪耳朵了？

你就知道吃。

那你究竟在看什么呢？

段一飞笑笑，没再说话。他还想把小飞龙借出来，用它做诱饵，玩一招"引蛇出洞"的把戏，只可惜龙思文看穿了他的意图，护狗心切的林心蕊恨不得整天把小飞龙拴在自己身边。

上半城沿山而建，上上下下，道路崎岖，犄角旮旯多如牛毛。段一飞意识到，仅靠自己两个脚底板，和偷狗贼再次相遇的机会不大。他开始调整思路，盯住了菜市场外的一群流浪狗，把自己也伪装成流浪汉，只要不轮班，便一直蹲守在菜市场的入口。

菜市场最见一个城市的底色，在这里，人们往往会呈现出最真实、最放松的状态。任你家财万贯或只是平民百姓，只要来到这儿，说的都是吃饱吃好的事情，谈的都是块儿八角的生意。

段一飞最喜欢泡在菜市场，竖起耳朵听成千上万人的喧哗吵闹，这在他年轻的心中产生了一种强大的共鸣，进而激发出一种蓬勃向上的生命力。

在菜市场里，段一飞有许多草莽伙伴，都是送货时结识的，他向朋友们打听是否见过一个缺了半只左耳的人，许诺只要提供线索就能得到 200 元奖励。

很快，举报电话来了：目标出现在活禽摊点。

段一飞将亮晃晃的手铐藏于袖内，迅速靠拢过去。五米开外，他看到了那个缺了半只左耳的嫌疑人，正背过身子挑选土公鸡。不知怎的，当了多年特种兵的段一飞手心竟沁出了汗。他稳住心神，用左手拍嫌疑人的肩膀，趁对方转过身时，将手铐直接砸进对方手腕。他伸手拽掉了对方的皮帽，顿时一惊，对方光光的脑袋上连一根卷毛都没有。

僵持间，林心蕊打来电话，声音中带着哭腔：快点回来，小飞龙被偷走了！

段一飞还没来得及回答，一个沾屎的鸡屁股就贴在了自己脸上。

02

眼前的光头男子至少比偷车贼老上 30 岁，在菜市场内的市场监管所办公室，赶来的张跃进反复向老英雄赔礼道歉。

原来，老人曾隶属西南边防部队，在协助当地林业消防部门扑灭山林大火时失去了左眼和左耳，立下个人一等功。从部队转业到地方后，曾在清湾公安局做过纪委书记，可谓段一飞的老前辈、张跃进的老上级。

老英雄让段一飞解释，段一飞便把抓捕偷狗贼的事情如实相告。老英雄本就没打算追究段一飞的责任，他轻描淡写地交代张跃进把徒弟带好，不要再出现执法过错。

只是一晃眼的工夫，清晨跑出去撒尿的小飞龙就没了踪影，林心蕊急疯了，她的第一直觉是小飞龙已遭不测。

小飞龙是幼犬，在狗肉店卖不上价，或许会被偷狗贼先养上一段时间呢？杜玉好只好如此劝慰她。

大家立即行动起来。袁锵锵是个吃货，对全市大小饭馆门儿清，他一家家地往狗肉馆后堂闯，小飞龙没见到，国家二级保护动物猫头鹰倒是救了两只。杜玉好则奔波于狗市和养狗场间，老伙计们看到他来了，以为又是给小飞龙找女朋友，听杜玉好这么一说，都纷纷摇头。

从市场监管所离开后，段一飞也立即投入到了寻找小飞龙的行动中。他忍痛将自己捂了好几天的嫌疑人体貌特征线索分享给大家，希望好运从天而降。经历菜市场的挫折，段一飞的信心明显不足。不过，挫败感最强的还数林心蕊，看到大家施展各自的手段，林心蕊觉得特别无助。

平日里，林心蕊大多留守在警务站服务上门群众，并不需要出外勤，对上半城的复杂险恶体验不深。当她寻访小飞龙丢失地点周边的住户时，得到的多是嗤之以鼻的反问：我的摩托车被偷了都找不回来，你们警察丢条狗就兴师动众？

的确，鱼龙混杂的上半城不仅滋养了一批作奸犯科者，更因为其盘根错节的道路，成为许多流窜犯罪团伙的过境之地。其中发案最多的就是盗窃"两车"案。想来也不奇怪，不同于沿海城市几乎每家都有一辆汽车，摩托车和电瓶车是上半城打工者们主要的交通工具，因为需求大，自然也成为黑市里最畅销的赃物。

偷狗嫌疑人驾驶的是一辆非法改装的公路赛摩托，高底盘、大马力、价格低廉，是工薪一族的最爱。龙思文也玩摩托车，不过他的摩托车都是10万元以上的整装进口货，这种改装拼组的摩托，他虽然不屑一顾，但也有所了解，认识一些在赛车圈游走的技师。

既然段一飞把嫌疑人的体貌特征分享给了大家，龙思文立刻截取了嫌疑人驾驶摩托车的画面，发给一个技师辨认。很快，技师打来电话：龙少爷，这车我熟，上周才在我这里修过。

龙思文立刻赶到了技师的机修车间。技师指着画面上发动机侧面手绘的纹饰说：这车全市只此一辆，当时我还夸他们画得好。不过他们冷冰冰的，根本不愿意搭理我。

龙思文追问其中有没有一个男人少了半只耳朵。

技师连连点头：卷毛的那个少了半只耳朵。说着，他翻开一个油乎乎的笔记本，手指停在一行记录，念出了那人的手机号。

剩下的事情便简单了许多，龙思文把手机号码交给张跃进，反查机主信息，名字、住处及犯罪前科都一目了然。张跃进亲自带着段一飞、袁锵锵和龙思文到垃圾填埋场附近的一个小院里去抓那两个偷狗贼。林心蕊也想跟着去，张跃进没同意。

还没等四人靠近，就听见院内一片狗吠。段一飞上前一脚踹开院门，正把小飞龙吊起来的卷毛一惊，胸前已经结结实实挨了一脚。另一个偷狗贼随即翻出矮墙，段一飞轻巧一跃，独自追出了院子。龙思文抱着胳膊，像看猴戏一般看着费力制服卷毛的袁锵锵和追出院子的段一飞。张跃进则瞅着龙思文，兀自点上一支烟，进入那间平房。

不一会儿，他捏着一个黑胶袋一角，从平房里出来，袋子里至少装了 200 发毒针。

张跃进一边让袁锵锵通知刑侦技术室，让他们派技术民警勘验黑胶袋上两名嫌疑人留下的指纹，为日后物证认定出具检验报告；一边蹲在卷毛身前，嘿嘿一笑：说吧，这些毒针都是哪里来的？

别看张跃进平日里一副浑不吝的油腻样儿，真办起案子来，他的思路无比清晰。这大概也和上半城的治安情况有关，一个民警加上五个辅警，要面对辖区几万个常住人员和流动人员，张跃进必须抓住矛盾的主要方面。只要扫一眼卷毛胳膊上密密匝匝的针眼，就知道他是为了凑钱买毒才铤而走险的，至于院子里面汪汪叫着的小狗，都是连带的牺牲品。

03

偷狗的案件最后还是移交给了禁毒部门。

张跃进带着段一飞到禁毒大队移交案件时，负责接收的副大队长蔡善法明显没有好脸色。也难怪，这两个偷狗贼的毒针里含有LSD成分，这种毒品早已被放到了禁毒部门的侦控线上，这下被上半城警务站一闹腾，原先市面上少量流通的"邮票"迅速绝迹，供货的上家也随之失踪，三个多月的秘密侦查成了竹篮打水。

　　离开禁毒大队去往分局机关的路上，张跃进心情不错，还哼起了小曲儿。段一飞不解，张跃进也不解释，只是对段一飞说：机会是留给有准备的人的。

　　这只是一句安慰人的话。在这起案件上，段一飞起了个大早，赶了个晚集，一度形势大好的局面却被该死的龙思文割了韭菜，段一飞心中那个恼啊。今天赶去分局，也是因为要参加10月份民警之星、辅警之星的颁奖仪式。考虑到是龙思文成功锁定了犯罪嫌疑人身份，张跃进便一层层向上推荐他为本月的辅警之星，而段一飞、袁锵锵等人只是在台下鼓掌装点场面的。

　　两年半前，按照省厅、市局要求，清湾分局每月都会评选先进，在服务群众、打击破案，或是基础信息采集上，都会评出岗位标兵，而他们也是年度立功受奖的候选人。为了扩大社会影响力，宣传公安正能量，清湾分局还邀请了当地政要名流作为颁奖嘉宾，并请电视台转播报道。

　　台下的袁锵锵用胳膊捅了捅段一飞：你看崔副局长旁边坐的那个大佬叫龙力，龙思文他爸，多气派啊。

　　段一飞没好气地说，他要是把房价降到每平方米一块钱那才叫气派呢。

　　很快就进入了颁奖环节。崔副局长亲自宣读岗位标兵的名字，五名民警来到场边站成一排，敬礼、受奖、握手、转身、再敬礼，一阵此起彼伏的快门声。崔副局长又宣读了五名辅警之星的名字，第五个是林心蕊。

林心蕊正要鼓掌，发现身边的人都在看自己。崔副局长又喊了一声，张跃进低声催促：赶紧上场啊。

林心蕊这才反应过来，连忙离开座位，上台前还被绊了一下。等到她从龙力的手中接过奖状，已经尴尬到快要哭出来。龙力则宽慰道：小姑娘干得不错。

这当然是龙思文一手导演的好戏，正如他对一切规则的不屑，对于这个辅警之星，他也根本就没看上。拒领奖项可比接受它要酷多了。

然而肥水不流外人田。看到林心蕊还在失恋的余波和初到陌生城市的孤独中苦苦挣扎，龙思文便让父亲找到崔副局长，表示愿意主动让出辅警之星的荣誉，替换成同样有出色表现的林心蕊。

父亲发短信要儿子给他一个理由。龙思文文不对题地回复：十步杀一人，千里不留行。母亲倒是对林心蕊这个女孩很感兴趣，可正要追问下去，却发现儿子又钻进了魔力红夜总会，和那些高富帅、白富美泡在了一起。

龙思文其实也是接到了肃平安的邀请，才来夜总会参加派对的。此前他考虑到自己的身份，来这里多有不便，已经婉拒了两次。但肃平安在电话里强调，此次派对的主题是"王者归来"，为了迎接一位令人尊敬的老大哥，龙思文才勉为其难地接受了邀约。

龙思文对这位"老大哥"的身份已猜到了几分，果然，在夜总会包间里，他看到了刚刚刑满释放的董大兵。

三年前，肃平安闹分手，女友投进了另一个男孩的怀抱。这对于清湾富二代肃平安来说是奇耻大辱。要是一般男生还好对付，可这个男生不仅来自警察世家，自己还是一名警校生。真要动起手来，不知会惹出多少麻烦。

踌躇间，董大兵出手了，他只身一人闯入警校，砍了刚出完操毫无防备的警校生两刀。想再砍第三刀时，已被其他警校生死死地摁在地上。董大兵拒不承认自己是受人指使，把全部责任都揽在了自己身上，被法院判处了三年有期徒刑。因为只身闯警校和不出卖弟兄的"英雄事迹"，他被肃平安等人尊称为"老大哥"。

觥筹交错一番，董大兵对一直没吭声的龙思文说：我认得你，听说你现在也成了警察？

龙思文知道董大兵对警察的态度，便只吐出两个字：辅警。

不管是在派出所，还是在看守所，我都跟辅警打过交道，董大兵皮笑肉不笑地说，辅警也是警，就是给民警打杂的。

龙思文端着的啤酒瓶放下了。看到气氛有些紧张，肃平安立即打圆场：思文是玩票的，两天新鲜劲过了，他还是一个追风少年。

龙思文白了肃平安一眼，没再搭理他。董大兵却不依不饶：听说你还选在上半城警务站工作，我家也住那儿，咱们没准以后会经常打交道。

龙思文霍地起身，反手提着啤酒瓶口，面露冷笑：我倒是很期待和你再相逢。

龙思文又转向肃平安：是你邀请我来的，我不能驳老兄的面子。说着，便将一整瓶啤酒灌进了肚子，然后便离开了魔力红夜总会。

04

龙思文心里不快活，嘴上就更损。林心蕊本想找个合适的时机，感谢他把辅警之星的荣誉让给了自己，可毕竟还是脸皮薄，话还没说出来，脸就红了。

龙思文不知好歹地说道：干吗啊？是想向本尊表白吗，填补感情空档？我可不是什么招之即来的主儿！

林心蕊被噎了一下，扭头跑开了。

拙劣而不合时宜的幽默，林心蕊在心里为龙思文的表现下了定义。她越发难受，这种滋味无法用言语形容，像是一大堆杂草堵在了胸口，又像是带刺的藤蔓箍住了心房。她忍不住回想起与信哥的最后一次见面，分手毫无征兆，却又早就有了苗头，只是她过于天真，始终未曾有过类似的念头罢了。

午餐时，龙思文瞥见林心蕊依然一副梨花带雨的模样，自觉伤了她的心，便有意想弥补。等到刷洗餐盘时，龙思文趁机凑过去说，不要强行憋着，哭吧，哭出来会好受些，硬憋着，身子受不了。

林心蕊白了他一眼：干吗要哭？我好好的，高兴还来不及呢。

是吗？龙思文本想借坡下驴道个歉，没想到林心蕊嘴硬，反倒让他有些下不了台：别吹牛，你要是高兴，今天晚上跟我去KTV，咱们约起来，敢吗？

林心蕊说，这有什么不敢的。

说出去的话就像泼出去的水，林心蕊想反悔也来不及了。临下班的时候，她谎称接到教导员通知，要求打扫卫生。龙思文兵来将挡，当场喊来两个家政人员，把整个办公室，包括厨房、餐厅在内，都打扫得焕然一新。

段一飞咂巴着嘴，说富二代也不是一无是处哈，可以烧钱换服务。

龙思文没回话，他在心里嘀咕，有能耐你也当富二代，没本事就别说葡萄酸。林心蕊却赞同段一飞，把龙思文的一举一动当成了炫富，或者说是在刷存在感。她正头疼如何拒绝对方的邀约，刚好电话铃响了，有人报警说辖区有位老太太在公园里要死要活的，精神似乎受到了刺激。

按分工，该是杜玉好和段一飞去处置，但林心蕊为了避开龙思文，跟杜玉好换了班。龙思文一看，马上不请自到。

老太太姓柳，平时在上半城独居，身体情况尚可。前几天去看孙子，碰到公园里有个长痦子的男人在做活动，说是可以免费体检，还额外送鸡蛋。她觉得划算，就撸起袖子测了血压，对方又拿出些稀奇古怪的仪器在柳老太身上折腾了一番，当场出了报告单，称她的某某指标严重超标，有心梗的隐患。

柳老太一听就心慌，年前在医院检查时，医生的确说过她的心血管有堵塞的情况。这个痦子男给柳老太播放了一段知名电视台的健康宣传片，末尾还推荐了一款保健品。柳老太听说过这款保健品，也曾动过心思买，只是价格高得令人咋舌。痦子男看到柳老太有些为难，便告诉她：这款保健品之所以价格高昂，是因为有太多的中间商加价，而他是从厂里直接拿货的，价格只有市面上的 30%。痦子男的话让柳老太动心了，但还是很犹豫，毕竟再便宜，算下来也要一万元。

痦子男把柳老太晾到了一边，开始向其他路过的群众推销。这一下子激起了柳老太巨大的焦虑感，她连忙拦住了痦子男，掏出一张银行卡，喊道：我买，我全买！

就这样，柳老太乐滋滋地拎着三个疗程的保健品到了儿子儿媳家，高兴地宣称自己捡到了便宜宝贝。满腹狐疑的儿媳接过保健品，一看包装就觉得不对劲，上网一查，才发现婆婆这是买了假冒伪劣产品。

一万块钱哪，干点什么不好！媳妇一埋怨，柳老太的血压又飙了上去，立刻赶回小公园，却发现那个痦子男已经不见了踪影。

了解柳老太的遭遇后，龙思文说，人没事就 OK，这事儿该刑警管，我们派出所管不着。

当着群众的面，段一飞不好大动干戈，小声提醒他说，嘴巴上留个把门儿的。

龙思文嗤之以鼻：有什么大不了的，不就一万块钱吗？

段一飞再次压低嗓门：闭嘴。

林心蕊把手机递给他，屏幕上显示：全国每月收入低于1000元的尚有6亿人。

绝对不可能！富足的生活条件限制了龙思文的想象力，他愣住了。

05

收集好柳老太太被骗案子的证据后，段一飞就将材料移交给了刑警队，但这件事像在他心里捅了一个窟窿，让他有些难过。他想起了自己的母亲，想起了许许多多上半城的老住户，平日里省吃俭用、紧紧巴巴，始终没等到一个美好的将来。

该努把力了，他在心里念叨着，一大清早就出了门。

柳老太的家在农贸市场的出口。农贸市场虽然规模不大，却很不太平，属于小偷长年驻扎的地方，这一带的百姓被偷怕了，人人也都成了"三只手"，贼喊捉贼。为了应对这一现象，天水街派出所下了不少气力，联合工商、税务和城管等部门整治了市场，还安装了摄像头。

段一飞抬头瞅了瞅其中一个摄像头，摄像头连着警务站，他猜想负责监控的龙思文会不会看到自己。

他敲了敲门，四合院里传来柳老太的声音：谁呀？

公安的小段。

门开了，他打眼一看就心疼，柳老太一夜间苍老了许多。他搀扶着老人进了院子。

老人唉声叹气，又把头天说过的话重复了一遍。他竖起耳朵，生怕落下一个字，遗憾的是，并没有任何新的发现。段一飞只得劝慰老太太，像一个真正的刑警一样，承诺一定会努力侦查，把她被骗的钱追回来。临了，他还给柳老太留下了手机号码，提醒老人再仔细想想，有任何新线索都可以随时跟自己联系。

万万没想到的是，段一飞回到警务站后，柳老太被送去了医院，还真被骗子说准了，这回是心肌梗死。儿媳找上门来讨说法，说是街坊邻居都看到了，老人是在段一飞走了之后才犯的毛病。

张跃进出面解释，说他是新来的辅警。

儿媳妇说，辅警怎么了？辅警也是你们的人，这医药费、精神损失费，还有我家老太太的误工费，都得赔给我。

段一飞没说话，龙思文却忍不住开了口：老太太都多大岁数了，还误工费？

当然有误工费，我婆婆平常替我看孩子，她住院了，我得雇保姆，这不是钱吗？老人的儿媳妇不是省油的灯，还扬言要到区里、市里甚至省里告状，直到陈晨赶过来，也不知使了什么招数，事情才暂时告一段落。教导员脾气再好，也少不了批评他们几个，话说得不轻也不重，龙思文左耳朵进右耳朵出，段一飞的心里却凉了半截儿——本想好好表现一把，又摊上这么个倒霉事儿。他瞥了一眼摇头晃脑的龙思文，心想说不定是龙思文在使坏，假如不火上浇油，绝不会惊动所领导。

龙思文压根没那么多想法，他其实看到了柳老太的不易，特别想把案子破了，也正在像段一飞一样单打独斗。

龙思文不愿惊动上级，便把查公园监控当成了突破口。他一看监控，心里乐了，那个招摇撞骗的痞子男好像在魔力红夜总会见过。

他把视频截图发给了肃平安，请他帮忙辨认。

肃平安发来一个问号，接着问龙思文：你不会想着让我见义勇为吧？

龙思文知道肃平安是想刻意和警察划清界限，便不再强求，转而联系到了夜总会的保安，给他发了个大红包，请他辨认图片。很快就有消息反馈过来，那人姓许，外号"许瘩子"，家住下半城的御龙花苑小区。

龙思文对那里再熟悉不过了，小区名字里带个"龙"，是父亲公司开发的楼盘。他查了具体的住处，打车过去，本想在楼下暗自观察，看嫌疑人家里的灯是否亮着，再通知刑警队来抓人。

可巧就巧在，小区门口的小卖部里，有个男人刚买了一包烟，转过身，用打火机点燃一支，火苗照亮了他脸上的瘩子。天啊，这不就是骗子嘛！龙思文的眼睛直了。许瘩子看出了不对劲，正要快步离去，龙思文一个箭步冲了上去，把许瘩子摁倒在地。两个人正在地上纠缠时，群众围拢过来，把现场搅得越来越乱，许瘩子趁乱踹了龙思文一脚，消失在夜色当中。

第五章

01

对于辅警的规范化管理，清湾分局在全省是一个试点，除了平时驻守警务站开展社区警务工作外，还有后续转为事业编制、提高收入待遇等举措。这批辅警招录也有一段时间了，省厅领导想调研一下他们工作的现状。

张跃进通知全体辅警集合，到天水街派出所开会。到场之后，他发现那些下半城警务站的老对手已经坐在那儿等着了。龙思文刻意吹了声口哨，刚被柳老太儿女投诉的段一飞则找了个不起眼的位置坐下，埋头想心事。

过了没多会儿，会议室进来了几个人，段一飞只见过崔副局长、汪所长和陈教导员，其他的都不认识。来人坐定，崔副局长介绍说，居中位置的是省厅政治部的领导，深入基层调研辅警的工作现状，请大家畅所欲言。

开场白之后，会场陷入了尴尬，没人主动发言。陈晨点了下半城警务站的两位退伍士兵，两人军姿板正，话却说得扭扭捏捏，汪海洋腮帮子鼓着，一脸的不高兴。

你们怎么搞的？像霜打了的茄子，全蔫儿了，平常的精神头呢？说完，崔副局长环视会议室，看到段一飞始终低着头，就把他喊了起来：段一飞，你入警培训时是组长，来，带个头儿。

段一飞站起来，顿了顿才问：讲实话吗？

省厅领导笑呵呵地说：听的就是实话。

许是受了情绪的影响，段一飞的言论有些过激，但却都是些大实话，基本上说出了辅警的心声——工作强度大；工资福利不匹配；身份尴尬，得不到尊重，也缺乏自我认同感；没有奖励机制，干好干坏一个样儿……

段一飞说这些话的时候，林心蕊边记边捏了把汗。她瞥了一眼崔副局长，发现崔副局长的脸色很难看，几次想打断，但汪海洋的腮帮子倒是不鼓了，眼神中反倒有些鼓励之色。她还发现，段一飞在说最后一个问题时，目光始终不离龙思文。

他说，辅警招录把关不严，鱼鳖虾蟹全都收进来了。年龄最大的杜玉好扭了扭屁股，椅子发出了声响，会场也跟着出现了短暂的骚动，所有的辅警交头接耳。龙思文倒是丝毫没往自己身上想，起哄似的带头拍起了巴掌。

掌声跟着响了起来，众人把他当成了功臣。

把省厅领导送出派出所时，崔副局长狠狠剜了段一飞一眼。段一飞梗着脖子，却也知道自己闯了祸。他又偷偷瞥了汪海洋一眼，发现对方像铁板一块，喜怒不形于色。

回到警务站，杜玉好让段一飞主动去向汪海洋认个错。依着汪所的脾气，在上级领导面前大放厥词，十有八九会遭到批评，闹得严重了很可能会被开掉。

段一飞明白，省厅领导又不是辅警身份，怎么可能设身处地为他们解决实际困难？可他没打算去补救。倘若连点意见都听不进去，在这种单位待下去也没意思。

看到段一飞不言语，杜玉好又去怂恿张跃进：你好歹替阿飞去说几句公道话。

张跃进挠挠光脑袋，张了张嘴，没说话。他左思右想：该不该去掺和？自己只是个副所长，分管的是上半城警务站，年龄又比汪海洋大，参与意见多了，会引起人家的不满。不过段一飞身上虽说有很多缺点，干工作还是有一股虎劲儿，警队需要这样的人。

他也大体认同段一飞的观点。辅警队伍一直不稳定，很多辅警只是把自己当临时工，把这份工作当跳板，随时随地可能辞职。这么多年，上半城警务站来来走走了多少辅警，他一时间也很难数得清，唯一铁打的，就是他这个站长。从一个民警熬成副所长，再往后是什么呢？大概就是退休了。一眼望得到头的职业生涯，张跃进不免内心又自嘲了一番。

不过，汪海洋眼里揉不得沙子，陈晨则特别护犊子，段一飞万一真的因言获罪，他俩肯定会和上面叫板，而对于柳老太子女的投诉，他们也一定会查个明白，还段一飞一个清白。

02

柳老太的儿女投诉段一飞的事情，引起了市局领导的高度重视，局领导专门做了批示。

批示转到分局，崔副局长看后干瞪眼：怎么又是段一飞呢？当着省厅调研组满嘴跑火车就够腻味人的，这又被人告上门来了，实在是令人恼火。

随后，驻市局的纪检组成立了调查组，准备到天水街派出所开展工作。陈晨先接到了调查组的电话，她怕汪海洋发邪脾气，跟工作组的人戗上，便提出由她来对接。

陈晨私下里给张跃进打电话：你们那儿的段一飞，是怎么回事儿？

张跃进说：按部就班地上下班，啥事儿都没有。

陈晨声调变了：你别打马虎眼，你们辖区的柳老太心肌梗死，跑到市局上访了。

张跃进含含糊糊地说：老太太上访了？她不是都心梗了吗，还能上访？

张跃进把皮球踢回了所里，陈晨气呼呼地挂了电话，这烂摊子还得自己收拾。她也有过一丝犹豫：何苦要给自己添乱呢？再有个三两年就该退休了，干了一辈子警察，也该歇歇了。到时候，出门跳跳广场舞，回家抱抱小孙子，想想都舒坦。

年前，她曾经提交过辞职报告，想提前退了。报告到了崔副局长案头，他没同意。

他把陈晨喊到办公室，只一句话，便把陈晨驳了个无话可说——如果你现在退休，看到有人吵架撕扯，你上去要制止，对方白你一眼，说你不是警察，不要多管闲事，你会怎么想？

的确，穿了这么多年警服，一下子让她脱去，真会比刀割斧砍还要疼。为了让这份疼迟一点来，陈晨便只得继续在天水街派出所干了下去。

在调查组到来前，陈晨和段一飞认真地谈了一次。据段一飞本人说，在柳老太家里，他只是了解了相关情况，出于应有的同情和正义，他夸下海口，说要帮老太太把案子破了。其间双方没有发生不愉快，更别说是争吵了，他想不通柳老太怎么就会心梗。

陈晨安抚段一飞，表示相信他的话，内心里却不知该怎么帮他证明，毕竟只有两人在场。陈晨决定还是和柳老太见上一面。

此时已是傍晚，病人家属们围在食堂的小推车前，购买晚饭。陈晨从走廊看了心内科病房里的柳老太许久，却不见有人给她送饭。陈晨偷偷问值班护士，护士告诉她，老太太的子女一天只在早上送一次饭，吃剩下的热一热，就当午饭和晚饭。

陈晨鼻子一酸，回到住院部大厅，从小推车上买了一份馄饨和两个花卷馒头，送到老人的身边。柳老太有些疑惑，陈晨便解释说自己是她儿媳妇的同事，是被请来送饭的。柳老太低头吃完馄饨，又吃了半个陈晨为她削的苹果，又盯着陈晨的眼睛看，反倒让陈晨不好意思地低下了头。

柳老太说：闺女，你不是我儿媳妇的同事，她不会请人给我送饭的。

陈晨抬起头：那您看我像谁呢？

柳老太说：你的眼睛，和那个找我说要破案的小伙子眼睛一样。

陈晨笑了，她握住了柳老太的手说：是的，我是警察。

柳老太把手抽了回去，眼泪也落了下来：对不起，我错了，我不应该坑那个小伙子。

接下来，柳老太把段一飞拜访的经过说了一遍。她被骗后，连续两天精神不在状态，该吃的药都忘了，才发了病。

等柳老太说完后，陈晨问：我可以把您刚才说的话录一遍音吗？

柳老太激动地说：行，行，我还要对那个小伙子说一声对不起。

从医院回到所里，已是深夜，陈晨本打算把录音直接发给纪检调查组的组长，一转念，还是先发给了举报段一飞的柳老太子女，又打了电话，要他们先撤销投诉，然后好好伺候病床上的母亲，每天三顿都要送饭，还要给老人洗脸洗澡，如果做不到，就以诬陷执法人员罪采取处罚措施。

这些话说完后，陈晨喝了一大杯水，心里喜滋滋的——自己许久都没有这么硬气了。

几天风平浪静后，派出所接到了一份转发的文件。那是省厅下发的调研工作通报，专门表扬了上半城警务站的段一飞。通报还提到，省厅将出台有关警务辅助人员的保障措施。

也许是前段时间憋屈了太久，段一飞一时有点忘形：组织得给我记个功，也只有我敢仗义执言，不然咱们这些警务辅助人员，猴年马月甭想出头。

一直想看段一飞出丑的龙思文很是扫兴，他在心里嘀咕："咱们"？我什么时候和你算一头的了?!

03

事业上春风得意，情场上也顺风顺水，第二天一大清早，文煜朵翩然而至，明面上是按照区工会要求慰问基层单位，但一双眼里全都是段一飞。段一飞倒也大刺刺地将文煜朵搂在怀里，生怕她从身边溜了。

大学毕业后，按照父亲文扬的意思，文煜朵要报考公务员，最好还是政法系统的公务员。她明白父亲的想法：再怎么说，文扬也是市委常委、政法委书记，希望爱女有个好工作，进而有个好归宿，是人之常情。

但文煜朵不喜欢仕途，她不想让父亲太过失望，就自作主张考了清湾区工会的事业编制。为此，父女俩还闹得挺不愉快，多亏她嘴甜才把父亲哄了过来。

文扬心里对女儿有着一份永远的歉疚。文煜朵刚出生没多久，妻子就去了广州做生意，后来移居海外。那个女人心野，瞧不上自己朝九晚五的工作，时间长了，缘分也就尽了。那时候，他在市委办公厅做秘书，忙得晕头转向，没工夫照顾女儿，再加上文煜朵先天体弱，落下了病根。如今女儿毕业回到了自己身边，文扬开始考虑她的婚姻大事，可说了好几次相亲的事情，都被女儿断然拒绝，文扬猜测女儿已心有所属。

文煜朵对段一飞的付出的确值得。在部队时，段一飞各方面表现出色，还立了功，本是有机会推荐报考军校、提为军官的，可他知道文煜朵身体不好，需要有人照料，便主动放弃了提干的机会，退了役，回到心爱的人身边。

父亲对自己的婚姻大事怎么看，文煜朵心中有数。父亲并不是死守传统，非要她找个门当户对的人，但交际圈摆在那里，他认识的都是官场上的人，自然会以此为标准为女儿物色。文煜朵私下里劝段一飞理解父亲，也无数次地表示了非他不嫁的决心。

看到段一飞和文煜朵耳鬓厮磨的样子，龙思文胃里就泛酸水，这股子酸水泛了一天，一直到晚上值班还没消停。雪上加霜的是，居然还有人往警务站打骚扰电话。

夜里 11 点，电话铃响了两声，听声音是个女的，辨别不出真实年龄。

女人问：贵姓？

龙思文又好气又好笑，对方打来电话，上来居然先问自己姓什么。他耐着性子说：本人贵姓龙。

女人笑了：龙警官还挺幽默。正好，我介绍一下情况，你记一下。女，23 岁，身高 163 厘米，长相中等偏上……

龙思文打断她：你这是要相亲吗？

对呀，帮忙介绍个警察吧，我家孩子就喜欢穿警服的。

龙思文哭笑不得地挂了电话，没多久铃声又响了。一个语气低沉的声音说，我碰到大麻烦了。

龙思文正经起来：别急，慢慢说。

对方慢悠悠地说：挺不好意思的，手机马上就要欠费了，人民警察爱人民，能帮忙充点电话费吗？

龙思文恼了，反问道：用不用给你出钱买骨灰盒？

你就不怕我录音？说完，那边嘻嘻哈哈挂了电话。也是邪门，这一晚上他接了若干个骚扰电话，最离谱的是一个小孩子打的，非要龙思文唱《小星星》。好不容易熬到后半夜，他刚打了个盹儿，又被铃声吵醒了。

那头语气急促，说隔壁有人挨打，闹不好会出人命。

龙思文一手抓着话筒，一手搓着惺忪的睡眼：还能来点儿新鲜的吗？

对方一愣：这不是报案电话吗？

龙思文警醒过来，问清地址赶过去，却只是小两口喝多了酒，在家里唱歌跳舞。他教育了一番，让两口子不要扰民，瞥了一眼报警人屋内，看到客厅的墙上贴着袒胸露乳的女明星海报，桌上是一碗吃了一半的方便面。

刚回警务站，电话又来了：有人在鬼哭狼嚎，你还是得管。

龙思文疑惑道：不是刚教育了那两口子吗？

对方说：不是他们，又换人了。

无奈之下，龙思文只得再次上门。报警人"嘘"了一声，要龙思文竖起耳朵听。窗户外面传来几声猫发情的叫声，报警人说，就是它们，这些畜生在扰民。

龙思文气不打一处来：有本事，你也找个娘们儿唱唱歌跳跳舞，要是还觉得不过瘾，和外面的猫一起叫两嗓子。

龙思文刚刚离开，报警人便立刻拨打了投诉电话。汪海洋坐不住了：这才几天啊，手下的辅警接二连三被群众投诉，张跃进是干什么吃的？

04

张跃进倒不是很在意龙思文遇到的麻烦。那些缠人的骚扰电话是工作中经常会遇到的，若是哪天把龙思文弄厌了，不干这辅警了，他也乐意恭送这位公子哥儿去别处高就。

令张跃进隐隐不安的，是林心蕊的精神状态。感情的烦恼虽已解决，但家里的一摊事始终没有摆平。

身在大洋彼岸留学的林心杰也很为妹妹担忧。林心杰心有亏欠，知道母亲重男轻女，把家里的积蓄都给了自己留学，没怎么顾及林心蕊，于是主动给母亲打了电话劝说。

姜海燕算是抓住了把柄，把女儿臭骂一顿，说她打扰林心杰，不让他安心求学。她还逼女儿火速回家，别在外面给自己丢脸，否则就断绝母女关系。

起先，林心蕊也真动了回家的念头：清湾是伤心之地，她不知道往后的日子该怎么过，但她受不了母亲的霸道。面对姜海燕咄咄逼人的话语，她无比坚定地拒绝了。

姜海燕咆哮起来：最好永远别回来。

哪有当妈的说这样的话？林心蕊胸口剧烈起伏，戾气似乎要冲破胸膛，恶魔一般尖啸而出。一个声音在质问：你真是姜海燕的亲生女儿吗？

这个声音曾无数次出现在脑海，她感到怪异，进而觉得凄凉。不行，必须冷静下来，沉着地面对一切。

她强制自己调整心态，却仍然忍不住想着母亲的狠心。母亲似乎是她上辈子的仇人，专门来惩罚她的。不说从小到大对子女截然不同的态度，单是为了让哥哥出国留学，就让自己做出了巨大的牺牲。

彼时林心蕊已在准备考研，按照她的成绩，肯定可以考上很不错的医科大学，但哥哥在外留学所需的开销更大。鉴于此，母亲便明确表态，要她不要再继续读研。

父亲林文生在家里没有发言权，虽然私下表示愿意给林心蕊出学费和生活费，但看到父亲额头上的皱纹，还有平日里吃的那些药，林心蕊忍痛放弃了。

那天，父母都到机场送林心杰，林心蕊一个人留在了家里，紧紧地抱住双膝，觉得自己就像一只被人遗弃的小狗。如今，和母亲吵过一架后，林心蕊依偎在小飞龙身边。母亲和男友都不要自己了，她还不如小飞龙。小飞龙好像看透了她的心思，抻起脖子，仰着脸，伸出舌头，舔着她脸上的泪花。

好容易挨到傍晚，林心蕊整理好心情准备回出租房，突然收到一条短信。发信人是父亲，只有五个字：心脏病，速归！

林心蕊一下子僵在了那里，父亲常年患有冠心病，这次一定是发作了。她马上按下通话键，却怎么也打不通。林心蕊脸色惨白，被正准备交班的龙思文瞅见，得知情况后，他拉起林心蕊上了门口停着的法拉利，一脚油门，向清湾机场驶去。

等到红眼航班飞在云层之上时，龙思文才有些回过神来。虽然说走就走的确是他的性格，但只身陪伴一个女生有点太贸然了，龙思文居然有些手足无措。

不一会儿，飞机遭遇气流，开始上下颠簸，林心蕊不自觉抓住前排座位，脸色煞白。龙思文憋了许久，终于开口安慰道：没关系的，一切都会好的。

凌晨两点，飞机抵达省会机场，距离林心蕊老家所在的县城尚有300公里。龙思文立即租了一辆车，马不停蹄地开上了高速。夜色浓重，电台里播放起小野丽莎的《月亮河》，神经紧绷许久的林心蕊渐渐沉入了梦乡。龙思文瞥了眼她靠在车窗上的侧脸，觉得如水的月光，也正像是她如水般的面庞。

05

一进家门，林心蕊就愣住了，父亲正好好地在床上睡着，打着轻轻的鼾声，跟往日没什么两样。母亲正在厨房下面条，父亲的手机搁在一旁。她死死盯着母亲，告诫自己千万不能冲动。

姜海燕似乎也没料到女儿会这么快回家，但很快就恢复了冷静：啧啧，还有脸回来？

林心蕊用牙咬着嘴唇，厉声问：姜海燕，过分吗？

你喊我什么？

林心蕊用尽力气大喊：我喊你姜——海——燕！

林文生被吵醒了，迷迷糊糊地问：怎么了？

等他看清了女儿，一骨碌从床上爬起来说：哎呀，闺女怎么回来了？

林心蕊心里一酸，把脸扭到一边，说不出话来。

龙思文大概也看懂了，插话说：叔叔，林心蕊收到短信，说你心脏病发作了。

林文生脸色一变，看向姜海燕。姜海燕无惧丈夫的眼神，反倒拉出哭腔：咱老两口，就是真病了、瘫了，她这个女儿也不会关心。她可能在病床前服侍咱们吗？

林文生拍打着被褥说：唉，谁让我没能耐呢！

林心蕊边哭边说：爸，你能不能别这么窝囊啊？

姜海燕将目光斜向龙思文，话头却是冲着林心蕊：外面宝马车是这个小伙子的吧，做人还是要安生点，清楚什么叫作门当户对，不要有太多的奢望。

林心蕊急着要去解释，龙思文倒是非常淡定：阿姨，外面的车可是租来的，您瞧车牌号就能看出来。顿了顿又说：您不担心女儿的安全，可是派出所的所长操心哪，是他安排我一路护送的。您瞧，这是机票，还有租车的发票。

姜海燕被将了一军，反倒不知该说什么了。林文生也在旁边催促，说是来客人了，总该买两个菜招待。姜海燕便借这个台阶离开了房间，出去买菜了。龙思文也出了屋，留出了空间给这对父女。

林心蕊注意到父亲老了，头发白了；父亲发现林心蕊瘦了，脸晒黑了，他将眼睛瞟向门外龙思文的背影，意识到这两个年轻人之间或许并不只是同事关系那么简单。

沉默间，龙思文的电话响了，接通后就传来张跃进的骂声：昨晚分局督察部门来查岗，整个警务站都空着，你到底跑哪儿去了？

龙思文从门外探头进来，尴尬地问林心蕊：这地儿，叫什么来着？

姜海燕还没回家，林文生便催促女儿和龙思文快些回到清湾，不要耽误了工作。林心蕊和母亲的矛盾不是一两天能解开的，现在还是工作要紧。

父亲说得在理，龙思文也在一边点头。林心蕊只得含泪告别父亲，随龙思文回到车上。

回程中，龙思文几次挑起话头，都被林心蕊避开了，行程过半，她才终于开口，吞吞吐吐地说：这次真的得谢谢你。

龙思文马上接过了话茬儿：卸我什么？是卸胳膊还是卸腿儿？

林心蕊垂下眼睑，两手绞在一起，半天才说：谢谢你一路陪我到家。

龙思文有些泄气：家里没事就好。

放心吧，等下个月发了工资，这来回的路费，我都还给你。

龙思文开玩笑道：恐怕一个月的工资不够吧？

林心蕊低下了头，先前买球鞋已经透支了，加上此次机票和租车的钱，如果单靠辅警的工资，不知什么时候能还清。

龙思文又说：钱和钱是不一样的，对你来说，万八千的得赚好几个月，但对我来说，就是一晚上在夜总会玩的钱。

看到林心蕊不再言语，龙思文又说：你以为我是在炫富吗？当然不是，我从小到大就是这么生活的，所以根本不会在乎这些机票路费。倒是你，该好好照顾一下自己，有钱没钱，都乐乐呵呵的，把所有烦心事儿都忘掉。

林心蕊被他的话逗乐了，捂着嘴，不出声地笑。

龙思文瞥向她，那种出水芙蓉般的清纯竟让他有些出神。林心蕊抬起头，两人目光一接，龙思文立刻稳住方向盘，看向前方。

龙思文坚持把林心蕊送回出租房，才回到警务站。此时已是午夜，还没来得及打招呼，便被张跃进臭骂一顿，说他擅自脱岗，没有责任心，没有职业荣誉感。

龙思文本想解释护送林心蕊回家的事情，被张跃进这么一骂，反倒懒得开口，只留下一个无所谓的背影，便去魔力红夜总会找肃平安喝酒了。

一路奔波，加上一肚子憋屈，到了包间后，龙思文将一瓶上好的苏格兰威士忌闷声不响地喝了一半，才靠在沙发上，瞪着投射在墙上的彩灯。

肃平安递来一片哈密瓜：怎么，工作不太顺利？

龙思文点了点头。

肃平安道：不顺利就不干，体验得差不多就行了，咱们还得接着奏乐接着舞呢。

龙思文撑起身子，举起酒杯，对肃平安道：敬"咱们"！

肃平安碰了一下杯子，搂过龙思文的肩膀，招呼屋里的伙伴们给龙思文敬酒。不觉间，剩下的半瓶威士忌也快要见了底。

这时，那个董大兵叼着雪茄，从门外进来了。他抽了一口，将烟雾吐到龙思文的脸上，又将雪茄递了过来。残存的意志力让龙思文犹豫着，没有接过雪茄。董大兵笑道：怎么，怕这里面有毒？

龙思文摇摇头。

那就是嫌我脏咯？

龙思文想了想：懒得跟你说。

董大兵嘿嘿一笑，然后凑到龙思文的耳边说：你去抓许瘸子，我就算是忍了，但以后咱们各走各的道，你别来惹我，我也不来烦你。

龙思文伫了董大兵一眼。

董大兵冷笑着说：我可不是你那些富二代的小朋友，我说到做到。

第六章

01

段一飞早就注意到了龙思文下巴的瘀青，他查看了近期的出警记录，没发现有打架斗殴的警情，便泛起了狐疑——难道这小子背地里有什么小动作？光靠一个人单打独斗，段一飞觉得龙思文肯定没那个胆量，想了一圈，他凑到正在玩《王者荣耀》的袁锵锵身边，低声问：锵锵，公子哥儿最近有没有行为反常的时候啊？

袁锵锵头都没抬地反问道：他哪天正常过？

段一飞拍了一下袁锵锵的脑袋：我的意思是，他有没有正经的时候，比如特别认真对待工作一类的？

袁锵锵放下手机，想了想说：前两天傍晚，龙哥让我到下半城的御龙花苑小区找他，还特别交代，见到他后不要声张。可等我到了地方，却没找到他，电话打了也没人接。

段一飞追问：他说要你去干吗了吗？

具体没说，只让我带一根伸缩警棍，自卫用。

段一飞哈哈大笑：自卫，龙少爷的胆量真够小的。

笑完，段一飞拉开抽屉，摸出一副手铐和辅警证，抢在袁锵锵问他要做什么前，飞身离开警务站，直奔下半城的御龙花苑小区。

在小区门岗室，段一飞将警官证在保安面前一晃，便调出了袁锵锵提到时段的监控视频，发现小卖部外的空地上围拢着一群人，而中间分明是两个正在撕扯的男子。不一会儿，一个男人从人群中突围，跑到小区门口，段一飞将这个长了瘊子的男人定格，把截图保存到电脑里。随即，人群中又追出来一个小伙子，段一飞一看乐了，这不就是龙思文嘛。

只见龙思文左右看看，犹豫了一下，像斗败了的公鸡一样，跺了跺脚，钻进门外路旁停着的车里。

段一飞调出瘊子男的照片，找身边的保安辨认。一个年轻保安认出了他，说他有一阵子在附近的小区推销保健品，引起过纠纷。保安还说瘊子男有一个很漂亮的老婆，住在小区 8 号楼 1 单元 3 号。

事不宜迟，段一飞立即来到他们所说的楼栋，敲了许久的门也没人来应，隔壁的一位大姐探头问段一飞是做什么的。段一飞又亮了警官证，大姐撇了撇嘴：早就料到那小妮子不是什么好人。

原来，东户西户都是大姐的房子，半年前，她把西户租给了瘊子男。瘊子男的老婆长得妖里妖气，经常深夜而归，像是 KTV 或桑拿浴室的小姐。可前天晚上两人匆匆离开后，就再没回来过。段一飞请大姐出示两人租房子的身份证复印件，大姐挠了挠头，说是想不起来复印件放哪儿了，接着就找来一个丁零当啷的钥匙盘，递给了段一飞。段一飞一边感慨，一边逐一将钥匙捅进了西户防盗门的锁眼，门终于开了。

屋子里的陈设相当简单，客厅和次卧都堆满了各种假保健品，主卧的床铺没有收拾，从床头的垃圾桶里，段一飞拎出了一个针头上还带血的注射器，看得房东大姐倒吸一口凉气。段一飞又拉开床头柜抽屉，找到几张艺术照。缓过劲的大姐在后面连声说道：就是她，就是那个狐狸精。一旁的保安也指认说，照片上的女孩就是痞子男的老婆。

段一飞把照片揣进口袋，离开了小区，想起房东大姐的话，便把照片翻拍，发给了在辖区经营浪漫一族KTV的章姐，请这个常见三教九流的老板娘辨认一下照片上的女孩。不一会儿，章姐打来电话，说手下的一个"公主"认出了这个女孩。

刚一见到认出女孩的"公主"，段一飞就有些愣住了，他没想到章姐的陪唱女里居然有长得这么清纯的。再追问，才知道她叫高亚楠，还在上学，没课的时候才到这里赚一点外快，但关于自己在哪儿上学、学的什么专业，她就不愿意再谈了。

高亚楠讲起了照片上的这个女孩，说她叫小冰，半年前曾和自己在一个KTV工作，后来小冰怀孕，便从KTV辞了职。前天深夜，小冰找到自己，说他们夫妻遇到点麻烦，需要借用一下身份证到宾馆开个房。高亚楠本不想把身份证借给她，但小冰百般哀求，高亚楠无奈，去宾馆帮小冰订了一个房间，把房卡交给了小冰。

说着，高亚楠在纸上写下了宾馆的名称和房间号。

段一飞扫了一眼，知道这家宾馆就在附近。他把纸塞进口袋，问道：为什么你愿意告诉我这些？

高亚楠抿了抿嘴：小冰的老公许痞子常年吸毒，小冰好像也染上了毒瘾。为了小冰，为了她肚子里的孩子，我希望你能把许痞子给抓起来。

段一飞点点头，又突然问：你吸毒吗？

高亚楠捋了捋头发：我永远不会碰那个东西。

在她捋头发的瞬间，段一飞注意到这个女孩的左手腕内侧有一个蝴蝶文身。

段一飞环顾四周，压低声音说：可是你所处的环境……避免不了要和吸毒人员接触，万一遇人不淑呢？

高亚楠叹了口气：我会保护好自己的。

老老实实上你的学不好吗？

高亚楠像在忍住眼泪：可是，我需要钱，真的需要钱！

段一飞还想再问，又怕问多了会让高亚楠反感，进而向小冰通风报信，便只是耸耸肩道：好吧，希望你能把自己保护好吧。说完，便冲出了浪漫一族KTV。

去往宾馆的路上，段一飞给袁锵锵打了个电话，接通后，段一飞说：想不想立功啊？

袁锵锵高兴地说：想啊，当然想啦。

我马上给你发一个地址，你来找我。

好嘞。对了，要不要带一根警棍自卫啊？

段一飞笑了：我可不是龙思文那个㞞包，你来个人就行。

他用宾馆的房卡轻轻打开了房门，然后冲了进去。果然，许痦子和小冰还蒙在被窝里睡大觉。许痦子的反应倒是挺快，但也只是逃到阳台，便被段一飞拉住了后衣领。他回身要挥拳反抗，段一飞用肩膀将他撞在墙上，另一只手扣住了他的喉咙，将他整个人都提了起来。许痦子筛糠似的发起了抖，嘴边痦子上的毛也随之乱颤。段一飞恶狠狠地说：让我瞧瞧，你就是那个骗老人的坏蛋。

说话间，身后一阵喧嚣，原来袁锵锵正被尖叫的小冰撕扯着，竟然落了下风。段一飞吼道：想想你肚子里的孩子！

小冰安静了下来。

02

许痦子和小冰被随后赶来的刑警带走了，刑警同时还搜查了许痦子的出租屋，缴获了那些假冒的保健品。他们冻结了许痦子的银行账户，很快便将柳老太被骗的钱返还给了她。

激动的柳老太将一面锦旗送到了清湾分局刑警大队，指明要送给那个姓段的刑警。大队长疑惑了半天，队里面可没有姓段的小伙子啊。

对于上半城警务站近期的表现，张跃进是一喜一忧。喜的是柳老太的案件破了，威胁辖区老年人财产安全的虚假保健品类诈骗隐患被消除；忧的是龙思文不仅屡次被投诉，还因为偷偷陪林心蕊返家，被督察查到了脱岗。

对于工作纪律，所长汪海洋是从来不含糊的。更何况，天水街派出所辅警进驻警务站本就是省厅试行的点儿，没准儿还会再次下来调研，必须要做出点成绩，才能将此项工作推行开来。因此，他对龙思文脱岗的事情揪住不放，非要让张跃进说出个子丑寅卯。张跃进也不是省油的灯，翻来覆去就一句话，让所里再给自己配个正式民警。

这话的意思一目了然，张跃进一个人管着一群辅警，还得处理其他事务，分身乏术。可天水街派出所跟所有基层派出所一样，人手紧张，一个萝卜一个坑，到哪里找人去？汪海洋深知，论资历，他比张跃进要浅不少，更何况，老张在上半城警务站扎根几十年，一个人面对这样治安复杂的地区，能维持不出大问题，的确是不容易。若是想改变上半城的治安现状，必须得从根上抓起。

于是，汪海洋和陈晨合计了一下，决定接下来的一周将办公地点从下半城的派出所转移到上半城的警务站，一方面是帮着张跃进管一管辅警队伍，另一方面是深入调研一下上半城的治安工作。

可还没等二人动身，一通报警电话就把从市局到分局刑侦部门的侦查员都聚集到了上半城。原来周末晚上，一个出租车司机在下半城接了一对年轻男女，一路上，两人在后排座位上嘀咕着什么"诱惑""陷阱""绑架""杀人"的字眼，女孩还掏出一把枪比画了一番。两个人是在工人新村附近下的车。司机刚掉头，就听见后面砰的一声，像是枪响。根据行车记录仪提供的画面，侦查员确定了这对男女上下车的位置。不过工人新村附近监控的盲点很多，无法判断他们之后去了哪里。一时间，大家都有点儿没了头绪。

市局领导立即将几十名警力分编为四人一组，以工人新村为圆心、1.5公里为半径散开，目的就是找人找枪。

警务站的几名辅警也被打散，各自忙起来：杜玉好带着袁锵锵烧水泡茶准备夜宵，竭尽全力为大家做好后勤；龙思文则协助视频侦查，对两名持枪绑匪的行动轨迹进行研判；林心蕊在处理户政走访等服务工作时跑遍了上半城，对哪些犄角旮旯适合藏身有大概的判断，在地图上圈出了需要搜查的重点地区；段一飞却不见人影，据说是自个儿跑下去搜查了。张跃进窝在警务站里间休息室的沙发床上，暗想段一飞这小子又想去抢头功了。但脚底板跑得快，不如情报快，张跃进在上半城扎根了几十年，消息灵通的眼线耳目少说也有几十个。平日里他常为这些眼线行方便，甚至还经常与他们下棋喝酒，关系很熟络，一旦遇到今天这种大事，只需要把那对男女的照片发给他们，然后闭上眼睛等消息反馈。

汪海洋忙活了一通，才发现张跃进没了人影，找到休息室，才发现这个光头竟然躺在那里闭目养神。汪海洋正要发飙，没想到张跃进举起手机，嘿嘿一笑：来了！

果然，一个线人向他提供线索，说自己租住的大院里最近来了一男一女两个新租客，平日里不见人影，今天晚上却突然回屋。经辨认，正是行车记录仪拍下的那一对男女。

张跃进拨打了线人的电话，确信嫌疑人屋子的灯是亮着的，隐约还能看到人影。崔副局长立即布置起抓捕方案，张跃进不慌不忙地给线人发了一个微信红包后，凑到崔副局长面前说：不用把警力都往那个小院调，容易打草惊蛇。崔副局长反问他怎么办，张跃进环顾一圈，指着陈晨说：你的枪法好，还是女同志，不容易招人注意，不如你带一小队人去吧。

03

陈晨的枪法在全市公安机关都是出了名的，45 岁以前，她经常代表市局参加省厅的射击比赛，拿过几次冠军。要说客观原因，那是她的手指柔软，压扳机时动作幅度小，不容易脱靶；要说主观原因，还是在基层历练了几十年，各种场面都见过，心理素质过硬。

按照崔副局长的部署，汪海洋带着陈晨和张跃进，还有一小队特警向目标小院摸了过去。线人早在院外等着，只见他给了个眼神，大家确定绑匪和人质正藏身于东南拐角的小屋里。

在路上，大家就议定了计划，先由陈晨以社区工作人员登记为由敲门，观察里面的情况。假若出现人质可能被枪杀等危急的情况，就由她先行击毙持枪匪徒；如果情况尚可控制，那就听她下达命令，由后续跟进的特警进屋控制住绑匪。

门敲了几遍，等了一会儿，还是没有人应门。陈晨还想再敲，耐不住性子的汪海洋已示意特警破门。一群荷枪实弹的警察闯进屋内，看见女孩正举着枪，抵着被捆在椅子上的那个男生的脑袋。

特警们都在大吼：放下枪，放下枪！

女生像是呆住了，愣在原地。

再不投降就要开枪了！

眼见着扳机即将扣动，陈晨突然意识到不太对劲，被绑架的男生脸上一点恐惧都没有，反倒是仰着脑袋与女绑匪面面相觑。

千钧一发之际，陈晨突然大吼道：都别开枪！别开枪！随即，她拦在特警的前面，一步步走向女绑匪，轻轻把手放在女绑匪的手腕上，直到卸下枪时，才从分量上意识到，这根本就是一把玩具枪。

汪海洋就地对"绑匪"和"人质"进行了现场突审，他那副凶神恶煞的样子，倒是把缓过劲来的"绑匪"逗乐了。原来这个"绑匪"叫吕笑笑，男生是她在学校的师弟。吕笑笑去年刚从师大中文系研究生院毕业，现供职于《清湾晚报》社会版，开始跟着老记者跑政法口，业余时间写破案小说在网上连载。为了自证身份，吕笑笑提到了分局宣传科的民警白晓骁，说他俩是同学。

汪海洋一边安排人给白晓骁打电话核实，一边问吕笑笑为什么要绑架她的师弟。

吕笑笑哈哈笑了起来。

汪海洋厉声说：严肃点，不要笑！

吕笑笑捂着胸口道：我名字里两个笑呢，你说我能不笑吗？她说自己正在写一部绑架案题材的侦探小说，其中有许多细节不够具体，总觉得和真实案件隔着一层，便想着自导自演一出绑架案，从中搜集一些写作素材。吕笑笑的话也得到了"人质"师弟的证实，还说师姐为了感谢他，要请他吃麻辣炸鸡。

说话间，外卖小哥拎着快餐盒来到房门前。看到一屋子的警察，小哥也傻了眼。张跃进把快餐盒接过来，看到外卖单上果然写着吕笑笑的名字，备注栏里还有一句话：多辣，辣死人不偿命的那种。

随后，宣传科的民警白晓骁也给汪海洋回了电话，再次证实了吕笑笑的身份。

看样子，这果然是一出闹剧。汪海洋不想把这件事闹大，便先是以派出所的名义给予当事人警告的处分，还让他们写了保证书，随后才斟酌着措辞，给在警务站坐镇指挥的崔副局长打电话报告了事情经过。崔副局长听完后，只丢下了两个字：胡闹！

既然没了案子，所有人也都散了。本以为事情就这样结束了，可没想到第二天，这个吕笑笑居然在白晓骁的陪同下来到了天水街派出所，又一次坐在了汪海洋对面，先是对昨晚给警察带来的麻烦表示了抱歉，紧接着便话锋一转，提出要跟班采访基层派出所的工作。

汪海洋气不打一处来，他本来就很烦那些不知所谓的媒体记者。

看到汪海洋没有表态，吕笑笑又说想和那个英勇挡在枪口前的女警察多聊一聊，她相信那位大姐肯定有很多英雄事迹。

汪海洋压着火把陈晨喊了过来，让她应付这个活宝，自己则跟着巡组下去巡逻了。

对于自己的救命恩人，吕笑笑一点都不吝惜溢美之词，提出要给陈晨写一个专版纪实报道。陈晨笑着婉拒了，看到吕笑笑和上半城警务站的那些辅警年龄相仿，便建议她多关注一下年轻辅警的成长，以及辅警警务改革。

吕笑笑有些犹豫：上半城警务站算基层吗？警情案件多吗？

陈晨笑了：当然，没有比那里更基层的地方了，是你绝佳的取材地。她拨通了张跃进的电话，把吕笑笑引荐给了他。

对于媒体记者，张跃进本想一口回绝，可想到好几起关于警务站的投诉都是由汪海洋和陈晨在上面扛着，便无奈应承了下来。

04

不管媒体记者是歌功颂德说好话，还是来找碴儿，张跃进都认为是对工作的一种干扰。

张跃进知道记者要的是那些触动人心的故事，能够在寥寥数语间催人泪下，或是激起人神共愤，但过度的情绪反应，往往会淹没当事人的声音。

表面上，上半城人潮拥挤、众声喧哗，但张跃进深知这些都是底层弱势的声音，音量再大，也不一定能被听到。另外，弱弱相侵，如果被刻意放大了声音，会变得异常刺耳。

因此，即便和上半城居民一样满腹牢骚，面对来自下半城的记者吕笑笑，以及一毕业就被分到机关宣传科的白晓骁时，张跃进只是眨了眨眼睛，既没特别地欢迎，也没特别地排斥。他打算用"非暴力不合作"的方式对付接下来的两个星期，直至把这两位送走。

吕笑笑和白晓骁一到警务站，就提出要跟着大家一起巡逻，通过深入群众来感受一线公安工作。林心蕊倒是很热情，她替了段一飞的班，和袁锵锵一道扎好武装带，领着吕笑笑和白晓骁开始步巡。

一路上，吕笑笑追着林心蕊问这问那，想寻找故事的素材，但林心蕊的讲述都太琐碎，比如哪家老太太的左眼要做白内障手术，哪家小孩偷偷在上学时往网吧跑，甚至哪家的小狗和哪家的小猫关系好，经常一起出去抓老鼠……

听着听着，吕笑笑不耐烦了，追问林心蕊有没有什么更有趣的事情。

林心蕊说：这些事情都很有趣啊。

吕笑笑换了个问法：那有没有什么耸人听闻的呢？

林心蕊想了想，摇了摇头：除了几起新闻已经报道过的案子，就没什么大的事情了。

一边的袁锵锵插话：咱们上半城警情虽然不少，但大多数是普通的纠纷，吼两嗓子事情就过去了。

吕笑笑问：谁吼那两嗓子呢？

有时候当事人吼，有时候我们吼。

你们还吼群众?

林心蕊向袁锵锵眨眨眼,要他不要再往下说了。袁锵锵完全没领会到:是啊,有的群众素质低,不吼他们听不进去啊。

吕笑笑站住不说话了,白晓骁的脸上也有些挂不住。吕笑笑问:谁说群众素质低的?

袁锵锵这才意识到自己说错了话,结巴着说:有时候我们也不吼的,就等着他们吼完再说。

白晓骁怕这个小辅警把公安越抹越黑,便摆了摆手,让他不要说话,然后把吕笑笑拉到一边,让她不要把这一段写进纪实报道。

陪同吕笑笑来采访前,白晓骁私下对上半城警务站的六名同志做过摸底,除了林心蕊一个本科毕业生外,其他人的学历普遍不高,三个小伙子分别是富二代、家里开大排档的和棋牌室的,两个老同志一个是坐了许多年冷板凳的副所长,另一个则是来来去去换了好多不起眼工作的老联防队员。白晓骁对他们本身就不寄予太大希望。

在新闻报道中,上半城警务站像是一个被遗忘的地方,好事没几件,各种投诉倒是经常出现。分局党委不止一次强调要推进大宣传工作格局,讲好公安故事。为此,宣传科对各基层单位也下有上报外宣信息的任务,而上半城警务站的报送数字常年为零。所以,白晓骁这次来上半城,不仅仅是陪同采访,更是敦促警务站的同志加大外宣工作的力度。

因此,等到巡逻结束后,白晓骁便找到张跃进,提出要带领几名年轻辅警开展一些宣传工作。他明白张跃进自己肯定是懒得参加,但只要发个话,让手下的辅警配合就行。没想到张跃进抬了抬眼皮,淡淡地说:小白同志,警务站每天的接警量挺大的……

白晓骁说:这不仅是为了完成分局下达的任务,更是提升群众防范心理的措施,宣传做好了,没准治安情况就好起来了。

张跃进见推托不了，便把杜玉好招呼过来交代：好哥，你带着几个辅警，空闲的时候配合一下白同志吧。

说干就干，白晓骁立刻在视频平台上注册了两个官方账号，准备先推一波短视频，在网上聚拢一下人气。他还提前联系了不少官方大 V，一起帮着转发。中午吃过饭，白晓骁就把辅警们都集中起来，把自己编写的防范违法犯罪的串词发给大家，要大家边跳骑马舞边把这些词唱出来。

段一飞和龙思文哼笑一声，摆出不愿配合的姿态。林心蕊和袁锵锵也很犯难，他俩根本就没跳过舞，不知该怎么完成。杜玉好左拉右劝，让大家排练了几场，由白晓骁拼剪出一段视频。

随后几天中午，白晓骁又组织大家录了好几段短视频。龙思文好不容易鼓起勇气，点开了其中的一段，看到自己像一只大马猴一样又蹦又跳，就感到一阵强烈的恶心。虽然很多人都在点赞转发，但他明白这对辖区群众防范意识的提升几乎没有任何作用。

龙思文把这个想法告诉张跃进，张跃进想了想，对白晓骁说：辖区的老年人比较多，我觉得还是在线下多开展点儿宣传活动比较合适。

白晓骁立刻答道：当然，我已经印了不少宣传单，还预订了菜市场外的一块空地，准备明天一早就带着辅警到那里集中宣传。

张跃进追问道：只有宣传单吗？

白晓骁眨了眨眼睛：还需要什么吗？

张跃进只是笑笑，什么也没说。

05

按照计划，每一名辅警都要拿出一个节目，向到早市买菜的群众展示上半城警务站的风采，中间穿插对防诈骗知识的介绍，并发放传单。

白晓骁认为这种寓教于乐的宣传方式一定会引得广大群众驻足观看，取得非常棒的效果。他还嘱咐吕笑笑要多拍些照片，在报纸上专门发一条通讯报道。

可当大家拉开架势后，群众却一点儿都不买账，只是瞥了一眼，根本不屑驻足。捡破烂的老王头和张跃进打趣：哟，老张，你们怎么变成杂耍班子了？

张跃进微微一笑，想看白晓骁要如何把场面撑下去。杜玉好说完一段快板，来到张跃进的身边，小声道：这没观众可咋办啊？

那你说咋办呢？

杜玉好犹豫了一下：要不来的群众都发两个鸡蛋？

好啊，那就发呗。

那不还是得由你来报销嘛！

张跃进笑了：你个老家伙。

杜玉好立刻从菜市场买了五百个鸡蛋，只要是参加宣传的群众，每个人都可以领两个，如果在随后的问答环节中答对了问题，还能再拿两个。

还别说，几十打鸡蛋一摆上台面，大家围拢过来，原先有些撑不住的白晓骁又重新振作了精神，吕笑笑则穿梭在人群当中拍照，突然，赖诗人拉住了吕笑笑的袖子。

赖诗人不会作诗，他其实叫赖思仁，因为说话神神道道的，喜欢加个之乎者也，引用几句上古圣贤，大家便称呼他为赖诗人。

午饭后，吕笑笑回到警务站，袁锵锵捧着刚热过的饭递了过来，她心不在焉地摆摆手，呆坐在警务站后面的休息区。看到吕笑笑肿起的眼泡，袁锵锵截住了正要出去下棋的张跃进，说他怀疑吕记者被人欺负了。张跃进嘿嘿一笑：傻大姐遇到了书呆子，有戏看咯。

说着便径直离开了警务站。

另一边，吕笑笑打开笔记本电脑，开始整理赖诗人向她讲述的故事。10年前，赖诗人从一所名牌大学中文系毕业，先在省城的一所重点高中当语文老师，后来回上半城过年时，遇到了一个令他心动的女孩。两人在一起聊了三天的文学，从屠格涅夫到米兰·昆德拉，从《琵琶行》到《卡拉马佐夫兄弟》。春节假期结束后，赖诗人没有回省城，他毅然辞去了重点高中教师的工作，留在了上半城，对这个女孩展开了追求。很快，两人便坠入了情网。正当两人要谈婚论嫁的时候，有一伙人突然找到赖诗人，要他和女孩分手。赖诗人当然不同意，随即就被这伙人一顿暴打，昏了过去。等他醒来时，自己已经躺在了医院，打开手机，女孩发来了分手的短信。赖诗人无法接受事实，穷尽了手段，才知道有个富家子看上了女孩，为了霸占她，故意诱使女孩的父亲进赌场，欠下了高利贷。为了替父还债，女孩不得已随了那个富家男，两人结婚后的第二天，女孩就从铜背山的悬崖上一跃而下，死时身上还带着赖诗人的照片。

赖诗人给吕笑笑看了女孩的照片、医院的病历、女孩自杀的剪报，还有他为女孩写的上百首诗。吕笑笑追问赖诗人为什么被打后没有报警。赖诗人说他向张跃进报了警，但是张跃进偏袒富家男，根本不愿意查，这才导致了女孩自杀。

整理完采访笔记后，吕笑笑深深地吐了一口气，觉得这绝对是一个非常棒的新闻素材。与此同时，愤怒的情绪开始漫了上来，她暗暗发誓如果张跃进有执法不公的情况，一定要发挥媒体监督职能，把事情真相弄清楚。

接下来的几天，吕笑笑一边不断造访赖诗人，一边整理资料，准备新闻报道的同时，也收集着举报张跃进的材料。她觉得自己仿佛一个女特工，在敌人的眼皮下面开展着正义的工作。

当一切准备得差不多时，警务站罕见地开了工作早会，特邀吕笑笑和白晓骁参加。看到每个人都笑眯眯的，吕笑笑满腹狐疑，只见龙思文打开投影仪，一张张照片出现在屏幕上。他介绍着：这是赖诗人口中那个殉情的女孩，这是女孩和她丈夫的照片，这是宝宝满周岁时的全家福。停顿了一会儿，又调出另一组照片：这是女孩被赖诗人骚扰后的报警记录，这是赖诗人骚扰其他女孩后的治安拘留记录，这是赖诗人伪造学历被举报后的谈话笔录。

吕笑笑怔了许久，才喃喃道：可是，他说话的时候很认真，不像是骗人啊。

张跃进呵呵笑道：他也认为自己说的是真话。说着，便让段一飞从门外把赖诗人请了进来。

赖诗人依然衣冠楚楚，非常亲切地和他们打着招呼。张跃进向龙思文点点头，龙思文便将一段动画投映在屏幕上。

看到那个不断变化跃动的圆点，赖诗人突然捂着耳朵跑了起来。吕笑笑和白晓骁一脸茫然，张跃进解释说：赖诗人有臆想症，精神病院曾经给出过诊断。他每天的主要工作就是在大脑里面创造一个又一个深信不疑的故事，有时候还会假造照片来证明故事的真实性。

原来如此，吕笑笑低下头，想起了自己收集的举报张跃进的材料。

张跃进又说：有时候看到的也不一定是真实的，至少不能反映事情的全貌，所以咱们不能想当然，还要锻炼自己的眼睛，让它们有明辨是非的能力，这大概也是你们此次来访的收获吧。

吕笑笑和白晓骁都不自觉地点了点头。望着两人离开的背影，张跃进也是长长地舒了一口气：总算把这二位给送走了！

第七章

01

按理说，不管是上半城还是下半城的警情，都应该拨打 110 报案，但上半城的居民更愿意拨打张跃进的手机，原因有二：一是派出所距离上半城太远，出警的时间长；二是张所长和大家关系好，打成了一片，常住居民都能默背下他那尾号 8888 的手机号。

为此，张所长不胜其扰，好在来了个愿意表现的辅警，他便设置了呼叫转移，每晚 10 点后，来电都会被转接到段一飞的手机上。

凌晨 1 点，段一飞的手机响了，是浪漫一族 KTV 的章姐：几个小鬼喝多了，你们过来看一看。熟络得就像在喊老邻居。

段一飞 "哦" 了一声：我是段一飞，我现在就过去。

哦，一飞啊，好久没来了，顺便过来耍一耍啊。章姐甜腻起来的嗓音让段一飞有些反胃，他踹醒还在睡梦里吧唧嘴的袁锵锵，一起骑着所里新配发的摩托车，直奔位于上半城西南角的浪漫一族 KTV。

浪漫一族 KTV 是工薪阶层的消费地，每晚的营业额撑破天不会超过四位数，因此段一飞怎么也想不到会有两辆敞篷玛莎拉蒂停在

KTV门口。吧台内，章姐正幽幽地抽着烟，大理石台面上是一沓钞票。章姐歪歪头：201包间，几个富二代。

段一飞领着袁锵锵刚推开包间门，一个东西便迎面飞来。他下意识地弯腰躲闪，袁锵锵却被奶油蛋糕击中了面门。房间内随即一阵哄笑。

即便火气蹿上了脑门，段一飞还是告诉自己要冷静。前车之鉴犹在眼前，他首先要做的就是核查清楚在场人员的身份。白炽灯打开，五男一女，个个都是一副浑不吝的样子，地上满是碎玻璃碴儿，墙上也被口红和蛋糕抹得不成样子。

章姐探过脑袋说，按照规定，KTV12点就要打烊了，你们该走了。

那个姑娘叫嚣起来：不是给你五千块钱了吗？嫌不够，我再给你五千。说着把自己的皮包扔了过去：LV 的包包，两万八买的，你找我钱。

章姐说：不是钱的问题，是公安局的规定。这不，我把两位警官请了过来，让他们和你讲讲娱乐场所的管理规定。

章姐对段一飞眨眨眼，把现场交给了他。

段一飞瞥了一眼房间拐角亮着红灯的监控探头，亮出了伸缩警棍：你们，都背过身，靠墙站着。

那个女孩骂道：你是老几啊，敢对本美少女下命令？

袁锵锵弱弱地说，我们是上半城警务站巡逻辅警……

"二鬼子"啊！话声刚落，女孩尖锐的指甲就直戳段一飞的眼珠。

刹那间，女孩的手指被段一飞反扳过来，她随即双膝跪地。另一个肌肉男操起啤酒瓶，刚冲过来，警棍便直直伸出，穿过对方腋下，反向一扣，他也跪了下来。

其他四人都傻在那里。段一飞把女孩放开，把肌肉男交给袁锵锵，搜查他身上是否携带了毒品和管制刀具，然后登记各人身份信息。

轮到第三个男生时，袁锵锵喊了声"阿飞哥"，随即把对方身份证递了过来。

杜壮壮，段一飞嘀咕，这名字很耳熟，好像在哪里听过。

章姐瞟了眼身份证，也有些不确定：这孩子看起来很眼熟。

一语点醒梦中人，段一飞意识到这孩子居然是杜玉好的儿子。他赶忙上前，沉默数秒钟才开口：你爸是做什么的？

杜壮壮鄙夷地看了他一眼：和你们一样，也是个"二鬼子"。

段一飞很想把他教训一顿，但想到杜玉好，还是忍住了。他清了清嗓子：考虑到你们没有伤及无辜，这次给你们一个口头训诫，以后要是再聚众扰乱公共秩序，我就不客气了。

你们可以滚了！段一飞最后宣布。

一窝人涌出包间，挤向楼梯。袁锵锵护在后面，怕他们酒醉踩空。另一边，段一飞指着监控探头对章姐低语：晚上的视频别外泄，别回来有人拿他儿子找杜玉好说事儿。

02

摆平就是水平，这是张跃进的一句口头禅。

处置完KTV的事后，段一飞向张跃进做了汇报，不过汇报的内容当然是避重就轻。张跃进不言语，指着走内八字的袁锵锵面露坏笑。

袁锵锵身体的异样从走出KTV时就已开始，只不过当时天黑，段一飞没当回事。一个上午过去，袁锵锵反而把两腿夹得更紧，好像裤裆里塞了个地雷。

怎么了？闹肚子了？

袁锵锵苦笑着摇摇头。

那就是肚子里有喜了？

阿飞哥，你就别开玩笑了，说着，袁锵锵扭着屁股离开了警务站。

这小子有鬼。段一飞暗忖着，跟在袁锵锵身后，一路来到检查室。

段一飞霍地一下把布帘拉开，只一眼，便瞥见了袁锵锵和脸一样涨红的下体。

你小子都背着我干了什么坏事？

袁锵锵拉着裤子连连摇头。段一飞转而问医生：这家伙染了什么脏病？

医生说，脏病倒是没有，但外伤要治。

外伤？段一飞感到疑惑。

对啊，他刚说是被高跟鞋尖踹成这样的。

段一飞傻眼了，脸上的嬉笑瞬间消失，原来KTV的事还是没摆平。另一边，张跃进早已看出内有玄机，便拨通了章姐的电话，限她10分钟内到达警务站。章姐不敢耽误，她知道张所长有一百万种方法搅黄自己的生意。没到8分钟，章姐便站在了张跃进面前。

张跃进开门见山：昨晚都有谁闹事儿？

一群纨绔子弟，我一个也不认识。

纨绔子弟能摸到你那破地方？

没准他们是想体验生活。

为什么放他们走了？

那得问你手下。

视频监控呢？

坏了。

章姐滴水不漏，眼睛却不断瞟向杜玉好。张跃进嗅到了问题。杜玉好也是老江湖，他问章姐：我家壮壮也在场？

张所长，这是老杜猜出来的，不是我主动陷害啊。

杜玉好痛苦地摇着脑袋，头也不回地离开了警务站。

午饭过后，杜玉好把儿子揪到了警务站，此时段一飞也回来了，整个大厅颇像是三堂会审的衙门。

看到这个架势，路上还和父亲顶撞的杜壮壮也害怕了，听到段一飞手指关节咔咔作响，便竹筒倒豆子般将事情全部交代。

原来昨晚是他老大的女人过生日，老大忙，这些小弟就代献殷勤。在下半城玩到大半夜，杜壮壮提议带伙伴们到上半城来体验一下，一群人便乱哄哄地涌进了浪漫一族 KTV。

段一飞迫不及待地问：老大是谁？老大的女人又是谁？

杜壮壮犹豫了一下，供述道：老大叫肃平安，老大的女人叫顾美美。

龙思文心下一惊，这可都是自己在夜总会和俱乐部里的玩伴。

张跃进站起身：杜壮壮是杜玉好的儿子，袁锵锵是你们的弟兄，这事该怎么办好呢？

杜玉好立即表态：该怎么处罚就怎么处罚。

段一飞劝慰杜玉好：袁锵锵是被那个顾美美踢伤的，和你儿子没关系。

杜玉好摇头：不管怎么说，这帮人也是杜壮壮带过来的，脱不了干系。

争执间，龙思文突然说话了：我认识肃平安和顾美美，我去找他们，让他们先给袁锵锵道个歉，再把医药费给付了。至于追不追究，全听锵锵一句话。

自从被戴了绿帽，肃平安对感情便不再认真，身边的女友如过江之鲫，换了一拨又一拨，一点儿也不会珍惜。凭着多年的交情，龙思文相信肃平安会给出一个两方都能接受的方案。

魔力红夜总会包间内，龙思文见到搂着肃平安胳膊的顾美美，她身后站着的，是被肃平安尊称为"老大哥"的董大兵。说明来意后，顾美美承认自己踢了袁锵锵的裤裆，还不住地嘲笑袁锵锵没有一点雄性之风。

龙警官，你打算怎么追究？肃平安问。

我不是什么警官，只是一名辅警，龙思文指着顾美美，肃哥，医药费不用她出，只要她给我兄弟道个歉就行。

肃平安来到龙思文身边，一口烟吐在他的耳边：你刚喊我肃哥，又称那个辅警是你兄弟，你到底是站哪一头的啊？

龙思文听出对方话中有话，没有回答。肃平安掏出手机，打开摄像功能，命令顾美美：快给他那个弟兄，叫什么锵锵的道个歉。

凭什么？这不是折你的面子吗？顾美美撒娇。

肃平安使了个眼色，董大兵一把拽住顾美美的头发，抡圆巴掌，左右开弓，珍珠耳坠随着嘴角的鲜血被扇飞到大屏幕上。

住手！龙思文喊破了嗓子。

我把视频发给你，这就算是道歉了，肃平安淡淡地说，不过刚才这小妮子有件事说对了，昨晚他们是为我女朋友庆祝生日，你的辅警弟兄把派对搅黄，折损了我的面子，这账该怎么算呢？

03

肃平安的面子是一定要找回来的，不会那么轻易翻篇。龙思文寻思对方会用什么方式报复。

没几天，上半城的报警电话响了，一个妇人在尖叫：锵锵大排档被砸了。

袁锵锵是三代独苗儿，从祖父到父辈，赚下的一切未来都是他的，父母开的饭店也被取名为锵锵大排档。虽然门脸不大，但招牌菜不少，最令人拍案叫绝的还是老鹅煲汤，再配上一两个下酒菜，能让人忘记一天生活的辛劳。

袁锵锵的父亲虽然老实，人却不傻，凌晨刚要收摊，四个文身男青年进到店内。袁父向妻子低语，让她多留点心。四个人中，红头发的那个指明要一碗63度的老鹅汤。袁父知道这是找碴儿来了，他一边让妻子拨打上半城报警电话，一边小心翼翼地端上一碗热气腾腾的老鹅汤。

红发男摸了下碗壁：这汤没有63度。

三更半夜的，找不到温度计，我也无法确定啊。

红发男送一勺汤到嘴里，又坏笑起来：我说的不是温度，是酒精度。说着胳膊一扫，一碗汤便洒在地上。其他三人像是得到了指令，打砸起来。一时间，筷子、板凳满天飞。红发男掏出一个颜料罐，在墙上喷上了三个红色大字：下三烂。

杜玉好带着龙思文和段一飞赶到锵锵大排档时，肇事者早已没了踪影。大家扫了一眼墙上的字，心下明白了是怎么一回事。段一飞攥紧了拳头，刚冲出饭店，就被龙思文喊住：姓段的，你跑哪儿去？

给我兄弟报仇去！

愚蠢！龙思文吼道。

段一飞折回身，揪住龙思文的衣领：你他妈的要当缩头乌龟？

龙思文牙齿咬得咯咯作响：我来带路。

根本不需要带路，肃平安已经发来了一个定位，地址是工人新村西侧的魔力红汽修厂。看到两个年轻人都被愤怒冲昏了头脑，杜玉好一边嘱咐袁父拨打110备案，一边紧跟在龙思文和段一飞后面。

赛车维修只是魔力红汽修厂的一项业务，这里更多是肃平安和小弟们纵情娱乐的场所。三人来到汽修厂外的空地时，十几对汽车大灯突然亮起，照得他们睁不开眼。一片光芒中间走出一个人影，肃平安插着兜，声音轻佻：龙少爷，好久没来了。

把人交出来，龙思文咬着牙根说。

什么人？

刚刚打砸锵锵大排档的那个红毛。

为什么要我交人，你们公安不是可以搜查吗？

段一飞和龙思文向前一步，却被杜玉好双双拉住了胳膊。

想起来了，你们是辅警，没有单独执法权，更别说搜查了，对吧？肃平安讥讽着，抬起胳膊，像是合唱队的指挥家。与此同时，所有车灯都开启了双闪模式，嘲笑般的鸣笛声也此起彼伏，回荡在上半城的天穹之上。

肃平安的右手突然一收，车灯尽灭，鸣笛不再。他正色道：我这里还真有一个红头发的。

人群中走来一个红头发。

肃平安故作主持腔：Ladies and gentlemen，有请 2018 年度 UFC 无限制综合格斗冠军梁一泰！

一阵掌声后，肃平安指着段一飞：听说你是特种兵，我还真不知道你俩到底谁厉害呢。

看到段一飞攥紧了拳头，杜玉好连忙上前：梁一泰涉嫌一起寻衅滋事案，请让他配合我们回去调查。

肃平安摇摇头：腿长在他身上，愿不愿意去，可轮不到我发号施令，你们可以试试，看看有没有本事把冠军给带走。

梁一泰已经脱掉了上衣，摆出一副迎战的架势，胳膊上全是肌肉。

段一飞的眼睛冒着火，也脱去了外面的辅警夹克。龙思文的脑袋凑了过来，一贯的鄙夷从他脸上消失，低声劝阻：不行就别逞能。

听到这句有些别扭的关心，段一飞微微一笑：你个尿包。

一阵长长的鸣笛后，前冠军和前特种兵眼见着就要开打。

张跃进却在此时闯进了"比武场"，一边命令段一飞把衣服穿上，一边向梁一泰亮出一份刑事传唤书，让他回派出所接受调查。肃平安正要争辩，电话却在此刻响了，刚一接通，父亲的破口大骂便从听筒里传出。他脸上一阵红一阵白。

张跃进把电话拿了过来，对着话筒道：老肃，比起当年你跟在我屁股后面当联防队员，你儿子现在可洋火多了。还没等对方回话，就把电话挂了。

天水街派出所的办案区里，满满当当挤得全是富二代。派出所民警在对他们进行人身检查时，时不时有人叫嚣：轻点儿，这是百达翡丽的手表，20多万；别折了，这是古驰的皮带，意大利顶级的小牛皮……

几名辅警站在院里听办案区的动静，同样是富二代的龙思文脸窘得火红。张跃进拿着一部最新款的苹果手机走了出来。

他没好气地训斥段一飞：你看看，在你准备和别人约架时，十几部手机都开了摄像头，回头再一剪辑，你可就成网红了。

段一飞惭愧地低下了头。

张跃进意犹未尽：人家明显在给你挖坑呢，你能不能长点脑子？

又过了半小时，富二代们陆续离开办案区。红头发不愿指认幕后主使，肃平安被治安训诫后，也被放了出来。不大的院子里，一边是衣着华丽的富二代，一边是穿着制服的辅警，龙思义正站在两支队伍的中间。

肃平安不无嘲讽地说，龙思文，玩够了吧？该归队了。

龙思文没有吱声。

你真的要跟他们这群很 low 的人混到一起？

龙思文久久凝视着肃平安的眼睛，终于张开嘴：你们才是一群最 low 的人。说完，他站到了杜玉好的身边。

行，咱们走着瞧。肃平安朝地上吐了一口唾沫，便带领着他那一帮人离开了派出所。

此时，天已渐亮，众人的心情也明朗了起来。杜玉好挠了挠龙思文的脑袋：走，咱们吃早饭去。

龙思文点头，又说：别急，我打电话把林心蕊喊起来，让她把小飞龙也带过来。顿了顿，又转向段一飞：把你那个姓文的女朋友也喊着，给大家正式介绍一下吧。

段一飞怔了半天，才挤出了个笑脸。

04

纵然警务站里矛盾不断，但有一条共识，那就是尽量不让林心蕊出外勤。地区治安形势复杂，有不少前科人员，离开警务站，林心蕊还真应付不了。

近一周来，警务站经常接到奇怪来电，要么响了两声就挂掉，要么接通后只有女声哭泣。林心蕊"喂"了几声，听到一串恐惧慌乱的声音。她努力想听清对方在说什么，直觉告诉她，她听到的不是中文。

疑惑的林心蕊正想请张跃进反查一下来电机主信息，一个面皮发黑的年轻女人便来到警务站。刚一开口，林心蕊就明白她是电话里哭泣的那个人。

女人指着自己，一遍遍说农美娟。

林心蕊重复道：你叫农美娟。

女人点点头，拉住了林心蕊的手，牵着她来到里间的更衣室，哆哆嗦嗦解开了衣服上的扣子。

林心蕊睁大了眼睛，女人脖子上的鞭痕向下一直蔓延，扩散成更多的瘀青与血痕，一直到腹部。女人还想把裤子往下褪，林心蕊噙着眼泪，握住了她的手。

女人又叫道：孙大旺，孙大旺。手上做着挥鞭子的动作。

林心蕊回到前台，从本地户籍信息系统里调出了孙大旺的照片。农美娟点头：丈夫，我的丈夫。

刚从外面回来的张跃进扫了一眼照片：一个有吸毒前科的，没想到他居然能娶上老婆。

该不会是从国外买过来的吧？林心蕊问。

张跃进放下茶杯，一拍脑门：今年还没办成一起涉外案件，没想到这就送上门了。

看到张跃进眼神中的兴奋，林心蕊不禁自觉说多了话。一旦被证实非法婚姻，这个女人就将被送进拘留所，由移民管理局遣送出境。

把这个女人看好了啊，别让她跑了。张跃进丢下一句话，就带着段一飞出去了。

一个小时后，他俩便把孙大旺拎回了警务站。

说"拎"一点也不夸张。虽然名字里带个"大"，孙大旺却长得又瘦又小。看到妻子也在警务站，孙大旺刚要抽裤腰上的皮带，便被段一飞一把摁在了椅子上。

孙大旺挣扎着掏出手机，将一张照片举给张跃进，声称自己是在国外打工时认识的农美娟，在当地结的婚，还生了小孩，去年才一起回国。张跃进认出了大使馆出具的制式结婚证明。

张跃进把手机还给孙大旺，林心蕊突然厉声道：你为什么打你老婆？你这样做违反了《治安管理处罚法》。

快啊，快把我拘留起来啊，我看他们娘儿俩喝西北风去。孙大旺嘿嘿一笑，亮出双腕。

面对这样不要脸的男人，林心蕊气得说不出话来。张跃进却是见怪不怪，一边给农美娟发放了分局统一印制的反家暴联系卡，一边撕下一份反家暴治安训诫书，向孙大旺宣读完，让他在上面签下自己的名字。

签完名后，孙大旺得意扬扬地追问，要不要摁手印？

张跃进眼光一闪：对了，忘了你原来因为吸毒被拘留过，业务很熟啊。

一句话堵住了孙大旺的嘴，他转身去拉自己的老婆，女人的手在林心蕊的手心捏了一下，无奈地跟着丈夫离开了警务站。

入夜，小飞龙发出了均匀的鼾声，这本是最好的催眠曲，林心蕊的脑海中却众声喧哗，吵吵得她睡不着觉。她忘不了农美娟离别时那轻轻的一捏。

小时候，每次父亲送她上学时，临走前，都会用大拇指在她的掌心按一下。她忍不住问父亲这是做什么，父亲说是在"盖邮戳"。就像一封信件，女儿总会离开家去别的地方，而这个"邮戳"能保证女儿始终不会迷路。林心蕊又问父亲，为什么不盖真的邮戳？父亲摸了摸她的脑袋：这是我们父女专属的秘密，不能让别人看见。

每一次离别，都那么戳一下，一直戳进了林心蕊心底最柔软的地方。

月光下，林心蕊抹了把冰凉的泪水，暗暗决定一定要帮助这个给自己"盖邮戳"的外国女人。

通过对周边邻居的走访，林心蕊发现，不仅农美娟没有户口，她7岁的儿子孙豆豆居然也是黑户。眼见着都该上一年级了，相应的学籍和社保都还没有办理。林心蕊一趟趟辗转于学校、天水街派出所、清湾分局治安大队和农美娟的家，终于补齐了资料，帮助孩子落了户。送证上门那天，她还将一本《新华字典》交给孙豆豆，让他和他的母亲一起学好汉语。

那些天，孙大旺像是耗子躲猫般始终不肯露面，偶尔回家一次，便会给农美娟增加新的伤痕。林心蕊一边给农美娟的伤口涂药，一边看她低垂睫毛的温顺样子。她觉得这个女人就像自己，一个人身处陌生的城市，常常孤立无援，总是小心翼翼。

林心蕊明白，农美娟被恐惧慑住了魂魄，唯有让这个男人彻底走出她的生活，她才能真正自立自强。

她在等待一个机会。

05

在社区民警眼中，每个辖区都有那么几个"重点人员"需要特别关注，要定期进行走访，保证他们不再犯事。

孙大旺是有吸毒前科的，还处在社区戒毒期。按照规定，他需要每个月到派出所来进行一次尿检，证实没有复吸，否则将接受两年强制隔离戒毒的处罚。

林心蕊一直在等的就是这个机会。

眼见着孙大旺已经超过一周没来尿检，林心蕊便让段一飞陪着自己，连续两次来到农美娟家，却依旧没有见到孙大旺。可以推测，孙大旺是想等体内的毒品排泄完，再到派出所报到。时间对于林心蕊来说非常关键。为此，她请龙思文帮助自己对孙大旺的行踪轨迹进行追踪。

人算不如天算，林心蕊居然在下班后撞见了孙大旺。

每天下班，林心蕊都会牵着小飞龙出来遛弯，顺便从羊蝎子汤馆里找些骨头给小飞龙磨牙。正是小飞龙的连声吠叫，让林心蕊看到了正在店里喝羊肉汤的孙大旺。目光交汇的刹那，两人皆一惊。

林心蕊鼓起勇气，牵着小飞龙进入店内，要他跟自己回派出所接受尿检。孙大旺不愿意，说自己有事要忙，只同意在汤馆后堂接受尿检。他是随口一说，没想到检测毒品的试纸真的在林心蕊包里。

孙大旺随手摸到一个一次性水杯，钻进后堂开放式的厨房，背过身子，尿液呲进了杯内。林心蕊把检测试纸扔给孙大旺，让他把试纸浸泡在尿液中。孙大旺照做了。

此时的孙大旺已经没了先前的紧张，他不去看试纸，反倒念念有词起来：警官，你是知道的，我最喜欢打女人了，打得越狠我越是兴奋。

林心蕊的心提到了嗓子眼，余光中，试纸上已经出现了一条红杠，这清楚地表明对方确实吸食了毒品。林心蕊的右手摸到了裤兜里的手机，孙大旺却在不经意间蹭到了灶台边，一把剔骨刀距离他不过半米。

林心蕊僵在那里，她眼睁睁地看着孙大旺抄起了那把尖刀，又眼睁睁地看着小飞龙嗖地一下扑上去，死死咬住对方手腕。尖刀落地，饭店老板扑了过来，将厚重的菜板砸在孙大旺的脑袋上。

几分钟后，段一飞蹿进了汤馆后院。小飞龙舔了舔沾血的尖牙，摇摆着尾巴扑了上去。

接下来的事情便顺理成章，孙大旺被送进了强制隔离戒毒所戒毒两年，林心蕊联系了清湾妇联，为农美娟解决了就业问题，她也因为这两件事，再一次荣获了当月的辅警之星。

尘埃落定后，农美娟带着儿子给她送了面锦旗。临别前，农美娟再次捏了捏林心蕊的手心，用中文对她说了声谢谢。

林心蕊很想把这一切都告诉自己的父亲，但每次打电话时，话到嘴边，又被生生咽了回去。她很清楚这会让父亲脆弱的心脏承受多少负担，也知道这些所谓的英雄事迹在母亲的心中根本上不了台面。

在一次次未知的走访和外勤工作中，林心蕊的确在不断逼迫自己放下偏见，打开心扉，去拥抱别人。那么，自己的父亲母亲应该也最终会接受女儿的成长吧。林心蕊在心中暗暗期许着。

上半城的毒品问题引起了清湾分局领导的高度重视，算上刚刚抓获的孙大旺，整个上半城在册的吸毒人员已近 150 人。这些人构成了巨大的社会隐患，天水街派出所辖区破获的两抢一盗案件，其中八成是由他们所为。

为了深入治理上半城的涉毒问题，清湾党委政府将上半城列为重点整治区，分局专门从禁毒大队抽调了副大队长蔡善法进驻上半城警务站，配合张跃进开展扫毒行动。

段一飞见过蔡善法，上次随禁毒大队移交毒针案材料时，就是他在接案登记本上签的字。先前张跃进就搅乱了蔡善法的专案侦查，此时他自然也不会对张跃进俯首帖耳。

张跃进的思路是，打击涉毒人员费时费力，赶走是最省事的办法。为此，他带领一队辅警，大张旗鼓地对辖区的娱乐场所、出租房屋轮番清查。

蔡善法的思路正好相反，正如禁毒部门一贯低调的风格，秘密侦查是他的常规工作手段。虽然张跃进闹腾得够厉害，吓跑了不少吸贩毒人员，却也大大激活了涉毒人员的社交网络，为蔡善法提供了鲜活的数据。前些日子刑侦部门破获了许瘸子售卖假保健品的案子，发现他吸食了一种叫"邮票"的毒品，货源就来自上半城。蔡善法怀疑上半城内潜伏着"邮票"毒品的经销网络，但由于他人生地不熟，落地核查的工作始终开展不起来。

看着副所长和副大队长每天针尖对麦芒，年龄最大的杜玉好没有表态，毕竟自己只是一名辅警，但在内心深处，他认为上半城治安差的根源在于贫穷，但凡有个温暖的家庭和稳定的工作，人们不会轻易走上违法犯罪的道路。

那个名叫岳超凡的男孩就是最好的例证。

第八章

01

平安夜那天，本来该段一飞和袁锵锵轮值，但他们一个要去陪女朋友，一个要回饭店帮厨，龙思文更是下班就没了影。杜玉好便主动提出由他和林心蕊值班，在平安夜里守好一份平安。

入夜，海上是一轮明月，天上是星星点点的孔明灯，间或有焰火闪过。林心蕊看得出了神，杜玉好怕她想起伤心的事，便提议带她下去巡逻，排查辖区娱乐场所的治安隐患。

在向市局指挥中心报备后，两人先后检查了两家歌厅和三家洗脚屋，之后，他们来到小蝌蚪网吧里。这间网吧因为收留未成年人上网被处罚过许多次，但还是屡教不改，自然是检查的重点。看到杜玉好来了，网管又是敬烟又是递冰红茶，他俩都没有理睬，而是相继检查了大厅和包厢，并没有发现未成年人的影子。

网管拍着胸脯说，我们现在绝对是合法经营。

杜玉好转进了吧台内，扫了眼管理员电脑的屏幕：大厅加包厢总共就 70 台电脑，系统上却显示有 90 台，81 到 90 号电脑都还在计费。你告诉我，这多出来的 20 台电脑哪里去了？

网管吞吐着说不出话来。

杜玉好沿着大厅墙根走了一圈，将一块贴着墙面放置的大型广告牌挪开，一道暗门便出现在面前。推开门来，10 个男孩分成两队，正在里面紧张对战。

男孩们的游戏并没有被杜玉好打断，一个蓬头垢面、戴着耳塞的男孩还在吼道：打呀，别停，别停！

林心蕊皱了皱眉头，男孩身上散发着恶臭。

杜玉好把男孩的耳塞拽下，看着鼠标边的一堆开心果和碧根果问：你叫什么名字？

男孩头都不抬地答道：岳超凡！

岳超凡，这些零食是你买的？

男孩没有回答。

你从哪里弄来的这些零食？

岳超凡故作成熟地耸耸肩，还是没说话。

杜玉好命令道：你站起来，走两步。

其他男孩都不玩游戏了，岳超凡烦躁地站起身，左脚瘸着走了两步。

直到此时，一边的林心蕊才突然想起早上有家炒货店老板报案，称有大批干果被盗，刑事技术民警勘验库房内的脚印后，认为嫌疑人左脚有残疾。

杜玉好叹了口气：走吧，先跟我们回警务站。

岳超凡看起来就像头生活在垃圾堆里的小狮子，顶着一窝臭烘烘的爆炸头，还有泛着凶光的眼神。

回警务站的路上，这头"小狮子"便全都招了。他不仅撬了干货店的卷闸门，还砸了药店的窗玻璃，甚至偷了工地捆扎好的钢筋。只要能搞到点零钱，他什么都会干。

岳超凡就这么跟在杜玉好和林心蕊的屁股后面，一路跛着脚，说个不停。杜玉好却始终保持着沉默，路过一家包子店时，他转身问岳超凡：你几天没吃饭了？

　　岳超凡一愣：昨天早上吃了。

　　杜玉好买了10块钱的肉包子递给岳超凡，岳超凡也没客气，拿起就吃。风卷残云后，他被噎得直打嗝。杜玉好又给他买了盒牛奶。

　　回到警务站后，岳超凡又开始说起他的"光荣事迹"。他当过"蜘蛛人"，盗窃住户窗户外面的空调外挂机。岳超凡还说自己左脚的残疾就是在偷外挂机时摔的。

　　杜玉好打断了他，领着他洗脸、洗头，又刷了牙，再把他破烂的外套剥去，给他披上制服里的小夹袄。重回办案区时，林心蕊几乎不敢相信眼前这个白白净净的男孩就是刚才那头垃圾堆里的"小狮子"。

　　杜玉好叹了口气：想说什么就说吧。

　　"小狮子"张了张口，一个字也没说，反倒是哇哇大哭了起来。林心蕊知道这哭声中有多少委屈，背后又是怎样一颗被冷漠与无情扭曲的心。她看不得别人哭，自己鼻子也跟着泛了酸。

　　哭了一阵，岳超凡称自己今年9岁，两年前，爸爸因为贩毒被判处了无期徒刑，妈妈随即抛下自己，不知去了哪里。在社会上游荡了一段时间后，为了填饱肚子，他开始小偷小摸。他也曾到另一个城市找爷爷奶奶生活，但偷盗的习惯改不了，爷爷一怒之下便在他的脖子上拴了根狗链，不放他出去。他瞅准机会跑回了上半城，每天泡在小蝌蚪网吧，吃饭和上网的钱都是他偷来的。

　　杜玉好指着岳超凡脑门上一道长长的疤痕问：这是谁打的？

　　岳超凡咬着嘴唇说，他跟着盗窃团伙偷东西时，想要回自己的那一份，老大不同意，把他痛打了一顿，留下了这道疤。

经常挨打吗？

几乎天天都会，"小狮子"的眼睛中又露出了凶光。

话音刚落，一辆警车鸣着笛停在警务站外。天水街派出所两名值班的民警进了门，没想到杜玉好电话中所说的盗贼年龄这么小，一时愣住了。

岳超凡起身，要把夹袄还给杜玉好。杜玉好说：穿着吧，外面挺冷的。

林心蕊的鼻子又是一酸，从钱包里掏出 50 元钱，塞在了"小狮子"手中。

望着一行人的背影，林心蕊问杜玉好：好哥，派出所会怎么处理他？

盗窃的刑事责任年龄是 16 岁，他才 9 岁，做完笔录后，应该就会把他给放了吧。

林心蕊喃喃道：他还那么小，不知道还有没有机会见到他？

杜玉好叹了口气说，希望能再见到他吧，如果真见不着，除非他主动离开，否则，他要么走父亲的老路子，要么就是……

要么什么？

杜玉好淡淡地回答：他还太小，小到很快就会被人们遗忘。

林心蕊的心沉入了水底，她明白杜玉好的意思，在面对这个现实时，不仅是"小狮子"，就连自己也常常感到无力与迷茫。与此同时，天上的孔明灯已不见踪影，海上的那轮明月也慢慢被升腾的雾气遮掩得影影绰绰，晚归的人们制造着喧嚣。

林心蕊向杜玉好建议：还有许多人在外面玩呢，不如咱们把整个警务站的灯都打开，让他们在平安夜里多感受一份平安吧。

杜玉好欣然点头。

警务站的标识灯又重新闪烁起来，如同一枚璀璨的红蓝宝石，镶嵌在上半城的山腰之上。

02

新来的禁毒大队副大队长蔡善法有些看不上辅警，不是因为他们没有经历过多年正规的警务培训，单论从警的初心，他就要给这些人打上一个问号。

收入多少决定付出，清湾分局的辅警每个月工资才2500块钱不到，却要干着和民警同样危险的工作——凭什么啊？这么多年来，全局辅警岗位人员流动性很大，但凡有点能耐的，要么拿它当跳板去考公务员，要么借此积累些人脉出来做生意。至于留下来的，普遍素质都不高。

当然也有例外，杜玉好是一个，但这个老家伙比张跃进还老奸巨猾，平时不显山不露水，背地里会不会是个传声筒？蔡善法心里一点儿也没底。

相比之下，段一飞那小子倒算机灵，身体素质很好，对上半城的地理环境也熟悉，还有想要干出一番事业的强烈意愿。蔡善法听说段一飞的女朋友是市政法委书记的千金，对于这个没有任何背景的小伙子来说，向未来老丈人证明自己的最好机会就是破案立功。

一大清早，蔡善法便在段一飞的带领下，来到小吃街尾的胖妹旅社——根据信息登记系统，外号"毛弟"的毒贩昨晚登记入住了302号房间。

说毛弟是毒贩还真有点抬举他。这个人常年以贩养吸，贩卖的都是一克两克的"零包"，手里根本没有囤货。早年他吸的是粉，后来又转为"溜冰"，没想到现在又和新型的毒品"邮票"扯上了关系。

根据已经进了戒毒所的孙大旺供述，每次他想吸食"邮票"，都会把钱交给毛弟，由毛弟帮他从上家"拿货"。这可以从孙大旺手机的支付记录中得到佐证。孙大旺一度怀疑毛弟暗中加了价，或是在克扣数量，但因为接触不到上家，也无可奈何。

段一飞是熟脸，因此被安排到了旅社的后窗围堵，蔡善法和另一名禁毒大队民警则用房卡打开了302号房间的门。本以为吸毒人员多有晚起的习惯，早上抓捕是最好的时机，可床上却没见着人。正疑惑间，毛弟穿着红裤衩从卫生间里出来，瞬间蹿进了走廊，飞奔下楼。这小子赶巧尿急，听到声响跑得比兔子还快。

听到前巷传来喧哗，段一飞意识到自己的机会来了。他兴奋地翻上平房顶，看到只穿着裤衩的毛弟往菜市场的方向跑去。

段一飞如履平地，迅速追了上去。因为有墙遮挡，毛弟的身影不一会儿就消失在巷口与菜场之间。段一飞跳下房顶，在熙攘的人群中逡巡，虽然看不到目标，但他相信，毛弟正借着人群的遮掩偷偷盯着自己。

果然，一个披着军大衣的背影出现在视线范围内，下面裸露着两只脚腕。段一飞悄悄挤到他身后，就在毛弟偷眼回瞄的瞬间，段一飞扯下军大衣，那条红色的裤衩暴露在众目睽睽之下。

毛弟被带回了上半城警务站的办案区，张跃进瞥见跟在蔡善法身后的段一飞，脸上毫无表情。蔡善法开门见山地问：你卖给孙大旺的毒品从哪里来的？

毛弟嚷嚷着：那是我送给他的，怎么能算卖呢？

蔡善法威胁道：你非要逼我把你在中间吃的差价、扣的分量算清楚吗？

毛弟沉默了。

如果你配合，那待遇就和孙大旺一样。

毛弟也是"几进宫"的老毒鬼了，对于量刑标准一清二楚。面对蔡善法抛出的"交易"，他只能选择合作。

半个小时后，毛弟在审讯室里拨通了上线夏秀才的手机号码，响了两声后，电话接通了。

还没等毛弟说话，夏秀才便吼道：老子办大事呢，没空理你！

在电话挂断前，一声女人的尖叫传来，夏秀才又吼道：你他妈的给我闭嘴！

所有人面面相觑，准备再拨回去时，张跃进拿着一张传真过来的协查通报走来。通报是300公里外的省城发来的，上面是夏秀才的头像，下面写道：

> 夏秀才，男，35岁，清湾区天水街派出所上半城社区居民，于12月28日晚11时40分许，在省城金碧辉煌夜总会外绑架一名黄姓舞女，经折磨杀害后，于次日晚间抛尸于省城南郊山区。逃跑时，嫌疑人上身穿绿色夹克，下身穿白色牛仔裤，驾驶一辆无牌照大众途观SUV，请兄弟单位注意在工作中发现，并及时联系主办警官。

看到协查通报后，蔡善法沉默片刻，问出了大家心中那个共同的疑惑：刚才的那段通话中，你们是不是听到了一个女人在尖叫？

03

人命关天，没人敢怠慢。

蔡善法立即将毛弟和夏秀才的通话情况上报分局指挥中心。张跃进则联系省城警方，索要被害人尸体照片。传真机再次启动，一具嘴上缠着胶带、浑身是伤的裸露躯体一点点显现在白纸上。张跃进询问死因，对方说是外伤致使颅脑损伤死亡。

张跃进追问：你们是否知道，这个叫夏秀才的嫌疑人又绑架了一名女性人质？

什么？那端陷入了持久的沉默。

与其称那个身份不明的女子为人质，倒不如把她看作夏秀才手中生杀予夺的玩物。根据毛弟的描述，夏秀才就是一个彻彻底底的变态，早就被列入了清湾各大娱乐场所的黑名单，养生堂足疗店的按摩小姐阿娇就曾被他屡次骚扰，据传还被他迷奸过。

这个阿娇是否就是电话里尖叫的女人？张跃进立即喊上杜玉好，准备去足疗店进行核查，一直沉默的龙思文却喊住了他们。只见他指着屏幕说：这就是绑匪驾驶的那辆白色大众途观。

原来，当大家都在猜测那名被绑架女性的身份时，龙思文已经调出了省城高速入口拍摄的嫌疑人车辆截图，通过计算时间，模拟出了夏秀才的行车路线，并在距离清湾高速出口45公里处，再次发现了那辆停在应急车道上的白色途观。

蔡善法是一名经验丰富的老侦查员，他质问龙思文：你怎么确定这辆无牌车就是嫌疑人驾驶的？

龙思文放大视频画面，指着踏板上面印着的"康盛车行"：我刚查了交管系统，清湾的康盛车行两个月内就卖出了一辆白色大众途观。他点击视频播放按钮，大家随即看见一个戴着鸭舌帽的男人冲到车外，手里拎着一根棒球棍，打开后备厢，朝里面挥舞了一阵，又返回车内，狂飙而去。

蔡善法追问：车子现在去哪儿了？

我已经接入了省交警总队视频布控系统，嫌疑车辆就在清湾区外围的三条高速上兜圈子，没有走远。

蔡善法拍了拍张跃进的肩膀：没想到你的手下有两下子啊。

张跃进表情严肃：老蔡，时间紧急，你先通知局里指挥中心，同时带上段一飞和袁锵锵到高速跟住嫌疑车辆，伺机抓捕。

话音刚落，林心蕊举起了手：我和小飞龙也去。

也好，毕竟有女人质，小飞龙关键时刻顶得上。张跃进同意了林心蕊的自告奋勇，然后转向龙思文：你继续保持视频追踪，把实时情况通报给蔡大队，我和杜玉好到养生堂去核查被绑架女孩的信息，大家现在就行动起来。

龙思文从口袋里掏出法拉利的钥匙，甩给了段一飞：开这车，马力足，起步快。

此时已近中午，养生堂的技师们正懒散地吃着午饭。听到张跃进要找阿娇了解情况，老板转身进入饭厅，没一会儿，便领着阿娇走了出来。看样子夏秀才绑架的另有其人，但既然来了，还是把上次迷奸的情况了解清楚。

这个阿娇一点也不娇气，说起上次迷奸，倒像是在说别人的事情。她自称今年秋天才到养生堂足疗店工作，夏秀才如同发现了新花蜜，立即像马蜂一样盯住了她，要她做自己的女朋友。阿娇知道这个男人靠不住，便一直没答应，若即若离中，夏秀才偷偷在饮料中掺了毒品，先是把阿娇迷晕，然后把她带到一间小黑屋里强奸了。

张跃进插话：一间小黑屋？

对，反正就是四下都不透光，好像是他专门租来玩那些变态游戏的。

小黑屋在哪里？

阿娇摇了摇头：就在上半城，具体什么地方我可不知道。

你在小黑屋里待了多久？

阿娇犹豫了一下，流露出恐惧的神色，她自顾自点燃一根烟抽了起来。

张跃进耐着性子又问了一遍。

两天吧，阿娇的声音有些颤抖，她做了几次深呼吸才回答，反正大多数时候我都是昏迷不醒的。

为什么事后你不报案？

报案？阿娇讪笑一声，我一个按摩女，还吸了毒，我要是报案称自己被强奸了，你们能信吗？

沉默间，龙思文打来电话：指挥中心刚刚发出通报，魔力红夜总会里有一个陪酒女昨天凌晨失踪，通过调取外部道路视频监控发现，正是那个夏秀才把半夜下班的陪酒女打晕后扔进了后备厢。

离开足疗店前，张跃进问了阿娇最后一个问题：你能把那个小黑屋的情况描述一下吗？不管是看到的、听到的、嗅到的，总之越详细越好。

蔡善法带着另一组人赶到清湾东高速路口时，正巧看到那辆白色途观驶远。原来夏秀才刚下高速，在出口停了5分钟，又掉头回到了高速路上。蔡善法对这一反常行为并不奇怪，他猜想握有一条人命的夏秀才已是惊弓之鸟，反复上下高速是为了确定后面没有警察盯梢。

由于无法在入口布置堵截，蔡善法便命令段一飞开着法拉利，跟随白色途观上了高速。夏秀才的车没有牌照，一路以近200公里的时速狂奔，段一飞也猛踩法拉利油门，始终保证嫌疑车辆在他的视线范围内。后排坐着的蔡善法明白，在高速上抓捕危险系数太大，唯一可行的就是在下高速的收费出口再行围堵。因此，他通过对讲机命令龙思文做好嫌疑车辆轨迹的预判工作。

追出20公里后，白色途观突然在主路和匝道中间的禁停区上停了下来。夏秀才打开车窗，探出脑袋，向逐渐驶近的法拉利挥起了手。段一飞紧张起来，他问蔡善法：停还是不停？

蔡善法犹豫了一下，命令道：停车，准备抓捕。

段一飞将车子缓缓贴在了嫌疑车辆的后侧，按下车窗。

夏秀才擤着鼻子，朝法拉利车内打量一番，蔡善法和袁锵锵把身子压低在座位上，小飞龙则在后备厢里，前排只有段一飞和林心蕊。夏秀才问：小兄弟，带女朋友出去玩啊？

段一飞忍住没向藏有人质的后备厢瞟去，死死盯住了对方的脸。

顿了两秒，夏秀才又问：铜背山公园从哪个口下啊？

距离最近的林心蕊开口说话了：这是清湾北，你得往前再走5公里，从清湾西下高速。

谢谢美女啊。

不客气，林心蕊的语气轻松。

双方对视两秒后，蔡善法在后排悄声说：往前开。

纵然段一飞想将途观强行别停，但他最后也只能慢慢松开刹车，向前驶去。后视镜里，本要继续向前行驶的途观却打了右转向灯，提前从匝道下了高速。

10分钟后，龙思文在对讲机中汇报：嫌疑人车辆已经进入上半城，视频现在追踪不到了。

04

平房，带小院，内外两间，窗户是格栅样式的，能听到许多狗叫，还有机器均匀的运转声，每隔段时间便会"咯噔"一下，然后回归平静，就像是在把一个老头儿抽筋扒皮。

关于小黑屋，阿娇只提供了这么多信息。

接到夏秀才驾驶车辆窜回上半城的消息后，张跃进便高度怀疑他会挟持人质再去那间小黑屋。但小黑屋在哪儿，却成了一个必须要解答的难题。

上半城的平房有上千栋，大大小小的养狗场也有十几家，真正有价值的是阿娇那个莫名其妙的比喻——机器运转的声音有如把老人抽筋扒皮。

究竟是什么样的声音如此可怖？张跃进和杜玉好一边游走在大街小巷，一边仔细搜索着可疑的声音。他们来到早已废弃的上半城索道站，将目光放逐于山脚之下的海滨，海蓝色的吊厢如同一颗颗记忆丝线上的珍珠，朝他们缓缓攀升，靠近吊装缆绳的铁搭时，齿轮间发出一声"咯噔"，随后复归均匀的低鸣。

张跃进拨通了阿娇的电话，让她听索道运行的声音。又一声"咯噔"后，阿娇肯定道：那间小黑屋就挨着索道。

电话挂断后，杜玉好指着山顶说，只有一家养狗场靠近索道，就在铜背山森林公园正门外不远。

当他们两个老家伙哼哧着爬到山顶时，蔡善法也带着三名辅警到达了公园门外。与此同时，龙思文在对讲机里报告：刚通过智能云平台调取了森林公园的社会监控，发现半个小时前，一辆白色途观驶进了公园东侧的一个小院。

大家立刻赶到了紧闭的院门前，再竖起耳朵，院子里一点声响都没有。

我进去侦查一下，段一飞有些按捺不住。

张跃进呵斥道：不要轻举妄动，万一出了事儿，嫌疑人把人质杀了，你能负得了责？

那怎么办？

我已经报告了指挥中心，值班局领导正带领特警防暴队赶过来。

蔡善法拍了拍段一飞的肩膀：重大案件都有一个处理流程。刚才你在高速上的表现已经很不错了，现在还是少安毋躁吧。

段一飞有些泄气：你们说什么就是什么吧，反正辅警得听民警的。

10分钟后，几辆突击车呼啸而至，崔副局长带着全副武装的特警包围了小院。一直静悄悄的院子此时亮起了灯，夏秀才突然在屋里嚷嚷道：都散开，都他妈的散开！

崔副局长举起了扩音器：放下武器，立刻出来投降。

夏秀才哈哈大笑：老子已经杀了一个，多杀一个就多赚一个。

院外的警察都明白，想到横竖都是一死，再加上毒品的药劲，这个亡命之徒随时可能干出极端的事情来。让他们意外的是，各路媒体不知从哪里得到了消息，围观的群众也越来越多。

屋里的夏秀才显然意识到了群众的围观，情绪更加激动：有什么好看的？我要是被爆了头，你们晚上也会做噩梦的。

面对越来越复杂的形势，崔副局长也罕见地对特警队长吼起来：赶紧制订方案，必须在半小时内解救人质。

队长指着院子说，嫌疑人在院内，我们在院外，没法直接观察嫌疑人的情况……

该死，无人机呢？崔副局长又要开骂，却见到一个小伙子蹿到面前，身后跟着一脸赔笑的张跃进。崔副局长质问：张跃进，你带这小子捣什么乱？

张跃进知道拦不住段一飞，索性任由他发挥。只见他"啪"的一个敬礼，向崔副局长汇报：我叫段一飞，退伍的一级士官，现任上半城警务站巡逻辅警，我在部队是特种作战侦察兵，我的专长就是现场秘密侦查。

侦查什么？

段一飞指着院子一侧的那棵歪脖树：我可以爬到树上观察嫌疑人的动向，只要你们调整灯光，确保那棵树处在黑影里，我就能把自己掩蔽住。

崔副局长犹豫了。

张跃进小心翼翼地递了一句话：他确实干过特种兵。

特警队长表示段一飞的提议确实可行，他没有穿制服，也很容易混在群众中。崔副局长思忖片刻，交代道：只能观察，不准擅自行动。

所有强光随即对准了院子大门，除了少数警察，几乎没有媒体记者和群众注意到一个黑影蹿上了那棵歪脖子树。

按照计划，段一飞要将观察到的院内情况，通过随身携带的微型对讲机传出，为崔副局长和特警队长指挥突击抓捕提供决策依据。就在他刚刚掩护好自己时，平房的门开了，夏秀才拿刀顶着人质的脖颈，逼迫她往院内停着的那辆途观走去。

段一飞意识到，嫌疑人打算开车强行冲出包围圈。他刚想向外面的指挥部汇报这一情况，突然脑筋一转，这正是他动手的最好时机啊，若是再向上汇报，战机转瞬即逝。

夏秀才已经将人质逼上了副驾驶座，又将她的身体用胶带缠在座位上。事不宜迟，段一飞最后瞄了一眼举着各式摄像机的媒体记者，后牙一咬，从树杈上向嫌疑人的脑袋飞扑下来。与此同时，对讲机里传来崔副局长的一声惊呼。

平静维持了几秒，院门突然开了。记者的摄像机、特警的突击步枪全部对准了耷拉着脑袋的夏秀才，而他的身后，则站着满面春光、就差向众人挥手致意的段一飞。

05

午夜，张跃进做东，蔡善法作陪，请警务站的五名辅警到小吃街撸串，庆祝此次行动大获全胜。

平心而论，在座的七人都没想到自己会走到此次行动的舞台中央。在这场与死神的竞赛中，五名辅警团结协作、各显专长，居然跑赢了省城和分局的专业侦查员。

大家纷纷议论起追捕过程中那些惊心动魄的场面：林心蕊说在高速公路和夏秀才相遇时，心脏都跳到嗓子眼了；杜玉好也说起了阿娇那个关于索道声音的比喻——"就像在给一个老头儿抽筋扒皮"。

大家笑了一阵，龙思文举起手机：锵锵，你把段一飞这小子的脸拍得太扭曲了，看起来他才像变态杀人犯。

段一飞捶了龙思文肩膀一拳，看到自己押着夏秀才走出院门的视频。

袁锵锵说：你都上微博热搜了，好多女网友都在问你叫什么名字呢。

林心蕊插话：人家早就名花有主了。

话音刚落，文煜朵的电话就打了进来，段一飞故意将手机调成了免提模式，对方的声音急迫而焦虑：我刚刷了微博，你没受伤吧？

我受伤了。

啊，伤在哪儿了？

想你想得心痛啊。

段一飞的土味情话引得在场其他人一阵哄笑，文煜朵的声音明显羞涩起来：明天晚上我让我爸收看《清湾新闻》，你肯定能上新闻吧？

放心吧，来了好多媒体呢，肯定是新闻头条。

文煜朵犹豫了一下：我想借着这个机会向他介绍一下你。

段一飞"哦"了一声，迅速关掉免提，对着话筒寒暄几句，便挂掉了电话。

没有人说话，气氛有点尴尬，张跃进和蔡善法目光交汇，虽无语言交流，但他们都在想段一飞未经请示的抓捕行动。

次日一大早，段一飞就跑到上半城的一家报刊摊，买了份《清湾晨报》，同时预订了《清湾日报》和《清湾晚报》。此外，他还订阅了清湾本地几乎所有的微信和微博公众号，到了午间和晚间，他还守在电视前，耐住性子看完了无聊透顶的新闻报道。

然而，从头到尾，他都没有发现自己的影子，更没听到自己的名字。关于夏秀才绑架杀人案，在报纸的社会版面上只有不足 200 字的一条简讯，言辞笼统。段一飞气得把报纸捏成了球。

对于这个结果，张跃进并不奇怪：段一飞未经请示擅自行动，自己风光了，却让崔副局长和那些特警颜面扫地，这事传出去怎么都不算光彩。好在段一飞把人抓住了，功过相抵，分局没追究他违反纪律就很不错了。

不过毕竟是自己的兵，胳膊肘怎么也得向内拐。下午刚上班，张跃进就打印了一份清湾分局 12 月份的辅警之星申报表，让段一飞填写后，便去了派出所，磨着汪所长上报给分局政治处。

第二天中午，段一飞来到分局，向刚散会的局办秘书打听 12 月份辅警之星的评选情况。秘书说他在第一轮筛选中就被刷掉了。不仅是段一飞，就连上半城警务站辅警中队也无缘当月的优秀中队评选……

秘书把会议记录本放在桌上，跑去卫生间小解。段一飞偷偷翻开记录本，看到崔副局长在自己名字下方给了 9 个字的评选意见：无组织，无纪律，不同意。

火气一下就顶到了天灵盖，段一飞立即冲向崔副局长的办公室，却被告知崔副局长已经开车去了刑警大队。他又马不停蹄地追到刑警大队，看到崔副局长正陪同一个穿西装的男人从办案区走出，同时汇报着夏秀才案件的办理情况。他们的身后则是大队长和教导员。

段一飞的出现让崔副局长一惊，口中的话停了下来，穿西装的男人也抬起了头。目光交错的瞬间，他们都认出了对方。

政法委书记文扬首先露出了和蔼的微笑：你就是那个抓住变态杀人犯的辅警吧？

在部队见到司令员都不会紧张的段一飞此刻却僵住了，崔副局长在旁边厉声催促：段一飞，文书记问你呢，赶紧回话啊。

段一飞张了张口，突然说不出话来。

文扬拍了拍段一飞的肩膀：昨天晚上，我听煜朵说起了你，没想到这么快就能见面。

虽然只是轻描淡写的一句话，但段一飞的内心汹涌澎湃，甚至委屈得想哭。

文扬随即向崔副局长交代：汇报就不听了，做好舆情引导工作，不要把好事说成了坏事。

崔副局长敬了个礼：明白。

随后，文扬便头也没回地钻进轿车，驶离了刑警大队。崔副局长狠狠剜了段一飞一眼，也跟着离开了。

偌大的院子里只剩下段一飞一个人，他怅然若失地待了许久，才想起还没吃午饭。他决定要回家吃一顿父母做的饭。

第九章

01

下午两点，正是棋牌室上客的时候。可远远的，段一飞发现很多老街坊围在工人新村的停车房外，伸长了脑袋，争吵声正从屋里传出。

段一飞拨开围观的人群，看到母亲面红耳赤，气得说不上话来，父亲则背对着众人，默默烧着开水。杵在父母对面的是常来打牌的麻三儿，吊儿郎当，一直没个正行。

瞧见段一飞出现，麻三儿嚷嚷着：小子，来得正好，你给大家伙儿验明正身。

妈，到底怎么了？

母亲看了他一眼，欲言又止。围观的大婶解释道：刚才三缺一的时候，你妈和大家说前天那个变态杀人犯是你抓的，麻三儿说没看到新闻，他不相信。

段一飞稍稍心安，正准备掏出手机，把袁锵锵录的那段视频播放给他看，没想到麻三儿又嚷嚷道：抓人是警察的事儿，他个临时工能有那个资格？

你说谁是临时工？母亲针锋相对。

我说你的宝贝儿子是临时工，就是给警察打杂的。

不对，我家一飞就是警察！

麻三儿扑哧一声笑了，他指着段一飞：你可别欺负咱文化水平低，好歹我是进过局子的，你儿子也就高中文化水平，他连给警察提鞋的资格都没有。

眼见对方的指尖都快戳到了自己的鼻子上，段一飞克制住内心的怒火，他知道麻三儿挑衅的目的就是诱使自己动手。

母亲却沉不住气，上前拨开麻三儿的手指：不准你侮辱我儿子的名誉，他在部队上还当过特种兵，他是英雄……

英雄个屁！全都是你们瞎掰出来的。都是棚户区的，就别猪鼻子插大葱了……

麻三儿说出的每一个字都扎在段一飞的心头，他恨不能把对方打得满地找牙。麻三儿又指了过来：你就是个辅警，哈哈……

母亲伸手要去捂他的嘴，麻三儿把她推开，兀自喊着：辅警，临时工，辅警……

段一飞再也忍不了了，他挥起拳头，还未出拳，就被父亲大喝一声。他一愣，只见父亲灌足力气，冲着麻三儿的胸口狠狠捶了一拳，对方应声倒地。

人群立时安静下来。麻三儿用胳膊强撑着身体，话还没出口，几滴血就喷了出来，嗓子像风箱一样，只吐气不吸气，有牌友立刻拨打了 120 急救电话。

眼见着急救车把麻三儿带走，天水街派出所的民警也把段一飞一家三口请回了派出所的办案区。

自从加入公安队伍后，段一飞给不少嫌疑人拍过照片，没想到这次却轮到了自己。

看到派出所的女警用手抓挠母亲的头发，检查里面有没有暗藏危险物品时，他忍不住喝止道：你能不能有点起码的尊重？

女警翻了一个白眼，段一飞再次劝自己不要那么敏感。

被带进询问室后，等待片刻，却是张跃进推门进来。段一飞本以为他会避嫌，想站起身，无奈手上戴着铐子。张跃进冲屋外骂了句，然后把他的手铐解开。

张跃进的声音中带着抱歉：刚刚询问了在场群众，你和你母亲都没有动手，出警的那几个蠢货也是不了解情况，才把你们都铐上了。

段一飞活动了一下手腕，问起麻三儿的情况。

你爸下手可够重的啊，一拳就把对方的左胸肋骨捶断了两根，其中一根刺穿了肺部，引起血气胸，如果晚一步，没准麻三儿的小命就没了。

段一飞有些僵：我爸干了一辈子的体力活，力气肯定是有的。

麻三儿这样的老无赖你们又不是不了解，怎么就不能克制一下呢？张跃进顿了顿，烦躁地摆了摆手，算了，如果我在场，也会忍不了。

接下来怎么办？

你在公安局工作，还用得着问我？要么人受罪，要么钱受罪。

段一飞沉默了。

我刚和麻三儿的老婆谈了，她提出要20万的赔偿，否则就带着麻三儿去做伤情鉴定。你知道的，一旦鉴定出来，派出所就必须立案。我问了法制部门的意见，伤情介于轻伤一级到重伤二级之间，法院的量刑可能在两年上下。

看到段一飞不说话，张跃进拍了拍他的肩膀：放心，我会帮你把价格谈下来，再说了，麻三儿和他那个老婆也不是一点问题都没有。

段一飞点了点头，张跃进打开了门，说：回去吧。

去哪儿？

回家去啊，你总不会还想尝尝派出所给犯人的伙食吧？

派出所的院子里，杜玉好、龙思文、林心蕊和袁锵锵都在，他们的目光中流露着关切。袁锵锵傻傻地说：阿飞哥，需要多少钱我们一起凑，思文哥刚才也说要出钱，就数他手里的钱多。

龙思文尴尬地踹了袁锵锵一脚，正色道：有困难不要自己扛着。

是啊，我们一起分担，林心蕊附和着。

段一飞的喉咙动了动，低声说：我给咱们上半城的辅警丢脸了。

杜玉好赶忙插话：不要这么说，麻三儿那样的小人就该好好教训一顿。

段一飞叹了口气：都不要说了，你们先回去吧。

袁锵锵不愿意了：这哪儿行呢？我们可都是专门接你回去的。

让我陪一陪我爸妈吧，求求你们了。

众人沉默了，杜玉好说，走吧，咱们先回，警务站也不能空着。

过了半小时，张跃进陪着做完笔录的段一飞父母从办案区出来，向这一家三口嘱咐道：回去商量商量筹钱的事情吧，至少先把对方的医药费垫上。

三人相对无语，互相依偎着离开了派出所，再拐出天水街时，段一飞瞥见一辆宝马停在路口，驾驶位上下来一个帅气的小伙儿，他绕到副驾驶，打开车门，文煜朵走了出来。两人一前一后去了旁边的咖啡厅。

02

夏秀才到案后第二天，文扬便接到了女儿要求自己回家吃饭的命令，知女莫若父的他当即就有了某种预感。当晚，文扬推了饭局，回到家，父女两人沉默着吃了晚饭，文扬洗了碗，然后便坐在了客厅的沙发上。

文煜朵举着遥控器把电视台换了一圈，在差两分八点时，似是不经意地转到了清湾电视台新闻频道。这样的举动反倒更显可疑。文扬不急于揭穿女儿，耐着性子陪她看完了半小时的晚间新闻。

其间，女儿的脸色从最初的紧张、满脸的期待，到最后的失望沮丧，让文扬猜出了大概——她一定想让自己看夏秀才案的报道，说得更具体点，是看那个在制服绑匪、解救人质中发挥了关键作用的警察。文扬暗自发笑，这些画面根本不可能出现在电视上。

他听说此次的行动中存在不听命令擅自行动的情况，公安局已经和媒体通了气，不让他们报道这起案件。女儿想让自己看的人究竟是谁？文扬借口要吸烟，跑到阳台，给清湾分局的崔副局长拨打了电话。

很快，谜底揭晓，那个小伙子名叫段一飞，是一名辅警。那天晚上，文扬失眠了。

文扬这个人天不怕地不怕，就怕自己的女儿，处处都是能答应就答应，能让着就让着。但即便如此，他也无法接受女儿和一名只有高中文化程度的辅警谈恋爱，更不用说谈婚论嫁了。

煜朵自小身子弱，和社会接触少。去省城上大学时，文扬专门给女儿请了一个生活助理。女助理不仅每天把营养均衡的饭菜和洗好的衣服送给她，还和文煜朵的舍友们加了微信，侧面关注女儿的感情状况。他事后才知道，文煜朵跟舍友们结成了死党，把在校期间与段一飞的恋爱全都隐瞒了下来。

风平浪静地过了四年后，文煜朵回到了自己身边，进入政府机关工作。文扬又暗地里跟她的领导打招呼，并要身边朋友在给女儿

131

介绍对象前，先把男孩的资料发给自己审核，保证女儿终身绝对的幸福和安全。

凌晨4点，文扬还未入睡，始终想不明白到底哪里出了纰漏。他偷偷翻开女儿的相册，在高中毕业合照的背面，找到了段一飞的名字，接着是他俩单独的合照，青春的笑容是那么甜美。文扬暗暗惊叹，表面单纯的女儿竟然把这段恋情瞒了这么多年。

文扬的太阳穴开始发颤，他再没了睡觉的心思，连夜从通讯录里梳理归拢出老同学、老朋友介绍过来的青年才俊，为文煜朵挑选相亲对象。这里面有创业先锋、大学老师、医院骨干、基层优秀公务员……人品、学识、工作和家庭都很优秀。

早餐，文扬将盛着煎蛋的盘子连同一张男青年的照片放在文煜朵面前的桌上。他罕见地武断了一次，让女儿下午请半天假，参加他安排的一次相亲。文煜朵自然不同意。

文扬反问：难道你心里有人了？

文煜朵不知该如何回答。文扬的语气柔和下来：煜朵，你是知道的，爸爸其他事情都依你，唯独这件事，你还是要听爸爸的。距离春节还有一个多月，你正好参加一下相亲。

文煜朵咬着嘴唇，欲言又止。

这些小伙子都是叔叔阿姨们提过许多次的，爸爸不好驳了他们的面子。这样，如果你见过之后都不满意，爸爸以后就永远不再逼你去相亲。文扬想先用这套说辞做通女儿的工作。

文扬倒不是非要让女儿和其中的某位相恋成双，只要她能冷静客观比较，在那些青年才俊身上看到段一飞的差距和不足，看到未来另一种更好的选择，那么做父亲的目的也就达到了。

而听到爸爸的这番承诺，文煜朵便抱着应付的态度，不情不愿地和一名青年创业先锋见了面。她躲着段一飞，想抓紧完成任务。

咖啡厅中，文煜朵挂着礼貌的微笑，听创业先锋从 5G 技术在生活中的应用谈到了 B 轮融资，然后是提前退休，周游世界……文煜朵渐渐失了神，望向窗外。

在马路的那一边，兀自站着一个孤独身影。天啊，是段一飞。

03

一分钱难倒英雄汉。

段一飞的父亲段大军早年在化工厂扛物料桶，钱没赚到几个，头发却早已全白，风湿病也悄然侵入身体，步履蹒跚，50 岁的汉子看起来倒像是 70 岁的老头儿。段大军也曾想做工伤鉴定，让企业担负起每月五六百元的医药费，可鉴定还没出，工厂就关了门，给他发了几万元买断工龄的补偿金后，便和他切割得干干净净。

相对来说，母亲惠友兰要强横很多。段一飞看过父母的结婚照，二十出头的母亲还是一个身材婀娜的女子，岁月将生活的重担全部压到母亲身上，生生催出了水桶腰。这么多年来，母亲一边照顾家务，一边打些零工：给殡葬店做纸花，在学校外卖早点，承包停车房，开棋牌室，小钱能赚一点，却跑不过飞涨的物价，生意随着整个上半城居民的日益减少而不断萎缩。

因此，夫妻俩本不想让段一飞这么早退伍，甚至暗暗希望段一飞能够在部队里建功立业，早日提干，这样一来，他们就不用为儿子操心买房的问题了。

可既然儿子为了追寻爱情选择回到了上半城，父母也只有全力支持，但这并不意味着他们想让儿子倒插门吃软饭，结婚的新房还是必须由男方来出。段一飞的退伍安置费有 5 万元，家里面这些年也有些存款，再努努力，本可以在下半城按揭一套小公寓，可没想到

133

麻三儿的老婆开口就要 20 万。段一飞陷入了深深的忧愁中，陪父母回到家后，母亲问他要赔多少钱，段一飞咬咬牙说：顶多两三万就能搞定。说完，他就从家里跑了出去，再多一秒都有可能会露馅儿。

的确，此时段一飞的心理承受能力已经到达了极限。赔钱的事情已经够他受的了，更不用说路上还瞥见咖啡馆里和宝马男约会的文煜朵。正想着，文煜朵打来了第十三通电话，段一飞狠狠心，把手机关机，他有更重要的事情要做。

上半城有一家精武堂拳馆，是段一飞的一个哥们儿开的。刚退伍那会儿，段一飞在拳馆当过教练，教女孩们防狼术，也教大妈们跳减肥操。两个月前，哥们儿把拳馆盘了出去，有次喝大了后，他告诉段一飞：拳馆的新老板改变了经营模式，请了一帮专业格斗教练，一边在抖音快手上发直播，另一边据说还举行着地下拳击赛，每一季的冠军有 3 万元的奖励。

段一飞来到拳馆前台，接待他的是一个烫着爆炸头的小妹。她问：想学点什么？跆拳道、拳击，还是自由搏击？

段一飞反问：你们这里最能打的是谁？

爆炸头眨眨眼：你是来踢馆的？

段一飞点点头。

小妹把一张《格斗免责承诺书》递了过来，段一飞看都没看便在上面签了名。随后两人绕过前台，来到大厅的八角笼前，小妹把他介绍给了拳馆经理。

经理说：这里有很多能打的，但最能打的，还轮不到你来挑战。

段一飞扫视一圈，看到了前些日子因为打砸袁锵锵家大排档被治安拘留 14 天的那个红头发。早前没机会教训他一顿，没曾想在这里碰上了。

段一飞告诉经理：我要和他打。

你确定？他算不上最厉害，但也是很厉害的。

难道你以为我不厉害？

一声清脆的铃响，教练和学员们都停下训练，围在八角笼前。这样的笼子是专为自由搏击设计的，四周都是高高的铁丝网，对战双方如囚徒般困在其中，不决出个胜负不会罢休。

红头发双拳一碰，接着两记刺拳接一组弹踢便向段一飞中门袭来。段一飞抓住对方左脚脚腕，还未发力，对方就腾空跃起，右脚一个回旋，踢向他的太阳穴。段一飞不肯退让，用肘回击，硬碰硬后，两人都是连退数步。

段一飞活动着手肘道：出的都是杀招啊！话音刚落，便使出一套绵密的拳法。他出拳极快，攻中有守，几乎没有破绽，但红头发步法灵活，在连连退守间，用飞腿化解了一记记出拳。没准对方还是空手道黑带呢。想到此，段一飞飞出一腿，故意卖出一个破绽。对方立刻转守为攻，横踢向段一飞大腿外侧。段一飞俯下身子，迎着出腿的方向抱住对方腰部，把他掀翻在地。红头发想撑开段一飞，段一飞却变换着姿势，始终和他在地上缠斗。

八角笼外传来阵阵高呼。

段一飞知道红头发的腿需要击打的空间，把他摔到地上，那双腿也就威力大减。他在水产市场里搬了一年货柜，吃了一年生猛海鲜，早已是一身腱子肉，红头发很难把他推开。段一飞背对着裁判对红头发耳语：这几拳是为我兄弟的，然后接连向对方下体猛击。愤怒吞噬了红头发，他进一步失去了协调性。段一飞瞅准一个空当，锁住了对方的左膝关节。疼痛立刻让红头发龇牙咧嘴。段一飞笑骂道：别充英雄啦，我要是再使劲，你的腿就废了。红头发还是咬着牙不松手。段一飞只得又加了分力，红头发这才吐掉牙套，巴掌连连拍地，表示认输。

从八角笼出来后，经理给他扔了条大毛巾，让他擦一擦汗，又装作不经意地问：愿意参加拳赛，赚点外快吗？

段一飞白了经理一眼：除了这个目的，我来这里还能为什么？

04

一肚子的火气泄完后，段一飞赶到了清湾人民医院，在胸外科病区找到了主治医生，提出想要查看麻三儿的病历。医生有些犹豫。段一飞亮出了辅警证，说自己是来查案子的。不明就里的医生调出病历，扫了一眼便说：问题不大，静养就行。

段一飞翻到病历末尾的对账栏，看到就诊费用已经高达17000元，其中还包括了医院专门的护理费用。段一飞问医生是怎么回事。

医生撇撇嘴：这人脱离危险期后把所有身体零件都检查了一遍，用了不少不能报销的高价药，还预订了医院最好的护理服务，嚷嚷着这些费用都有人出，不用他掏一分钱。

段一飞攥紧拳头，正准备冲到麻三儿的病房，却发现电梯门打开，文煜朵孤立无援地站在那里，眼眶里噙满了泪水。段一飞立刻心软了。文煜朵迟迟没有走出电梯轿厢，他只好心中暗暗叹息，快步来到女友身边。

在医院的小花坛外，段一飞停下了脚步，他知道文煜朵要给他一个解释。

文煜朵咬着嘴唇，结结巴巴地说：那是完成任务，临场做戏……做戏给谁看？

是我爸安排的，他说只要我和那些男孩见完面，就不再干预我的感情。

那些？后面还有？

文煜朵又要哭出来了。

段一飞不敢再逼女友，他的麻烦已经够多了，只是叹了一口气：你爸肯定看不上我。

文煜朵低着头，像是一个犯了错的孩子，默默掏出了手机，喃喃道：叔叔打别人的事情我也是刚知道，是他让我到医院来找你的，怕你干傻事，我在这里已经等了两个小时了。

看到文煜朵的脸蛋冻得通红，段一飞也心疼了，他钩了钩女友的手指。

文煜朵试探着说：对方是地痞无赖，一定狮子大开口吧？我这里有两万块钱，要不给你应个急？

钩着的手指分开了，傻丫头却还在继续说：要不我求求我爸，让他给天水街派出所打声招呼……

最后这句话摧毁了段一飞由泥沙堆砌的自尊，他吼道：你不要可怜我，我不需要可怜！然后便转过身，向医院大门外逃去。

虽然被过度保护着，文煜朵却比表面看起来坚强许多，毕竟儿时的大部分时光都是她独守着一间空屋子，紧张地对抗着每夜潜藏在黑暗角落里的邪恶精灵。

当然，段一飞总嫌弃她爱哭，厌恶那种倾盆大雨般的泪水，但他知道，文煜朵的哭和自己的吼一样，都只是一种发泄，发泄完了，还得面对这个困难重重的世界。

因此，当他一溜烟跑回家后，还是忍不住给她打了个电话，听筒里传来的还是抽泣声。段一飞耐着性子安慰了几句，文煜朵却抽抽搭搭地说：我刚知道，奶奶快不行了。

段一飞立即问道：你奶奶在哪家医院，我现在过去。

她在乡下的家里，我把地址发给你。

急着出门时，天水街派出所的警察又来了，本以为是继续调查父亲打人的案子，出警的民警却称：有人举报这里有聚众赌博的情况，我们来看一下。

段一飞指着正在玩牌的老头儿老太太们，气不打一处来：都是一群吃低保的，他们能有钱赌博？

民警也很无奈：好歹你也是辅警，有警必出这个道理你不知道吗？他让段一飞的母亲在登记本上签名后便离开了。

正想安抚几句母亲的情绪，却看到她从包里掏出一万元钱：是不是小文的奶奶快不行了？你赶紧去啊，该随的礼一分也不能少啊。

段一飞当然知道这是父母的存款，他的手哆嗦着，从里面抽出了十张 100 元，跑出了车棚。

文扬也是出生在农村，父亲去世得早，是母亲把五个儿女拉扯大。文扬排行老大，也是唯一一个考上大学、进城里当了大官的人。由于弟弟妹妹都还生活在乡下，母亲也不愿意跟着文扬到城市生活。

其实这样也好，不仅母亲自在，文扬也省去了许多麻烦，毕竟有很多钻营取巧的人成天盘算着怎么另辟蹊径，和自己套上近乎。半年前，母亲查出了胰腺癌，在医院住了一段时间后，医生委婉地告诉他病症已失去了治疗的可能。依着母亲的意愿，文扬索性把她接回乡下老宅，让老人家尽可能平静地走完人生最后一程。

看来今年的除夕母亲是吃不上团圆的饺子了。文扬暗暗叹了口气，却瞥见一辆出租车停在村口，女儿和那个叫段一飞的小子从车上下来了。

文扬皱了皱眉，回头看了看一屋子的亲属，不知该如何向他们解释这个浑小子到底是谁。

晚饭吃得庄重，却也不乏热闹。长兄如父，文扬坐在主座上，和弟弟妹妹们商量着母亲的后事该如何操办、影响如何控制到最小，余光却始终瞟向低头不语的段一飞。其他家人也都不时地看向这个小伙子。文煜朵 10 岁的表弟问她：这个大哥哥是谁啊？文煜朵不知该如何介绍，反倒是善于察言观色的姑妈教训道：不要乱说话。

自始至终，文扬都没有介绍段一飞，也没有给他自我介绍的机会。

晚饭过后，大家都挤进了卧室，老太太枯黄的眼睛扫过每一张脸孔后，目光最终停留在了文煜朵的脸上。文煜朵知道自己身子弱，加上父母早年离婚，奶奶最疼她。她蹲在奶奶的膝前，握住了奶奶的手。奶奶的目光却还没有挪开。众人这才明白，老人家是在看那个不知道叫什么名字的年轻人。文扬抑制住心中的不悦，向段一飞摆了摆手。段一飞便挨着文煜朵跪在了老人家的身边，犹豫了一下，将手放在了文煜朵的手上面。

接下来的几秒，在所有人的见证下，老人笑了，那分明是一个满足的微笑。

05

文煜朵的奶奶是在黎明前离开人世的。

这像是一声发令枪，让丧事的每一个步骤都有条不紊地运作起来。与此同时，村里的乡亲们，连同市里面消息灵通的人陆续向老宅赶来。

陪着女友熬了一夜的段一飞正琢磨着自己能做点什么，却被文扬喊住，让他跟着自己进了车。

沉默中，坐在后排的段一飞瞅着文扬的背影，不知该说些什么。

毕竟闯来这里，就已经是极大的冒犯。慌乱间，他把从家里带出的1000元钱向前递了过去。

干吗，是要贿赂我？

不，叔叔，这是随份子的钱。

文扬反问：你有资格随份子吗？

段一飞被噎得说不出话。

文扬的语气缓和下来：谢谢你，老母亲走得很心安。

对不起……段一飞嗫嚅着。

不，如果我站在你的立场，我不会说对不起。你没必要为来这里感到抱歉，也没必要为和煜朵相恋而感到抱歉，文扬顿了顿，我相信你们是真爱。

段一飞鼓起勇气：我知道您心疼女儿，想让她过得更幸福。

文扬叹了口气：你能理解我就好。

又是一阵沉默，段一飞以为文扬此时要说些劝自己知难而退的话，没想到他却说：前两天，市公安局上报人社局今年招警补录计划时，有一个面向退伍军人的狙击手职位，对文化课要求低，高中学历就能报考。考试在年后的第二个周末，如果你能通过，成为一名正式民警，我就同意你和煜朵恋爱。

段一飞一惊，连忙道：叔叔您放心，我一定会努力的。

文扬瞅了瞅屋外正在搭建的灵堂，又说：你先别急，这意味着在此之前，你和煜朵还不能算作男女朋友，至少不能对外公开你们的关系。你明白了吗？

段一飞点点头：明白了，我现在就走，麻烦您和煜朵说一声我先回去了。

好的，希望有机会我们再见，文扬最后说道。

就在段一飞离开清湾乡下，返回上半城时，张跃进已经开始兑现他对手下的承诺。

他注意到这两天有人连续举报工人新村的棋牌室涉赌，有意思的是，匿名举报人还反复要求指挥中心派警到天水街派出所值班室，而不是距离更近的警务站。接警员询问原因，举报人称上半城警务站就是那个小赌场的保护伞。

哼，保护伞，张跃进拍着桌子骂道，我还真就是你们的保护伞了。

上半城一年的警情少说也有800多起，其中刑事案件只占到100起不到，更多的还是群众纠纷和求助，不少都是无关紧要的小事。

要说这种出警张跃进还能忍得了，对于虚报假警行为他可真就是忍无可忍了。上半城流动人口多、失业人口多，导致消磨时间的棋牌室遍地开花，争抢客源甚至恶性竞争的情况普遍存在，报假警栽赃陷害竞争对手涉嫌聚众赌博就是其一。

听到张所长一声骂，龙思文便笑了出来，然后立即按照他的要求，登录视频天网系统，开始调取指定时段的视频图像。

原来这个匿名举报人没有使用手机，而是通过分散在上半城各处小卖部的固定电话报的警，单从这一点来说，就已经足够可疑。经过一个小时的调查，报警人的面部截图发送到了张所长的手机上。张跃进拍了拍龙思文的肩膀：回头一定得让段一飞请你"吃鸡"。

龙思文笑道：张所长很时尚啊，还知道打游戏。

此时已过午后，麻三儿的老婆照例会去巷口的棋牌室搓麻，据说这家棋牌室里还有她的分成。

看到张跃进来了，麻媳眼睛翻了翻，屁股却没动。张跃进也不废话，一边将她拨打固定电话报警的照片拍在桌上，还没等她反应过来，又把手铐拍到她面前。麻媳的脸顿时没了血色，哆哆嗦嗦地问：张所长，你这是干吗呢？

张跃进嘿嘿一笑：不好意思，拿错了。他随即把那张照片收进了口袋，又掏出了一份《案件调解书》放在麻媳面前，而那副手铐则一直没挪窝。

麻媳扫了一眼，抱怨说：才三万元……

张跃进冷着脸：多次报假警，浪费公安资源，栽赃陷害他人，构成寻衅……

行行行，别说了，我签字。

张跃进这才收回手铐，拨通了段一飞的电话，要他带着三万元迅速赶到清湾人民医院。

段一飞和麻三儿都不清楚张所长是怎么搞定了麻媳。不过，段一飞知道得了便宜，一声也不吭地签了字，麻三儿却还不服气，被老婆扇了一耳光后才服帖了，草草签了名字，由麻媳领走了钱，转身就给丈夫办出院手续去了。

离开医院后，面对依旧困惑的段一飞，张跃进只是淡淡地说：之前说过，我会帮你想办法的。顿了顿，他又说：龙思文也出了力，回头记得谢谢人家。

第十章

01

发生在段一飞和他父母身上的事情，让平日只关注游戏和美食的袁锵锵受到了一些冲击。在他眼中，世界本是简简单单、快快乐乐的，可自从当上了辅警，迎面撞上了那么多人间的无奈，实在有些接收不过来。

看到袁锵锵有些闷闷不乐，杜玉好便主动陪着他到街面巡逻，有一搭没一搭地和这个与自己儿子差不多大的男孩聊天。

在整个警务站的人眼里，杜玉好既是老好人，又是过来人，多少能起到些稳定局面的作用。

这天上午，袁锵锵跟着杜玉好去查暂住人口，刚一进门就被泼了一盆脏水，把对方控制起来后，人家说不为别的，就是看见穿制服的不顺眼，纯粹想发泄。

那人姓时，人称老十八，这个绰号有两层含义，一是指心态不成熟，50多岁的人了，还跟十八九岁的小伙子似的；二是他老实巴交，平日在上半城和下半城的交界处摆摊，干的营生是卖烤地瓜，从不招惹是非。看到老十八一反常态，杜玉好猜想他一定受到了什么刺激。

杜玉好跟老十八说不上有多熟，却也了解对方的一些情况。原本老十八是在老家种地，靠天吃饭，为了女儿时玉能有更好的发展，他前些年带着家人进城，把女儿送进了私立学校。他没别的能耐，有零工时便出出体力，没零工时便守着一个烤地瓜摊子，赚个块儿八毛的。

当然，和许多摆摊的人一样，老十八也常常和城管打游击战。他信息收得迟，人还跑得慢，不过每次只要赔着笑脸，交些罚款便可过关，可没想到今天城管却强制收了他的烤炉，怎么讨也不还。

看到杜玉好被泼了水，却还是笑嘻嘻的，老十八略微平静下来，嘴上却咄咄逼人：你们这些穿制服的，非要把人给逼到绝路吗？

杜玉好解释说，我们不是城管，完全是两回事儿，咱们低头不见抬头见，也从来没为难过你们两口子。

老十八不讲理：我不管，你们都是一路货色。

杜玉好被噎得够呛，想了想，还是劝他说，凡事儿都得讲规矩，这个社会如果没有条条框框限制着，早就乱成一锅粥了。

老十八用手抹了把鞡干的脸，说这世道太不公平了，光管我们穷人。

看到对方指甲里的泥垢和满脸沮丧的表情，杜玉好琢磨片刻，说这样吧，我这就去找城管，帮你把东西讨回来。

老十八还是唉声叹气：往后再到哪儿摆摊呢？一会儿城管，一会儿工商，一会儿又是卫生部门，都和我为难。

杜玉好宽慰他说，车到山前必有路，我会帮你想办法。还有啊，别动不动就嫌政府不作为，人家是出来执法。眼下社会发展太快了，一天一个样儿，配套措施跟不上，矛盾就积累起来了。那不是政府跟咱平民百姓的矛盾，而是社会进步必然会产生的问题……

你别和我往深了扯，我就问我的问题怎么解决？

杜玉好拍了拍老十八的肩膀：明天之前就把你的烤炉给弄回来。

回警务站的路上，袁锵锵朝杜玉好竖起了大拇指，说他不愧是老同志，政治觉悟就是高。

杜玉好说，别埋汰我了，咱比老十八好不到哪儿去，辅警这身份太尴尬。

两人都不再说话，各自想着心事。杜玉好想到的是不争气的儿子，老十八为了女儿放弃守了几辈的土地进了城，付出的代价可见一斑，而自己又何尝不是如此呢？为了儿子杜壮壮，他的头发都愁白了一半。他想起了一个和自己有交情的城管中队长，便向张跃进请假去拜访。

张跃进特准了杜玉好的假，随后就带着站里的其他四名辅警去了天水街派出所，没透露去干什么，只神神秘秘地说是喜事儿。等众人到了所里，下半城警务站的辅警们也刚进门，象征性地打过招呼后，陈晨就坐到了会议桌前。

陈晨拿着一份文件，说这是给大家的福利，咱们省厅联合财政厅、人力资源和社会保障厅等部门出台了这个"办法"，虽然是在试行阶段，但已经完善了警务辅助人员抚恤优待方面的保障制度。

袁锵锵问身旁的龙思文：抚恤？啥意思？

听到会场上有杂音，陈晨微笑着说，那我就讲干货，这个试行办法明确了两大问题，一是提高了因公死亡的抚恤待遇，二是以后除了已经缴纳的"五险一金"外，还会替你们办理人身意外商业保险……

袁锵锵终于忍不住了：我怎么听着这么惊悚呢，好像分分钟就会搭上小命儿。

这话引来哄堂大笑，陈晨不急不恼，又将"办法"中的细则做了解释。接着，所里的内勤便分别统计了大家的个人信息，统一报给保险公司，为大家购买人身意外险。袁锵锵收到投保成功的短信后挺高兴，觉得自己的人生又多了份保障。一边的龙思文不屑道：我可提前祝贺你，以后要是没出警时被人踢了裆，都有人给你报销医药费了。一句话，又把袁锵锵羞得脸红。

正在大伙儿你一言我一语时，汪海洋来了，开门见山地说：福利发完了，说点儿正事。马上就是岁末年初了，社会治安又到了复杂的时段，下半城警务站要做好各类娱乐场所的管理，特别是加大安全检查，防止发生安全事故；上半城警务站要做好重点人员的管理，老百姓要过年，犯罪分子也要过年，要警惕他们出来作案，威胁群众的生命和财产安全。

02

的确，年末常常是案件高发期，也是事故多发期。这不，新闻刚报道了省城一家烤串店里的火灾，店面虽小，屋里的五个人却没有一个活着逃了出来。为了加强火灾隐患排查，省公安厅立即启动了"零点行动"，要求基层派出所集中对小商铺、小食店做好消防检查工作。

消防过去隶属公安机关，两边都是一家人，打去年起，消防改制归了新成立的应急管理部门，但关系一直很密切。消防大队长不但带队检查，还在上半城的社区工作站，亲自为辖区的商贩们上了一堂课，课后还建了微信群答疑解惑。

本以为预防工作已经到位，没想到一天深夜，一条小吃街边上的垃圾站突然失了火。商贩们紧张起来。第二天，有一个年轻的小伙子出现在了小吃街，自称是社区新来的"张干部"，说是年底了，社区组织大家集体购买消防器材，可以享受出厂价的优惠。

这个年轻人挺用心，每到一户都主动加了微信，之后把商户们拉到一个群里，说是要普及器材的使用方式并提供售后服务。因为小吃街的很多店铺都归社区统一管理，绝大多数商户都给张干部转了账。

对于还在犹豫的商户，张干部又抛出一个诱饵，说是最先交钱的人赠送大红灯笼，买器材多的，还送鞭炮和烟花。

包子店的周大婶原本也打算买点什么，碰巧那天她手头没现金，又不会使用微信支付，就让张干部改天再来。张干部坚持要帮她下载微信，说只要把微信跟银行卡绑定，日后购物什么的都便利。

老年人对新生事物通常持怀疑态度，张干部说得口干舌燥，反倒引起了周大婶的警醒。她寻思这事儿不对，往常缴费都是大家伙到社区办公室办理，而社区干部一共也就那么五六个人。

周大婶给年轻人倒了杯茶：张干部，看你面生……

张干部抢着说，刚来的，跑腿的事儿都安排到我头上了。

能看看你的证儿吗？

张干部把假工作证递给她。周大婶大字不识几个，装模作样地看了一会儿，说我老花眼，也看不真切，要不这样吧，我给警务站的张所长打个电话，问他这个消防器材能不能买。

张干部赶忙说：张所长啊，我熟，要不我来打电话，把他喊过来。说着，便掏出手机拨了一个电话。等了会儿，又说：屋里信号不好，没打通，我到外面接着打。说着就走出了屋子，再也没露面。

周大婶左等右等，心里便发了毛，赶忙到警务站报警。张跃进也很狐疑，立即和社区的书记联系，明白周大婶是遇到骗子了。不一会儿，小吃街的商户们也都聚拢到了警务站，原来那个张干部拉的微信群突然解散，他们都已经被拉黑，那些交出去的钱更是打了水漂。

金额虽然不大，可这毕竟是商户们赚来的辛苦钱。龙思文过惯了富裕的日子，不理解他们的心理，反倒认为这些贪小便宜的人该受点教训。想着想着，他居然把心里话说了出来：不能怪别人，只能怪你们贪心。

这下可炸了锅了。一群小贩围住龙思文，又是抓扯，又是咒骂，恨不得把他的嘴巴撕烂。好在张跃进向他们保证限期破案，为大家挽回损失，这才暂时平息了怒火。

另一边，杜玉好费了不少周折，才通过那个城管中队长讨回了老十八被扣下的烤炉。可烤炉太大，人家只管还，不管把炉子送回原地，还是杜玉好自掏腰包，花了50元钱雇了一辆电动三轮，给老十八家送了回去。

炉子送回老十八家后，老十八眉头紧锁，却显得更愁了。他上前攥住杜玉好的胳膊说：帮我，一定要帮帮我。

杜玉好让他不要急，把事情说清楚。

原来老十八的女儿时玉已经失联4天了，电话不接，人也不在学校，真是把老十八给急死了。

杜玉好问老十八为什么不报警。

老十八解释说女儿先前也经常玩失踪，一两天联系不上人是常事，可这次4天都还没有音信。

杜玉好有些疑惑：怎么说你都应该早一点报警啊。

老十八犹豫半晌，才说：时玉的同学说，晚自习前，是几个男青年在卫校门口将时玉接走的，他们都有犯罪前科……

老十八的声音越来越低，看到他那一副焦心的样子，杜玉好明白，老十八虽担心女儿的安全，却又怕女儿会跟着这群男青年做出什么违法犯罪的事情，这才迟迟不愿意报警。杜玉好安慰道：我先不让警察登记立案，只让警务站的小伙子查一下你女儿的行踪轨迹，看看她到底去了哪里怎么样？说着便给龙思文打了电话，要他将清时玉这几天的行动轨迹。

4 天，96 个小时，龙思文瞪大了眼睛，追着时玉和三个男青年乘坐的本田思域，从饭店追踪到酒吧，再到宾馆。宾馆门外，时玉被那几个男青年架着，看得出是醉到了不省人事。龙思文暗骂了一声，接着看下去。两个小时后，这三男一女又从宾馆离开，一路开车到了魔力红夜总会。夜总会的保安像是事先知道他们要来，主动为这四人开了门。

03

魔力红夜总会曾是龙思文和他那些富二代哥们儿的大本营，可此刻透过车窗看到那块炫目的招牌时，他竟有些恶心，为自己先前纸醉金迷的生活感到羞愧。

车缓缓停进车位后，杜玉好向龙思文和林心蕊交代道：不要冲动，低调行事，把人找到，然后平安带出来就行。

杜玉好还向龙思文补了一句：里面的情况你熟，多照顾着林心蕊。

龙思文点点头：放心！林心蕊脸一红，不自觉低下了头。

夜总会实行会员制，龙思文是高级会员，他向保安出示白金卡，对方便打开门，放他和林心蕊进入，却把杜玉好拦在了外面。龙思文又给保安塞了 200 块钱小费，指着杜玉好说他是自己的保镖，保安便没再为难他。

转过一条暗黑的通道，三人来到中央舞池，几十名年轻男女正伴随着雷动的摇滚乐和魔幻的灯光摇摆着身体。三人进入舞池，挨个辨认那一张张沉醉的面孔，却并没有发现时玉本人。

穿越到舞池的另一端，一个外号小B的男青年正靠着栏杆等待，他举起拳头，想和龙思文碰一碰拳，龙思文却没有搭理他。小B耸耸肩，向上指了指，说肃少爷正在包间等着你们。

三个人面面相觑，跟着酒保进入包间后，肃平安正在倒酒。酒是伏特加，60度，杯子是一两的小盅，一共二十个，一溜排开，像是二十把戳心的小锥子。

一看到这个架势，杜玉好便明白接下来会是怎样一场恶仗。

倒完酒，肃平安来到龙思文面前，挑衅地说：没想到你还会回来。

龙思文翻了翻眼：我回来可不是找你的，是找一个女孩。

肃平安嘿嘿一笑：我知道你找的是谁，但你也知道，在魔力红这地儿，要是没有我的帮忙，你能找得到吗？

杜玉好说：你的帮忙肯定也不是免费的吧？

肃平安拍了拍杜玉好的肩膀：总算有一个明白人。当然不是免费的，龙思文要是把这二十杯酒干了，我就保证帮你把那个叫时玉的女孩找到。

林心蕊不喝酒，但她知道这二十杯酒下肚后会是怎样的滋味。正当龙思文犹豫时，杜玉好说：我来喝吧，我还没尝过洋酒是什么味道。

肃平安说：这可是你主动要喝的，万一喝出什么毛病，可别赖我啊。

龙思文拦在杜玉好面前：不行，你年龄大了，这酒还是我来喝！

杜玉好凑到龙思文耳边说：要是喝了酒，你能保证头脑冷静吗？龙思文哑巴了，杜玉好借机端起一杯酒，一仰头，烈酒便进了喉咙。

肃平安拍了拍手，请杜玉好接着喝第二杯。半斤酒下肚后，杜玉好抹了抹嘴巴，说了句：这酒不错，有劲儿。

肃平安哈哈大笑：当然了，这可是龙思文在夜总会珍藏的酒。龙少爷，你难道忘了？

这句话激恼了龙思文，他正想发作，被一边的林心蕊拼命拉住，与此同时，杜玉好又接连喝了五杯。一斤酒下肚后，杜玉好一个趔趄，摔在了沙发上，随即摆摆手，劝止了上前搀扶的林心蕊，然后定定地看着果盘里的一颗葡萄，像是出了神。

肃平安在边上说：我们的约定是只喝酒，不吃东西。

杜玉好笑笑：眼睛有点虚，我就是找一个准心。说着，艰难地举起第十一杯，确定不会将酒水洒出后，才一股脑喝完。接下来的几杯，不仅杜玉好喝得极其痛苦，边上看的人也跟着痛苦，每个人的脸都在渐渐扭曲。

还剩下最后五杯……

林心蕊也忍不住了，她喊道：好哥，咱不喝了，咱回警务站。

杜玉好捂着嘴，大着舌头说：我承诺老十八把她女儿找回来的。说完，眼睛四处瞄了一圈，突然伸手拉过冰桶，把里面的冰块倒掉，把剩下五杯酒全部倒进了冰桶里，然后抬起冰桶，准备一口气把最后的半斤喝完。

董大兵突然从包间一角的暗处走了过来，把杜玉好手中的冰桶打掉，然后厉声对肃平安道：够了！

肃平安还想争辩，董大兵举起手掌，他便立即闭了嘴。堵在门口的小B对着手机话筒说了句什么，不一会儿，夜总会的老板便领着浓妆艳抹、衣着暴露的时玉进了屋。

看到一众人等，时玉低下了脑袋，像一只受惊的小兔，不敢说话。

肃平安说：大前天晚上，这丫头主动提出要到夜总会来打工，老板看她年龄也满十八了，便把她留了下来。你说对不？

时玉没意识到肃平安是在问自己，一时间没有反应。

肃平安不满道：问你呢！

时玉惊惶地连连点头。

肃平安又对老板说：既然人家不愿意让她在这里继续干下去，你还不赶紧把她的工钱给结了？

夜总会老板朝地上唾了一口，从钱包里掏出 500 块钱，塞在了时玉手上。

肃平安还想说话，却再次被董大兵制止。随后，董大兵转向杜玉好：今天就这么着，带着这个丫头回去吧。

杜玉好点点头。龙思文搀扶着他，林心蕊牵着时玉，一行人离开了夜总会。

刚出门，杜玉好便哇的一口，开始狂呕起来。林心蕊正要去拍他的背，杜玉好却说：带丫头去车里，看有没有受伤。接着便又开始一口口狂呕，把吃过的饭菜、酒水，甚至是胆汁都吐了出来。

林心蕊回到杜玉好身边说：有一些皮外伤，至于有没有被性侵，她不说。

杜玉好扶着墙，咬着牙说了句"去医院"，便一头倒在地上失去了意识。

04

夜间急诊医生对杜玉好做了初步检查，了解情况后便立即做出了洗胃的决定，一边把杜玉好推到治疗室前，一边抱怨道：年龄这

152

么大，不要命了！

杜玉好只是虚弱地摆了摆手。

安顿完杜玉好后，林心蕊便陪着时玉去了妇科。初步检查后，发现时玉确实是被性侵了。在做进一步的治疗和取证前，林心蕊蹲在时玉身边，抓住时玉的两只手，一遍遍告诉她不要怕，最坏的事情已经过去了。

慢慢地，时玉断断续续地告诉她这两天到底发生了什么。等到张跃进带着段一飞和袁锵锵赶到时，林心蕊已经明白了大概。原来大前天晚上，时玉接到了男朋友的邀约，一起乘车出去吃饭，然后又去酒吧喝了酒。深夜，无法返回学校，她便和男友一起开了房。可到了宾馆后，同行的另外两名男生突然建议她到魔力红夜总会当坐台小姐。时玉当然不答应，这两个男生便殴打了时玉，男朋友此刻也变了脸，不仅不帮忙，还强行拿走了她的手机，给她拍了一系列裸照。时玉性子刚烈，说什么都不答应，三名青年便将时玉强暴，随后将她拖到魔力红夜总会。

时玉反复哀求在场的警察不要把自己被性侵的事情告诉父亲，甚至不要去立案。一边的龙思文明白，时玉还年轻，她不想背负带有偏见的目光，但不立案，又如何能惩治那些坏蛋呢？

轮奸案可是非同小可，张跃进立即向汪海洋做了电话汇报。几分钟后，他挂断了电话：先作为警情受理。

什么？龙思文和段一飞同时提出了质疑，难道刑警队不立案吗？

张跃进摊摊手：汪所长请示了崔副局长，这是崔局的意思，让我们先受理，弄清楚三名男青年的身份。

龙思文追问：弄清楚之后怎么办？

等待上面下达追捕命令。

明摆着的恶性案件，为什么崔副局长不立案，难道中间还有什么曲折黑幕？看到大家愤愤不平，张跃进只得劝说：你们可以猜到，魔力红夜总会肯定和这个案子有关，没准是夜总会让那些男青年寻找坐台小姐，才导致了时玉的遭遇，可这都是猜测，没有证据，如果把那三个强奸犯先抓了，他们又否认自己和夜总会的关系，那这案子接下来怎么办？

张跃进的话在理，四名辅警暂时不再抗议，他又说：咱们现在要做好三件事。第一件，林心蕊把时玉案的梗概和相关资料收集一下，抄送一份给刑警队，同时做好受害人和她父亲老十八的安抚工作。第二件，袁锵锵留在医院，照顾杜玉好，确保他平平安安。第三件，龙思文和段一飞跟着我去抓那个骗老百姓买消防器材的"张干部"。

段一飞问：那个人的情况明确了？

张跃进点点头：网安的同志已经通过他的虚拟账号明确了他的真实身份和住址，根据他的通信方式，这个人和魔力红夜总会似乎也有着千丝万缕的关系。

龙思文也兴奋起来了：绕来绕去，又绕回了魔力红，看样子这几件案子是殊途同归啊！

张干部真名叫张江波，藏身的地点在上半城一个老旧小区居民楼的五层。整个居民区就像一个封闭的迷宫，脑袋上是遍布如蛛网的电线，身边是各种私搭乱建的棚屋，挤占了本就不宽的道路。由于地形复杂，张跃进带着龙思文和段一飞绕着目标楼栋转了好几圈后，才把段一飞安排在楼栋后面，以防嫌疑人跳窗逃跑，自己则带着龙思文进入楼梯口，打开电表箱，发现五层东户的电表还在转，便沿着楼梯摸了上去。到了张江波藏身的住所后，张跃进有些犯难：贸然敲门，嫌疑人透过防盗门上的猫眼看到两个大男人在外面守着，必然会引起警觉，十有八九不会开门，那接下来可就麻烦了。

思忖了片刻，张跃进低声嘱咐龙思文回到楼梯口，把这一户的电闸给拉了。随后，他蹲下身子，耳朵贴着门，聆听房间里面的动静。不一会儿，屋里传来一个男人断断续续的声音：供电局啊……没欠费……好，我等着，快点儿……

张跃进溜下楼，和龙思文一起等了20分钟，一个穿着供电局制服的工人将摩托车停在了楼栋口。张跃进拦住了工人，向他出示了警官证，说明了情况后，向他暂借了蓝色的制服和电工包。

随后，张跃进带着龙思文回到五楼，沉了一口气，敲响东户的房门。屋里的人问了声：谁啊？张跃进回答说：供电局的。屋里沉默了会儿，想必是在通过猫眼向外观察，随后门开了，张跃进前脚进了门，悄悄向拐角处的龙思文摆了摆手，龙思文一个箭步，也冲进了房间。

张江波立刻意识到发生了什么，转身便往卧室跑，张跃进拉了一把，却只拉住了他的衬衫下摆。张江波回身反踢一脚，张跃进失去平衡，居然一屁股坐在了地上。

卧室外面是阳台，张江波眼看无路可走，一咬牙，突然从阳台上翻了出去。张跃进一惊，冲到阳台边上，看到嫌疑人正踩着焊接雨棚的三角铁，试图借助空调外挂机，下到四楼的阳台。

张跃进伸出手吼道：太危险了，赶紧上来！

嫌疑人还是不管不顾，一脚踩在外挂机上，另一只脚则向楼下的阳台边缘伸去，但随着外挂机一记尖锐的响声，嫌疑人失去平衡，身子腾空，在不断和阳台、电线、雨棚的磕碰中，向下坠去。尽管在最后坠地的瞬间，段一飞伸手拉住了一条腿，但嫌疑人的后脑勺还是在水泥地上涂了一个血窝窝。

看着救护车载着昏迷不醒的张江波迅速离去，张跃进有些怅然，本以为可以一把将他抓住，但就像不胜酒力的杜玉好，自己也已不复当年勇。

正失神间，物证袋里张江波的手机响了，是一个陌生号码。张跃进犹豫片刻，接通了手机。电话里面说：我是速运物流的，把货送到小区外了，里面路太窄，进不去，你出来取下货。

张跃进"哦"了一声，挂断电话，走出楼栋间的巷子，看到一辆喷涂着"速运物流"的货车正停在那儿，司机靠在车门边上抽烟。张跃进一手举起张江波的手机，一手出示了自己的警官证。

货车司机问：货主在哪儿？

张跃进说：人在医院。

司机急了：那我这车货怎么办？说着，他递过来一张发货单，收货人姓名栏里写着张江波，发货人的名字则是董大兵。

张跃进暗暗一惊，提出要看一下货。司机把烟头扔在地上，来到车尾，打开后门，里面是码放整齐的消防器材。张跃进一下子愣在了那里：难道这个张干部没有骗钱？可为何他见了警察还要逃跑呢？

不知什么时候，汪海洋也出现在了张跃进的身后，拍了拍他的肩膀：这事儿你先别管了，回去好好休息吧。

张跃进问汪海洋：究竟是那些坏蛋故布疑阵，还是领导们在下一盘很大的棋？

汪海洋动了动腮帮，却一个字没说。

张跃进摊摊手：明白了，保密，不能说。那好吧，我还是带着那几个辅警继续干鸡零狗碎的事情吧。说着，便招呼段一飞和龙思文离开了。

回程路上，张跃进关心段一飞：胳膊没事吧？

段一飞活动着肩膀：稍微扭了一下，没伤到骨头。

龙思文握着方向盘，打趣道：这家伙皮厚着呢，你甭操心他。

段一飞笑着轻捶了龙思文肩膀一拳，车厢内随即陷入了沉寂。半晌，张跃进说：你俩现在心里是不是有很多问号？

段一飞点头：感觉就像是隔靴搔痒，今天按下了葫芦，明天又起来了瓢，没法消停，也没法从根儿上解决一切。

龙思文说：感觉这件事的根儿还是魔力红夜总会，据说这家夜总会的股权已经发生了变化，肃平安成了最大的股东。我先前认识的他并没有这么猖狂，发生这样的变化一定是有原因的。

张跃进点名道：段一飞，你来说说原因。

段一飞想了想：我总觉得和肃平安身后的那个董大兵有关。

张跃进点点头：是啊，我也觉得这个人的身上肯定有故事。

那怎么办呢？段一飞接着问，我们该如何查下去呢？

张跃进轻声笑了：该干吗干吗。

龙思文也追问道：难道就放任那些人继续做坏事？

当然不是，只不过我们暂时不要插手这些事情。顿了顿，张跃进接着说：有些事情可以贪功冒进，和兄弟单位抢一抢战果，但董大兵那帮人，我想上级公安一定有自己的打算，咱们千万不要破坏了他们的办案节奏。

段一飞用拳头捶着车座椅背：我恨不得现在就把他们一网打尽。

张跃进劝慰道：这几年国家在大力开展扫黑除恶专项行动，一大批黑恶分子得到了法律的严惩，还有许多保护伞被清除，所以你们也别急，肃平安这伙人不是不报，只是时候未到。

咔嚓一声，像是骨头与骨头的碰撞，段一飞咧着嘴：看样子还得找人把骨头给扶正。

张跃进说：那去医院吧。

不用，你把我在前面路口放下，附近有个给人剃头的老中医，我去找他。

龙思文乐了：老中医还兼管剃头，真新鲜。

段一飞鄙夷道：一看你就是没有在穷地方生活过，这种人多了去了，这叫一专多能。

谢绝了张跃进和龙思文的陪同后，段一飞下了车，拖着胳膊走进了巷子，找到老中医帮自己正好骨后，回到街面上，正巧看到一辆宾利车缓缓停在了红绿灯前。段一飞本可以借此机会穿过马路，但下意识地，他觉得车里的人很熟悉。再一定睛，发现开车的正是疑点重重的董大兵，而后排座位上，则赫然是崔副局长。

董大兵回过头来，笑着向崔副局长递来一个东西，段一飞赶紧背过身去，不让他们发现自己。几秒钟后，身后传来发动机的声音，段一飞侧过身，看着远去的宾利车，掏出了手机，觉得有必要把自己的发现向上面报告。可是想了半天，他还是收起了手机，暗自决定，接下来的日子，只要不值班，便对崔副局长进行盯梢。

第十一章

01

接下来的几天，如张跃进所说，警务站的工作又回到了日常的琐碎当中。慢慢地，张跃进又经常去找老王头下棋，而段一飞则不知在捣鼓什么，也是经常不见人影。不觉间，距离农历新年越来越近了。

这天傍晚，临近下班，警务站里只有杜玉好带着龙思文、林心蕊和袁锵锵值守，突然接到了指挥中心的电话，要他们全部赶往位于天水街派出所东南拐角的建龙城市生活广场，参与处理一起群体性事件。

出发前，杜玉好心里就有了数：特殊地段加上特殊时段，一定是农民工讨薪的事情。果然，还在车上，龙思文便在微博上看到，十八名农民工正站在这所在建商场顶楼的天台边沿，在风中拉起"黑心开发商，还我血汗钱，我要回家去过年！"的横幅。由于这些农民工大多数都租住在上半城的棚户区内，警务站自然有义务将他们带离。

建龙大厦是将城区老菜市场推平搭建的，为的是方便周边群众生活休闲，属于地方政府重点督办的民生工程，政策和资金配套都很充裕，发生欠薪事件让公安机关始料未及。此时正值附近小学放学，家长和孩子们已经在工地外的道路上堵塞，如果不及时处理，等到晚高峰时，周边的街区将全部交通瘫痪。

距离目的地还有两个路口，车子再难前行，杜玉好带着龙思文、林心蕊和袁锵锵下车步行，挤进大厦楼下。交警正在外圈努力指挥，巡防民警则拉起警戒带，消防大队的同志拖着压缩好的充气垫赶了过来。杜玉好来到正在疏解围观群众的陈晨身边报告：陈教，上半城辅警小队集结完毕。

张光头呢？对了，还有那个段一飞呢？

他俩在处理一点事情。

那个富二代也没来？

杜玉好转头一看，发现龙思文正站在施工公示牌前发呆，然后一头钻进了大楼里。

还没等陈晨发飙，杜玉好便骂道：臭小子，又擅自行动，我现在就把他追回来。

大楼的电梯没通，等到杜玉好追到十八层顶楼时，已经累到虚脱，身后的袁锵锵和林心蕊也是丢盔卸甲，根本顾不上警容警貌。正要缓口气，便看到顶楼上汪海洋对龙思文怒目而视，而龙思文的公子哥脾气又犯了，居然和所长大人对阵。

原来龙思文在公示牌上看到，这栋楼的开发商居然是龙氏集团。龙思文明白，建房子的任务由建筑公司承担，卖房子的任务则由房产经纪公司代理，开发商其实只要居中做好资金运作和协调工作，但这些农民工扯着横幅在骂龙氏集团，他便决定要以"少东家"的身份来管一管。

汪海洋也知道解铃还须系铃人，必须得把开发商找来，可拨打了几次龙力的电话，秘书都说老板在会见外宾，不方便接听。一直小心处理政商关系的汪海洋罕见地骂了脏话。眼见着事态僵持不下，龙思文的出现倒也是解决问题的一个办法。他要龙思文把制服脱掉，装得像富二代一样。

龙思文打趣道：我本来就是富二代啊。

两分钟后，龙思文走到这十八位农民工面前，称自己是龙力的儿子，龙氏集团唯一的继承人。说着，他还把自己的身份证掏了出来，递给了为首的那名农民工。大家一边传阅着身份证，一边狐疑地看着面前这个年轻人。

为首的农民工质疑：身份证上也没说你是龙力的儿子啊。

龙思文耸耸肩：你们要是不怕冷，就在这儿等着，我可以让派出所打印一份户籍证明带上来。再说了，看看身份证上的住址，滨海花园1栋1号，你们应该知道那栋别墅少说也值8位数吧。

看到大家纷纷点头，龙思文问：建筑商欠了你们多少钱？

一共六十八万七千四百二十一块零五毛。

我向你们保证，龙氏集团绝对已经把钱拨到了建筑商手里了，至于建筑商如何层层分包，中间到底在哪个环节截留了下来，我就不知道了。

你的意思是这事龙氏集团就不管了？

管，我会把钱先给你们。70万，不要找了。

众人一惊，冻得发灰的脸上出现了喜色。

但有一条，你们立刻从天台边上下来，不要再玩什么假跳楼的把戏了。

领头的那个反问道：我们怎么知道你不是在玩把戏，故意把我们骗下来？

龙思文自信满满地说：给我一刻钟，我就能把钱给你们。

民工们商量了一下，陆陆续续从天台边上翻了下来，领头的却还留在那里。原来他是包工头，是他把这批民工带到工地上干活的，若是拿不到钱，手下的民工都不会放过自己。

不管怎样，事态暂时得到了控制，经济纠纷的双方也开启了对话。汪海洋暗暗舒了一口气，便要求龙思文加紧敦促父亲把欠款先补上。龙思文的脸上此时却出现了为难的神情。他连续给父亲打了两个电话，同样被秘书告知对方在忙无法接听。无奈，龙思文给母亲吴晓娟打电话，张口就要 70 万元。吴晓娟耐心教育道：冤有头，债有主，钱可不是大水淌来的。要是在平时，龙思文还能和母亲磨一磨，但此刻形势急迫，他挂断电话，把几张银行卡上的零花钱查了个遍，凑起来还不够 20 万。从来没体会过缺钱的龙思文第一次感到了捉襟见肘。他打给了几位富二代朋友，没想到对方先说起了他和肃平安决裂的事情，委婉表达了自己的立场，潜台词便是借钱不可能。

去他的肃平安！龙思文恼火地冲着话筒骂了一句，便挂断了电话。而这一声骂，又重新点燃了民工们的不安情绪，天台边的包工头腿也直发软。

02

无计可施之时，那个小 B 倒是打了电话过来，开门见山地说：听说你急需 70 万，我可以拿给你，但需要一个东西做抵押。

抵押什么？

你的那辆法拉利吧。

那车可值 500 多万。

反正就是抵押几天。你爸这么有钱，替你把钱还了，车子自然就能赎回来。

好，我就拿车子抵押 70 万吧。

OK，钱马上到账啊。对了，忘了告诉你，我现在合伙开了家资产管理公司，刚才谈的也算是一笔业务，我们的通话都被录了音。

不就是 70 万，你至于吗？

当然至于，毕竟是做生意。对了，还有十几页贷款抵押合同，我现在向你宣读一下，大概要半个小时。

你少废话，把钱赶紧打给我。

那也就意味着你同意贷款合同的条款了？

龙思文犹豫了一下：同意。

几分钟后，70 万元的贷款打给了龙思文，他随即将钱转到了包工头的账户上。手下的农民工已经被骗了太多次了，钱不真正到手，他们都放心不下。没办法，包工头只能骑在天台边缘，挨个儿给他们转账，这一来又耗费了 20 分钟。等最后一笔欠薪转完，包工头颤巍巍地站起了身，僵了几个小时的腿突然发软，打了个趔趄，向楼下翻去。龙思文的反应虽快，却也只抓住了空空的军大衣。在楼下的一阵惊呼中，一记沉闷的声响传来。

龙思文不敢往下看，汪海洋则冲到平台边缘，探出脑袋，咬着牙道：摔到充气垫上了。

急救车呼啸着把包工头送去了医院，围观的群众各自散去，堵塞了许久的交通也慢慢恢复了秩序。目睹了这一切的林心蕊找来一盒纸巾，送到在派出所备勤室里呆坐着的龙思文手里。此时的龙思文目光虚空，悲或喜的神色都没有显现在脸上。

林心蕊知道他在想那个坠楼的包工头，便主动安慰：据说是大腿骨骨折，没有生命危险。

这句话像是从另外一个世界传来，到耳边时，已经变成了语意不清的声调，龙思文沉浸在一片混沌中，试图把刚发生的一切理出一条线索，进而弄清这件事的真正意义是什么：是商业法则对于底层民工的无情压榨？或是曾经的富二代朋友唯利是图？又或是包工头坠落时的生命之轻？

　　在越来越大的人生命题前，龙思文觉得自己正在脱下与生俱来的偏见和孤傲，第一次感觉到了自我的渺小和沉重。他想起小时候说自己腿疼时，保姆阿姨都会恭喜他在长个子。难道此刻这番痛苦的顿悟，也是自己的又一次成长？

　　看到脑袋低垂、噙满眼泪的龙思文，段一飞也是心绪难平。他刚随张跃进赶到派出所，听说了发生在建龙大厦楼顶的那一幕。龙思文情绪的波澜，让他想起自己刚经历过的文煜朵奶奶的葬礼，以及对麻三儿的赔偿，有了种人生不易的感慨。

　　段一飞用手拍了拍龙思文的肩膀：你干得很不错。顿了顿又说：麻三儿的事情，我得好好谢谢你。

　　直到此时，龙思文才回过味儿来，他没由头地问段一飞：我想喝酒，你能请客吗？

　　当然，我把大家伙儿都喊上，咱们晚上吃火锅，喝好酒。

　　说起下馆子，还是得找袁锵锵这个专业人士。他抱怨道：吃什么火锅呀，到我家饭店，我亲自下厨，给你们炒几个秘制私房菜，保证你们吃得一点不剩。

　　饭钱可得我付啊，段一飞把话说在前头。

　　几杯酒下肚后，人便处在微醺的状态，先前的那些不快便也烟消云散，段一飞甚至和龙思文拼起了酒来。张跃进也搂着杜玉好的肩膀，晕乎乎地说起那些陈芝麻烂谷子的往事。一片喧闹中，不喝酒的林心蕊倒显得有些落寞，她把目光放到窗外，看到一对扛着大包小包的农民工夫妇慢慢走出了视线范围。

他们大概是赶晚上的火车回家去的吧，林心蕊暗忖着，想到了父亲前天打来的电话。他问女儿几号回家过年。林心蕊却犹豫着，没有给出肯定的答复。不是说不想回家过年，而是她有更多的考虑。

首先是春节长假必须要执行三级戒备，所有单位都要保证三分之一的警力在岗，这也就意味着短短的七天假期，林心蕊必须要有两天在单位值班。如果再除去路途上的花费，真正待在家的时间太少了。

另一方面，年后就是公务员省考，她已经报了清湾分局户籍民警的岗位，这段时间正在加紧看书做题，着实是分秒必争。再说，回家后，免不了遭遇母亲的冷言冷语，还不如躲在上半城清净。

但窗外的那一对农民工夫妇，又勾起了她对家人的想念。林心杰留学国外肯定回不了家，自己再不回去陪伴双亲，他们的年肯定也不好过。

是啊，又有多少空巢老人要独自过这个春节呢？

林心蕊想到了许久没见的怪老头疯刘子，独居的他又该如何过节呢？林心蕊打算明天就去拜访一下他。

03

怪老头疯刘子的家在自由村，正好在上半城东北角的坡地上，与铜背山森林公园只有一道铁丝网相隔。铁丝网上早有许多窟窿，成了那些为省门票钱的游客自由出入的通道。

疯刘子偶尔也会套上红袖章，守在窟窿外收取 5 元钱的过路费。老实的人乖乖交了钱，强横的人挥拳头作势吓唬，狡猾的人则掉头去找其他的窟窿。

诚然，和那道遍布窟窿的铁丝网一样，自由村本就是一个来去自由的地方。早年这里有许多石头塘口，来自天南海北的老少爷们被雇用到此干起了采石的营生。时间久了，很多人便在此处搭起棚屋，形成了一小片聚居区，但连年的采挖严重损害了山体，在一次埋葬了数十人的泥石流后，采石也随之被政府叫停。没有钱赚，采石工纷纷离开，只剩下少数的住户留守此地，疯刘子便是其中的一个。

由于仍然存在地质灾害风险，政府多次想对自由村进行异地搬迁，但扛不住老住户们的漫天要价，加之此块土地没有开发价值，动迁工作始终处在规划状态。

疯刘子的房子在自由村的最里端，背面靠着一块土崖，崖顶上有一棵张牙舞爪的刺桐，牢牢抓着脚下的土地，保证了房子的暂时安全。在走访过程中，林心蕊就有所耳闻，这个怪老头不仅性格古怪，心眼还坏得很，除了周大婶隔三岔五来看看他是否还活着外，其他住户都避之不及。林心蕊追问疯刘子到底坏在哪儿，那些住户只是捂着嘴，露出神秘的笑。

此刻，林心蕊就站在疯刘子平房的外面，敲了半天门，却没人来应。林心蕊又跑了铁丝网上的几个窟窿，还是没有寻见疯刘子的人影。或许大清早出门遛弯去了吧？挨到上午10点，林心蕊又回到平房外，把脑袋凑在窗户上，看到电视正在重播早间新闻。她擦了擦玻璃上的灰，瞥见对面沙发前的一双腿，旁边还有一个倒扣过来的铁碗，碗里的面条撒了一地。

难道是疯刘子出事了？林心蕊心里咯噔一下，第一个念头就是破门，但门是从里面锁上的，林心蕊身单力薄，哪有那个力气。人命要紧，她也管不了那么多了，咬着牙，用肩膀向门撞去。没想到只一撞，脆生生的木门竟然连同门框轰然倒下，林心蕊也摔在地上。再看疯刘子，嘴巴翕动着，却一个字也说不出来。

很快，疯刘子被抬上了急救车，送到了清湾人民医院，林心蕊也一路跟了过去。急救室外，她一个人等在走廊，看着蓝色的门，突然有了种恍若隔世的感觉。父亲心脏病发作时，她都不曾陪伴在身边，可为了这个素昧平生的老头，她却跑前跑后，不仅办了各种手续，还在单据上签下了自己的名字，她想不出自己和对方到底有着怎样的情感联结。

没多久，急救室的门开了，疯刘子痛苦地紧闭双目，随即又被推进了观察室。随后走出的主治医生是一个30岁上下的小伙子，操着与年龄不符的老成口气道：脑中风，还好抢救得早，没有生命危险，不过脑部出血损害了他的语言神经，可能以后都说不出话了。顿了顿，小伙子训斥道：老头儿的身体状况已经糟到不能再糟，你是他的女儿还是孙女？看你穿得还挺不错，怎么就不能对老头儿多照顾点呢？

年轻医生没有给林心蕊任何辩解的机会，便甩着白大褂飘然离去。林心蕊叹了口气，走进观察室。疯刘子此时已经睁开了眼睛，不过他的目光中非但没有感激，似乎还带了些许愤怒。

由于疯老头膝下无儿无女，随后一周，林心蕊的主要工作就是边和医生协调治疗方案，边跑医保报销和民政救济手续。白天照顾病人的事，便委托周大婶来做，每天付给她100元辛苦费。饭菜则由袁锵锵家的饭店来送，都是些清淡有营养的食物。主治医生也知道了林心蕊并不是疯刘子的亲属，目光中多了份疑惑和审视，仿佛在心中计算林心蕊究竟能撑多少天。

的确，张跃进也劝过她：疯刘子的事情尽力而为就行了，毕竟他现在在医院，病不死也饿不死。

对于张所长的劝解，林心蕊只是默默点头，但照料疯刘子的活儿却一点也没耽搁。虽然年是过去了，但节日的氛围还没消减，张跃进只当孤身一人的林心蕊想找一个心灵的寄托，便不再去管她。

每晚，林心蕊和周大婶将山一般重的疯刘子从床上扶起，送他去卫生间小解，再回到床边时，周大婶便告别离开。林心蕊看着疯刘子，疯刘子也歪眼瞅着她，双目相对却又无言以对，毕竟疯刘子的语言中枢已彻底坏死。实在闷得难受，林心蕊便和疯刘子说自己的父亲，说父亲也和他一样重，推都推不动，一边比画着，脸上洋溢着幸福的笑容。随后，林心蕊又说起了哥哥、母亲甚至是抛弃自己的前男友信哥，说到不开心的地方，停一阵，鼓起勇气，又接着往下说。反正床上的老头儿也不能反驳，她暗暗想道。

每次夜里啰唆完，林心蕊都会叹口气：家家都有一本难念的经，您老人家的那一本大概比我还厚，您就当我是发牢骚，给您唱催眠曲吧。

说完，她便点起小台灯，开始备考，虽然这些天忙得落下不少进度，但每次模拟考试的好成绩都让她充满信心。

04

陪床期间，周大婶曾委婉地劝林心蕊和疯刘子保持距离，当时她还有些不解。元宵节前一天，林心蕊回自由村为疯刘子取棉衣裤时，就有居民不乏戏谑地问：那个老流氓现在怎么样了？林心蕊这才起了疑，追问起周大婶疯刘子的"前史"。

周大婶叹了口气说，如果她不是疯刘子的小姨子，受了亲姐姐的临终委托，她才不会去管这个浑不吝的姐夫的死活。周大婶告诉林心蕊，这个疯刘子早年风流成性，虽然娶了姐姐当老婆，却管不住他在外面拈花惹草。全靠他那副能把黑说成白的嘴皮子，身边的女人换了一个又一个，不少是这个村里的女人，甚至还有别人的老婆，被人家丈夫打上门的次数都数不过来。不知什么时候，他染上了一身脏病，生育不了儿女，那些女人也都一个个离他而去，唯独姐姐一直陪他到老。

为什么你姐姐不和他离婚呢？

别说我姐，就连疯刘子都想把我姐甩了。不是说这个老婆不好，而是姐姐太好了，疯刘子觉得自己配不上她，希望她能另找一个人嫁了，但我姐不同意，疯刘子就开始装流氓，故意要把我姐气走。

可是你姐姐就是没离开。

是啊，一个愿打一个愿挨，没办法了。

后来呢？

后来我苦命的姐姐得了癌，几年前就过世了。去世前还要我照应着疯刘子。唉，我看我这个姐姐可比疯刘子要疯多了。

林心蕊咬着嘴唇，忍着泪水：我想如果有天堂，你姐姐一定就生活在那里；如果有来世，你姐姐也将过上最幸福的生活。

那也要等我姐姐入土为安才行。

怎么回事？

我这个姐夫早年对我姐姐不好，经常不着家，现在他后悔了，希望死后能和姐姐合葬在一起。因此，他在前年买了一块墓地，就在挨着铜背山的元宝山上。可没想到交了钱，墓地却被认定为违法建筑。老板跑了，钱也退不了。疯刘子变成了穷光蛋，姐姐的骨灰便只能在家放着，入不了土。

啊，原来还有这一回事，林心蕊喃喃地说。

周大婶最后总结道：这是疯刘子最大的心愿，也是最大的遗憾。

回医院的路上，林心蕊都在想着疯刘子的"前史"，想怎样能够帮助他，让他不再抱憾。可挨到中午赶到医院时，却发现疯刘子

169

的床上没了人。林心蕊以为疯刘子在花坛边晒太阳，正要下楼去找，却被主治医生拦住了。他说护士早上 6 点给疯刘子做日常检查时，就发现床空着，再一看视频监控，这老头儿居然凌晨 4 点半就溜出了医院，到现在还没回来。

眼见着疯刘子就要出院了，他却玩起了失踪，这让林心蕊心里没了底。一直等到下午 2 点，也不见疯刘子回医院吃饭，越来越焦急的林心蕊拨通了龙思文的电话，要他帮着调取一下街面上的监控，看看疯刘子去了哪里。半小时后，龙思文便绘制出了疯刘子的活动轨迹：这个老头儿出了医院，先回到了自由村的家里，然后又转了两趟公交车，消失在一块视频盲区。林心蕊要来了那个区域的定位，随即便打车来到这个叫作三道岔的地方。

三道岔公交站边有许多等客的摩的司机，林心蕊向他们描绘了疯刘子的体貌特征，还特别说明这个老头儿中了风，已经说不出话了。其中一个司机称中午的时候，有这么一个老头儿想要搭车，但听到车价后便放弃了。林心蕊问他要去什么地方，摩的司机说老头儿比画的方向应该是元宝山。

林心蕊看到路口有一些临时支起来卖祭品的小摊，又想起上午周大婶说起的那个墓地，便意识到疯刘子可能是去上坟了。她立即让摩的司机把自己带到了元宝山墓地。

此时已近傍晚，夕阳像收魂一般，暗淡了一道道日光，阴风渐起，扫荡着一座座墓碑。摩的司机问林心蕊什么时候走，林心蕊说得找到那个老头儿才回去。司机摇了摇头：这么一大片墓地，没准你得找到半夜，说完便骑着摩托车走了。

直到此刻，林心蕊才感到一种彻骨的寒冷，又或是恐惧，黏在她的皮肤上，如影随形。她放开嗓门大声喊道：疯刘子！声音只传出几米远，便被风裹挟着，变成某种呜咽。

林心蕊只得快步穿行在一道道墓碑间，搜寻疯刘子的人影。虽然是违建，但已经有部分的墓碑上刻了字，或许下面还有故去之人的骨灰遗骸。林心蕊一阵发抖，告诫自己不要多想，还是赶紧找到人要紧。她稍稍振作精神，知道自己得去那些地段较偏、价格较为便宜的区域去找。

果然不出所料，在一处背阴的旮旯儿，林心蕊看到了一个靠着墓碑的背影。她的后背一阵发凉，疯刘子不会出了什么问题吧？她还是大着胆子走近，拍了拍对方的肩膀。疯刘子转过身，双目蒙眬，看起来像是刚睡醒。而在他的怀里，则是一个镶嵌着女人头像的骨灰盒——那便是周大婶的姐姐、疯刘子的老婆吧。

疯刘子对林心蕊的到来并没显示出任何的惊讶，他只是挪了挪屁股，给林心蕊让出块地方，林心蕊犹豫片刻，便挨着老头儿坐下了。没有言语，也没有眼泪，在这个生者和死者交会的地方，沉默或许是最好的态度。

一个小时后，林心蕊陪着疯刘子离开墓地，一路走回三道岔，好不容易拦下一辆回城的出租车。一路上疯刘子都抱着那个骨灰盒，弯着腰，低着头，保持着那份沉默的愧疚。

到家后，林心蕊叫的元宵外卖也送来了。林心蕊说：明天晚上我要在单位值班，咱们就在今天庆祝一下元宵节吧。

疯刘子像孩子般点了点头，坐在了桌前，看着林心蕊把元宵分盘，刻意给他多盛了两个。当他用勺子舀起一个时，大颗浑浊的泪才滴进了碗里。

05

公务员省考笔试定在正月十六，元宵节后一天，但就在这一天，天空像是被捅了一个窟窿，大雨如注，全部倾倒在清湾城，远处的海面却平静得看不出一点波澜。

出租车电台上正报道着来自海洋的寒冷气流遭遇了陆地的暖湿气流，形成了局部强对流。这些话传到林心蕊的耳中，却串不出任何的意义。她的精力都放在即将举行的考试上，这是她等待已久证明自己的机会。

由于上半城许多地段积成水洼，出租车不敢贸然涉水，便从地势较高的地方绕行，正巧来到自由村的路口。不张望还好，林心蕊向里一看，就发现疯刘子坐在地上，任消防员怎么拉都不愿意离开。

林心蕊看了看表，赶往考场的时间还很富余，便让师傅停车，跑到消防员身边，告诉他们疯刘子刚患了中风，失去了语言能力，不能让他太过激动。消防员则回答：眼见着山体就要垮塌，严重威胁下面的自由村，他却非要往里面冲。

再看疯刘子，惊恐的眼中流露出一丝希望，他不断用手比画着方框。林心蕊立刻明白了，老头儿是在说老婆的骨灰盒还没抱出来。

林心蕊向消防员表达了疯刘子的意思，消防员连连摇头：太危险了，再说，老头儿住哪儿我们也不清楚。

我是上半城的辅警，对地形熟，我给你们带路。林心蕊说着，抢过了一顶头盔。

消防员咬咬牙，和她一起返回了自由村，穿过迷宫般的小巷，来到土崖下。崖顶那棵刺桐树的脖子更歪了，遒劲的根枝也从土里挣脱出来，像是向下龇着的獠牙，随时可能将疯刘子的平房吞进肚里。消防员吼道：我负责观察，你快进快出！

林心蕊一头扎进了屋，一眼便看见黄泥已经撑破了后窗，向屋内漫灌进来，骨灰盒在柜子边缘摇摇欲坠。林心蕊一把抱住骨灰盒，在门边观察的消防员立刻从她手中接过，另一只手则牵住林心蕊，没命地往前跑。与此同时，泥块如同雨点般飞落而下，消防员的手突然一沉，回头再看，林心蕊已经瘫倒在地，鲜血从她后脑勺的发丝里渗了出来。

林心蕊出事的消息，张跃进嘱咐大家不要告诉段一飞，以免影响他的考试。由于招录特警狙击手有专业限制，报考的人数本来就很少，加上段一飞之前也狠补了一段时间的文化课，笔试发挥得还不错。

专业考试定在笔试的第二天，地点则选在海边的警校训练基地。此时强对流气旋已经沿着山坡一路向下，海岸线上下着倾盆大雨。考试的科目是 200 米狙击打靶，共五发子弹，打中的环数折合成百分制，记入专业课的总成绩。共有八名考生参加打靶——与其说是考生，不如说是战士更为合适。待考时，就有人聊起了原先所在的部队。段一飞没有参与讨论，但仅从放松的姿态，便可知道对方心态极好，相比之下，段一飞的脑子乱了许多，文扬的承诺一直回响在耳边。暗地里，他狠掐虎口，用疼痛让自己镇定下来。

考试两人一组进行，段一飞抽到了 8 号，也就是说要等到第四轮才能上场。前两名选手考试时，雨势依旧，风力却开始减弱，他们稳住心神，分别打出了 50 环和 48 环的好成绩。那个打了满环的考生向远处挥了挥手，一个女孩正在靶场外为他加油。

段一飞没有告诉文煜朵参加考试的消息，更不用说他和文扬之间的那场谈话了。他不想让女友的期待给他增加更多的压力。思绪游离间，第二轮的两位考生也已经打完靶，双双 48 环。段一飞再次将精力拉回到考场，在脑中重温狙击的动作要领。

第三轮开始时，风势和雨势渐强，200 米开外的靶子也开始微微摇动，两名考生耗时许久才各自打出第一发子弹，这大大压缩了后面四发子弹的射击时间。一阵枪响后，两人也仅仅取得了 42 环和 44 环的成绩。

轮到段一飞了，他正准备登场，只见几位裁判低头商量了一阵，原来地面的风力等级已经超出了正常范围，引起了刚才那两名考生的抗议。为了比赛公平，裁判组决定让段一飞和另一名考生稍等一会儿，待风力减弱后再进行打靶。

直到此时，段一飞才注意到抽中 7 号签的居然是一名女考生。先前在特种部队，段一飞主攻野外追踪与奔袭，练就了极好的体能素质和伪装本领，但狙击的水准就略微差了点。而有些天赋异禀的枪手，不管长枪短枪，在手里都像是玩具一样。身边的女考生或许就是一名天才型枪手。

风力渐弱，女考生和段一飞都不愿再等了，主动要求上靶场。裁判组商议通过后，两人便拿起了被雨水浇透的狙击枪。这是一把经典的点八八狙击步枪，段一飞在部队摸过许多次。他又瞥了眼枪身上的编号，正是近一段时间天天泡在特警支队训练场上模拟练习时用的那一把。这让段一飞心中多了份踏实。他现在要做的，就是判断好风向和风力，计算好射击诸元。

裁判下达了射击的指令，女考生率先出击。段一飞稳住心神，心中如有秒表计时，瞄准、预压、扣动扳机，一切都在 8 秒整完成。然后又是瞄准、预压、扣动扳机……他已经听不见女考生的枪声，甚至都不去看自己靶上的环数，段一飞已经变成了一台冷酷的机器，心中也只剩下那只嘀嗒的秒表。

第十二章

01

第四发射击刚结束，一道惊雷劈下，靶场正前方的一棵大树瞬间被点燃成巨大的火球，而越来越大的雨则模糊了段一飞的视线。他轻轻眨眼，肩膀也随之一抖，重新瞄准，多花了5秒的时间。他屏住呼吸、瞄准、预压、扣动扳机，靶子一震，10环准心再次被击穿。

随即又是一声枪响，同样的靶子再次一震。段一飞侧过头来看身边的女考生，只见她的脸上写满了疑惑与惋惜。

究竟发生了什么？

裁判很快公布了报靶成绩。段一飞打了40环，女考生则打了60环。事实再清楚不过，段一飞一定是打错了靶，将一个满环送给了那位女考生。

现场一片哗然，大家都在争论该怎么计算那位女考生的成绩，没有人注意到落寞的段一飞已经悄然走出考场，消失在漫天的雨幕当中。

考场外，一辆黑色帕萨特缓缓停在段一飞的身边。门打开，文扬正坐在后座上。段一飞迟疑了一下，他知道对方是来让自己兑现诺言的。

看到段一飞没有反应，文扬摸出一把折叠伞，准备下车。

段一飞钻进后座，淡淡地说：叔叔，外面雨大。

两相沉默了一会儿，文扬说：我一直在场外关注着，结果我也已经知道了。

您是关注女儿的幸福吧？

你的考试成功与否，与我是否关注无关。

段一飞只得承认：我输了，您可以要求我兑现承诺了。

文扬的腮帮子动了动，看起来像是想安慰一下这个小伙子，但最后还是拿过一张纸，对段一飞说：我想让你给煜朵写一段话，表达要和她分手的意思。

段一飞一愣：写什么？

写你的心里话，可长可短。

刚刚还在端枪，现在却握住了笔，手不自主地抖了起来。在一遍遍告诫自己不要崩溃后，段一飞写下了短短的一行字：

我让你失望了，但更重要的是，我让我自己失望了。我配不上你，你值得更好的。

文扬将这张纸对折两下后，放进了口袋，接着说：一个星期后，文煜朵将参加服务西部援建的活动，时间本来只有一个月，但我会和活动负责人沟通，将她的服务时间延长至一年。可以想象，当我将这张纸交给她后，她一定会发了疯地去找你。你必须在接下来的一周内避开她，不要回家，不要上班，也不要开手机，最好是出去旅游一圈，散散心。

段一飞有些恼火，他想质问文扬，为了女儿的幸福，难道他连正常生活的权利都不能有？但最后，他还是点了点头。

文扬把一部新手机递了过来：这是送你的，你可以通过这部手机和家人、朋友取得联系。

段一飞没有接手机，反倒是拉开了车门：我有钱自己买，不用您操心。

等等！段一飞即将回到雨幕中时，文扬突然大声说，你听过美国射击运动员马修·埃蒙斯的故事吗？

段一飞知道那位奥运会赛场上的"倒霉先生"。

文扬接着说：虽然屡次失利，他却收获了人生真正意义上的成功，希望你也能像他一样，祝你好运。

还好有安全帽的防护，林心蕊伤得并不重，只是颅底有部分出血，需要在医院多观察几日。

也是直到此时，疯刘子的心才安定下来。他不能说话，也不敢去握林心蕊的手，只能坐在床前，老泪横流中，或许想到了前些日子林心蕊陪床时的画面。

正在值班的龙思文和杜玉好接到了林心蕊受伤的消息，立即赶到了医院。随后，张跃进和袁锵锵也先后赶来。龙思文存有林心蕊父母的电话，刚想去拨，林心蕊就摇头制止了。龙思文认为这么大的事怎么都得和父母说一声，林心蕊急了，伸手去拽龙思文的胳膊，手上的针头让她疼得咬住了嘴唇。

一直不吭声的疯刘子突然站起身，把龙思文的手机抢了过来，接连用手比画着。大家不解何意，疯刘子的手势越来越复杂，脸也憋得通红。

最后，还是张跃进猜测：疯刘子说他是林心蕊的家长，是她的父母。

疯刘子可劲地点头。床上的林心蕊眼泪顺着脸庞流了下来，溽湿了枕头。

离开病房后，张跃进站在台阶上，掏出一支烟。龙思文经过，被他喊住，问起了那辆法拉利的情况。

龙思文这才想起在农民工讨薪事件后交给小B的那辆车。当时他没有太在意，只因为家里还停着好几辆顶级豪车，这辆法拉利是里面最不起眼的一辆。

张跃进提醒道：还是赶紧把车赎回来吧。

讨车自然需要先把本金和利息一同还上。返回警务站后，龙思文翻出那份合同，从头到尾看了一遍后，心里一沉：按照合同上规定的日息计算下来，他要还的金额已经高达200万元。

02

龙思文是一个信守承诺的人，即便合同的条款很不合理，他也会努力把坑填平。200万绝对不是一个小数目，而他每个月的工资只有2000多元，还不够请人出去吃一顿饭。因此，即便心中有太多的不情愿，他还是走进了父亲的公司，准备向父亲借钱。他能猜到，作为商人的父亲一定会向自己提出各种各样的要求，讨价还价，但没办法，拿人钱财，就必须低头，这个道理龙思文还是懂的。

唯一没有猜到的是，他居然没有见到自己的父亲。父亲不在公司，清湾的各个角落也遍寻不到。董秘告诉他，龙力已经有三天没来上班了，电话不接，微信不回，家里也说没见着人，就像人间蒸发了一样。

龙思文急了：为什么不报警呢，万一出事了呢？

董秘有些委屈：你母亲不同意报警，毕竟她是公司的第二大股东。

龙思文脑海中记起了一些画面：天台上农民工的讨薪，公司贵宾室内满满当当坐着的老板，父亲提起母亲时的一脸忧虑，以及母亲对父亲的闭口不谈。是的，他们俩已经很久没有一同出现在龙思文的面前了。

是不是公司的运营出了问题？龙思文问。

肯定不太好，有一些快到期的贷款没还上，还有一些工程款也没有付，但具体有多严重我也不知道，因为公司的会计也一同消失了，董秘顿了顿，龙公子，我现在得去贵宾室应付那几拨要钱的建筑商，我建议你走的时候不要使用专用电梯，以免被那些讨钱的人给认出来了。

望着董秘的背影，龙思文怅然片刻，便立即出发去找母亲吴晓娟。他有一种预感，家里的矛盾远比公司的危机更为严重。

母亲吴晓娟的生活表面上非常简单，要么在美容院，要么就在去美容院的路上。那家依山傍海的美容院就像是古巴比伦王国的空中花园，不仅美轮美奂，而且内部设施完善、人员齐整，假使修建在地下，完全可以成为末日浩劫时的避难所。

如今，龙氏集团面临着巨大的麻烦，吴晓娟却躲进了这个避难所，看似置身事外，可毕竟她的手上还持有龙氏集团30%的股权。龙力不见踪影，所有人的目光便都投向了这个女人。

穿过明清风格的木质回廊，再推开布满镂空浮雕的大门，龙思文见到了母亲。往日里那个婆婆妈妈、家长里短的女人如今仿佛已经变成了一位女皇，原本用来娱乐招待的房间也变成了古朴的办公室，金丝楠木的桌案上码放着整整齐齐的账本，本子上面，还有一串车钥匙。

知道儿子来了，吴晓娟的眼皮都没抬一下，只是淡淡地说：你的玩具我给赎回来了，就停在后面的院子里，这是车钥匙。

龙思文没有上前取钥匙，太多的疑惑充满了他的内心。

吴晓娟放下笔，叹了口气：明知道对方是在坑你，你却往里面跳，人心难测，你为什么就不能多想一步？

人心难测？龙思文反问母亲，我爸都失踪三天了，为什么你不去报案？

吴晓娟愤怒地拍着桌子：你知不知道报案会是什么结果？

母亲的质问让龙思文冷静下来。

吴晓娟接着说：警察会知道你爸跑路了，进而猜测你爸是畏罪潜逃，然后，警方会审核龙氏集团的每一份合同、每一笔账目，从中发现违规甚至是违法的操作。说完，吴晓娟拍了拍桌上码放成山的账本，意思不言自明。

可是我爸……

放心，你爸远比你想象的坚强。他也不是逃跑，而是先把钱筹起来，堵住现在的大窟窿。

究竟哪里出了问题？

吴晓娟迟疑了一下，摇了摇头：一句话两句话解释不清楚，但我想让你知道，保住龙氏集团，远比保住你的父亲重要。

龙思文心中一凛：什么意思？

龙氏集团是我和你父亲当年一手创建的，在这么多年的开疆拓土中，一步步发展成这个上万人的上市企业。你要知道，龙氏集团不只是我和你爸的，也属于上万名企业员工，以及股民。我得为他们负责……

龙思文火了：别和我讲什么大道理，我就问你想怎么办？

吴晓娟定了定，言简意赅地说：把你父亲开除出董事会，同时，我会和你父亲离婚。

他可是龙氏集团的最大股东！龙思文争辩道。

他只有 40% 的股权，我已经在二级市场回购了 27% 的股权，再加上我自己 30% 的股权，足够把他开除出董事会。这一切都会在明天完成，到时候龙氏集团也会在股市停牌。

但他是你的丈夫。

母亲哼笑一声：所以我才会和他离婚，我和龙氏集团不能被他拖累。

龙思文一屁股坐在椅子上，惊得说不出话来。

我知道这些对于你来说有些突然，甚至有些残忍，但你已经是一个成年人了，应该鼓起勇气面对这一切。毕竟，就像刚才我说的，人心都是难测的。

不，是你的心思难测。门打开的那一瞬间，他听到吴晓娟的声音传来：你可知道我是从谁手中赎回来的这辆法拉利？是肃平安，没想到吧？

龙思文的脚步稍稍放缓。

不要以为自己纯良，厄运就不会找到你的头上，母亲最后说道。

03

对于龙思文来说，厄运或许像是暴风雨，偶然降临却声势浩大，但对于杜玉好来说，厄运则像是乌云，总是笼罩着不能散去。

之前因为醉酒洗胃的时候，医生发现了杜玉好的胃部长了一块不大不小的息肉。第二天，医生把这个情况告诉了杜玉好，建议他接着再做几项检查。

杜玉好问医生：检查要多少钱？

得拍一个片子，同时做一个病理检查，有必要的话，还要加上抗原的检测，大概 1000 多块钱吧。

杜玉好摆摆手说，那不做了。

医生不解道：你不是还有医保卡吗？

杜玉好苦笑：我是个辅警，每个月 2000 多块钱工资，医保卡能有几个钱？

医生责任心很强，又接着劝杜玉好：息肉要是不及时处理，容易恶化成肿瘤的。

杜玉好向医生鞠了个躬表示感谢，请他给自己开一些治疗胃息肉的药物，保证缓一段时间一定回来做检测。

医生无奈地摇摇头，转身开药方去了。

这么多年来，当杜玉好无法用语言表达自己的感谢、无助、哀伤和疲惫时，他总会弓着腰。生活的重压让他无法直起腰板，但不管怎样，还是得勉力撑着。

拿到药方后，杜玉好离开急诊观察室，上到十五楼的肾内科治疗间，透过门上的玻璃，看到正在里面做血液透析的妻子，又想到自己不争气的儿子，腰板不觉又弯了下来。

张跃进知道杜玉好身体不适，便嘱咐他多休息，值晚班的工作也给免了。对此，其他几名辅警没有任何异议。时间稍微空出来些，杜玉好却没有回家休息，而是趁着夜色偷偷开起了黑车，想多赚点钱补贴家用。

身份发生了变化，杜玉好不能像白天那样再去管街面上发生的警情，乘客中很大一部分是那些出入酒楼宾馆、娱乐场所的人，酒精的撩拨和夜色的遮掩，让这些人也比平时躁动了许多。

这天晚上，他在一家桑拿浴室外拉了个小卷毛，看起来跟儿子的年龄差不多，怀里还拥着一个醉眼蒙眬的女孩。上车没多久，少年便对女孩动手动脚，女孩虽然醉酒，还是几次三番推开。杜玉好不断咳嗽，示意少年注意一些，但少年压根没把他当回事儿。

杜玉好怒火中烧，他很想停下车把少年教训一顿，再扔进派出所，可一想到儿子，就心软了。这个年龄是容易犯错误的，真要把事情闹大，一辈子就全毁了。

他把车开到上半城警务站门口，摁了下车喇叭，对后排座位上的女孩说：丫头，你到站了。

少年看出了杜玉好的意图，威胁道：老头儿，你可别管闲事。

杜玉好哼笑道：要不咱三个一块儿进去？

女孩嘀咕着，推开门下了车。杜玉好看到袁锵锵的身影从警务站中走出来，一脚油门，开出一里地后，转身对少年说：你也下车吧。

少年下了车，走了两步又转过身道：别让老子再碰到你。

看着少年扬长而去的背影，杜玉好苦笑，十几岁的小崽子居然这么张狂。此时，夜风吹到脸上，他不由得感叹，时间过得太快，清湾的冬天太短，春天说来就来，天气说暖就暖了。他忽然觉得胃有些痒，又有些痛，怎么也平息不了。

不是冤家不聚头，几天后，天水街派出所对辖区娱乐场所开展清查，杜玉好也参加了这次行动，正好清查了那家桑拿浴室。杜玉好心里犯嘀咕，那个男孩可千万不要在这里工作啊。

怀着满心忐忑，杜玉好随大家查了桑拿浴室的前台、包间、浴区还有工作人员的休息室。半个小时后，所有人回到大厅，张跃进针对查出的一些安全隐患向经营者开具整改通知书。杜玉好心中暗暗吁了一口气，转身出门时，却见那个卷毛少年推门进来，目光交错的瞬间，杜玉好低下了头。

杜玉好无法确定对方有没有把自己认出来，在这样的疑虑中，他连续三天晚上没有出车。第四天他特意把车远远地开到火车站外，准备招揽那些晚归的旅客时，两名运管处的工作人员不知从哪儿冒了出来，让杜玉好出示营运的证件。

辅警开黑车，这不仅违反了管理工作条例，更是抹黑了公安机关的形象，分局领导经过研究，给予了开除的处理决定。消息下达的那天，张跃进便跑到了汪海洋的办公室，一屁股坐到了所长的对面，问道：老杜那事，如果我求你，你能通融通融吗？

汪海洋摇头：不行。

张跃进提高了语调：为什么不在分局领导面前给杜玉好求求情？

汪海洋知道张跃进心里有气，便没理睬他的胡闹，只是淡淡地说：怎么求情？辅警管理工作条例上明文规定，私自从事营利性行为的结果只有开除一条。

张跃进吼道：老杜一个月就2000多工资，你凭良心说话，那点钱可够他生活？

我知道不够，但那不是理由。既然选择了公安工作，就不能想着从别处捞钱，否则就不能在执法过程中做到公平公正。

说着，汪海洋举起杯子，摆出一副送客的态度。

张跃进把杯子抢了过来，从牙缝里一个字一个字地往外蹦：你个姓汪的，看样子是只想自己升官发财，不想弟兄们的死活了！

这句话刺痛了汪海洋，他正想发作，越过张跃进的肩膀，却看到杜玉好突然出现在办公室外。

杜玉好先是给汪海洋敬了个礼，可胳膊抬到一半又放下了，不好意思地说：我已经不是辅警了，我就给你鞠个躬吧。

汪海洋也有些不好意思了，他问：干吗要鞠躬？

给咱派出所形象抹黑了，特意来道歉的。

张跃进还有些不服：老杜，给他道歉？

杜玉好拉住张跃进的胳膊：不能怪汪所长，咱们就先回去吧。

回哪儿？你老杜还能回哪儿？

杜玉好眨了眨眼，低声说：我要去医院。

看到杜玉好一副神秘的样子，张跃进总算放过了汪海洋，随着他离开了办公室，看到了派出所大院里焦急等待着的杜壮壮。

04

妻子韩霜梅身体羸弱，怀孕七月过半就剖宫产生下了儿子，孩子出生时只有四斤二两。因此，杜玉好给儿子取名壮壮，就是希望他能够长得高高大大、结结实实。

在公安局工作了这么多年，杜玉好没少抓少年犯，也因此见识了许多家庭惨剧。他也常常会想，到底是什么让那些少年走上了歧路？杜玉好知道，每个生命都是独立的，不管是那些孩子，还是身边这些年轻辅警，都要在这个社会中找到属于自己的成长道路。

杜玉好自知学历低，不能在学习上给孩子做很好的引导，但他希望杜壮壮至少能成为一个正直善良的人。只是由于工作繁忙，儿子从小就由妻子抚养长大，也是可怜这孩子生得又瘦又小，她对儿子各种溺爱，等到杜玉好发现这棵小树长歪了，再想扶正时，已经太晚。

赶往医院的途中，望着儿子宽厚的肩膀，杜玉好的心再次针扎般地刺痛起来。他想起了去年元旦，在邻县一次公安局清查行动中，杜壮壮被查出吸食了毒品。得知消息后，杜玉好羞恼得恨不得找面墙一头撞死算了，最后还是张跃进出面，把杜壮壮从邻县公安局领了回来。出于保护的目的，张跃进没有向任何人透露杜壮壮吸毒的事情，就连定期尿检也只有张跃进一人知道，亲自执行。单这一件事，杜玉好就明白自己欠了张跃进一辈子的人情。得知天水街派出所招辅警，他便主动报名回到了公安队伍，希望这样能够把儿子盯牢一点。

到了医院，杜壮壮和几名年轻辅警乘坐电梯先上了楼，张跃进和杜玉好则拖在后面。踟蹰了会儿，杜玉好不动声色地问：多久没来了？

张跃进答道：还差一周就三个月了。

杜玉好的眉头皱了起来，很明显，杜壮壮肯定又染上了毒品，才在这两个多月里故意躲避尿检。

两人沉默着，来到肾内科的治疗病房。病房内一溜排开六台透析机，每台机器边的病床上都躺着一位病人，有男有女，脸色发灰。同样脸色的病人走廊里还坐着好几位。

韩霜梅躺在最里面的那张床上，身边是她的主治医生。看到丈夫来了，韩霜梅张张口，却不知道该说什么，只得将目光瞥向医生。医生也是摇摇头，把杜玉好领到了走廊里。

医生告诉杜玉好：你妻子现在的状况已经糟糕到一周要透析三次了，但上次来医院治疗后，她一连消失了十天。出于担心，我对病人做了电话随访，但怎么都打不通。我也打了你的电话，同样没人接，最后还是找到了你的儿子，让他把母亲拉来了医院。顿了顿，医生问：你妻子这几天都去哪儿了，怎么不来医院了？

杜玉好低头呢喃：她真的是活够了，不想再拖累咱们爷俩了。

杜玉好的话音刚落，杜壮壮就一把将父亲推向墙边，身后消防箱的玻璃被他微驼的脊背撞得发出巨响。张跃进迅速分开父子俩，并向医生连连道歉。

医生叹了口气：透析必须要坚持做下去，但终归不是长久之计，如果不及时换肾，恐怕再过一段时间……

张跃进问道：还有多久？

半年吧。

肾源好找吗？

有一个人体器官移植系统，韩霜梅的信息很早就录了进去，但你们知道，现在自愿捐献器官的人非常少，配型成功更是难上加难，最可行的还是亲属捐献。

说完，医生瞥了眼杜壮壮，便转身离去。杜玉好抱着头慢慢蹲了下来。看到父亲这般窝囊样，杜壮壮狠狠地一跺脚，便一头跑开了。

张跃进瞅了瞅愣在一边的四名辅警，先掏出钱包，把里面仅有的 500 元取了出来，递给了林心蕊，说：你先负责收一下，回头我再取 1500 元给你。

看到张所长慷慨解囊，龙思文、段一飞、袁锵锵纷纷掏出手机，转账给林心蕊。蹲在地上的杜玉好抬头看着大家，面无表情，或许是生活的重压已经让他失去了推辞的尊严。

张跃进看了林心蕊手机上的收款记录，龙思文居然一下就捐了 20000 块。张跃进知道这小子家里最近债务重重，让林心蕊把 19000 元转回去。龙思文正要拒绝，张跃进故意拉下了脸：我才捐了 2000，你居然想压我一头，职场潜规则最重要的一条就是不能抢领导的风头，这点你都不懂吗？

龙思文还没开口，却见杜壮壮从走廊尽头冲了回来，把双腕伸到张跃进面前。

杜玉好心里一凛，他明白儿子有什么打算。

果然，杜壮壮说：我决定了，把肾捐给我妈。

龙思文在边上插话：那赶紧去做配型啊。

杜壮壮抿抿嘴：我吸毒了，我不能把一个有毒的肾捐给我妈，我也没法自己戒毒，你们先把我抓起来吧。

几名年轻的辅警一脸惊愕，继而陷入了沉默，杜玉好又一次抱头蹲了下来，张跃进也像是瞬间老了十岁，迟迟说不出话来。

杜壮壮又逼迫道：你们要是不抓我，我就去别的派出所投案自首了。

张跃进说：你可知道，这次把你抓了，你就得在强制隔离戒毒所里关上两年？

为了救我妈的命，两年也值得。

这时，杜玉好才瓮声瓮气地说：去吧，带孩子去戒毒所吧。

张跃进咬了咬腮帮，最后下定决心，命令龙思文和段一飞跟着自己，带杜壮壮回警务站办强戒手续。

林心蕊目送着一行人在楼梯拐角处消失不见，杜玉好却始终没有抬头望向自己的儿子。又过了几秒，杜壮壮的声音突然从电梯间里传了出来：老杜，照顾好我妈！

05

杜玉好本是张跃进平日里腌臜的对象，但自从被开除后，张所长也像是霜打了的茄子，看起来没精打采，而随便一句无关紧要的话，又会让他变成只刺猬，万箭齐发，把别人刺得体无完肤。

这天下午，刚在厕所解完手，张跃进便看见一个中年男人拎着大包小包的营养品，在警务站外探头探脑。这样的人他见多了，大多是来求情办事的。

男人自称是来找林心蕊的，可巧她入户走访去了，便一直在外面等着。男人的语气很谦卑，带着一丝北方口音，这让张跃进心思一动。他正想问男人姓什么，就见林心蕊推门进来，怔了两秒，便扑上来喊了声爸。

林文生跟着女儿笑了一阵，眼泪却又几乎要掉下来，他问女儿的伤好得怎么样了，有没有留下疤痕。

林心蕊摸着自己的后脑勺，有些不解。住院那会儿，她反复叮嘱大家不要通知远在外地的父母，以免他们担心，可没想到父亲还是知道了。

父亲及时解答了女儿的疑惑。原来事发后，清湾消防大队认为林心蕊的事迹非常感人，便将之告诉了当地电视台，在晚间新闻里报道了出来。由于林文生订阅了不少清湾当地的公众号，自然也就得知了女儿见义勇为的先进事迹。

林心蕊没想到父亲会通过这种方式默默地关注着自己，来自亲人的爱让她心中一暖。有那么一瞬间，林心蕊甚至认为母亲也理解了自己，忘掉了从前的所有不快。知女莫若父，林文生清了清嗓子：你母亲，她，单位有事情……

嗯，我知道她忙。

话音刚落，门又开了，龙思文一头闯进来，喊了声叔叔好，便开始自报家门。林文生笑着说：我记得你，你来过我们家。龙思文红着脸挠挠头：张光头刚给我打了电话，说是叔叔第一次来清湾看女儿，一定要好好招待您，吃一次我们这儿的特色菜，再喝两盅本地酿的小酒。

龙思文的这股子热乎劲儿反倒让林心蕊有些插不上话了。林文生好奇地看了一眼女儿，只是和龙思文客气了一番，便答应了他的邀请。

虽然没有把那辆招摇的法拉利开出来，但龙思文招待的规格倒是一点也不低。在逛完清湾几个著名景点后，龙思文请父女俩来到海滨的一家米其林星级饭店，准备招待他们吃一顿海鲜大餐。龙思文和餐厅的法国大厨很熟，点完餐后，他还专门来到后堂，希望大厨能够亲自操刀，把美味发挥到极致。

也就是在龙思文离开的片刻，林文生神情复杂地看向女儿，提出了自己的疑惑。林心蕊脸一红，慌忙解释道：只是普通同事而已，爸爸不要多想。

林文生正色道：他是你的朋友，那么他也是我的朋友，对待朋友一定要真诚。

嗯，记下了，林心蕊点了点头。

一番把酒言欢后，三人享用完了美食，龙思文抢着要去结账，来到吧台时，才被告知林心蕊的父亲已经抢先结了账。龙思文正要把钱还给他，林文生拍着龙思文的肩膀说：我是长辈，你们是小辈，这饭还是得我来请。

龙思文推脱不过，只好吐了吐舌头，用手指了指天花板：我刚在上面开了个海景房，能看到明天早上的海上日出，您就接受我的这份地主之谊吧。

林文生犹豫片刻道：也好，晚上我可以在沙滩上散散步，和心蕊说说心里话。

既然是心里话，就不便有外人在场。龙思文听得出林文生的言外之意，便很郑重地和他握手告别，转身离开。

虽然已临近9点，夜晚的沙滩上却并不寂寞。此时正值涨潮，一波又一波的海浪拍击着海岸，在巨大的轰鸣中，将人类留在沙滩上的印记全部抹平，但这并不会阻挡人们的兴致。孩子们挥舞着塑料小铲，一丝不苟地挖着沙坑；恋人彼此热吻，任由海水漫过脚踝；还有举着手机的年轻人，面朝镜头，大声歌唱。

相比之下，这对父女就沉默了许多。或许在沉默中，这两个异乡人才能感受到大海磅礴的力量。半晌，林文生才说：你不要怨恨你妈妈。

林心蕊摇摇头，斩钉截铁地说：我不怨恨。

好吧，林文生转身面向大海，不管是爱，或是恨，时间久了，都会形成一种习惯。这种习惯如同一个壳，将人们包裹起来，可以不动感情地面对风雨，但在这儿，林文生指了指自己的心口，在这里面，总还是有着最柔软的部分存在。

林心蕊的鼻子有些酸。

打破这层坚硬的外壳需要时间，甚至要经受很多的痛苦，就像你在清湾公安的工作中，不仅要克服很多生活上的不方便，还要面对许多不法分子。或许你会害怕，但你是辅警，得向警察一样冲到前面，保护人民的生命和财产安全。因此，你就必须要不断地打开自己，去接纳新的事物，只有这样，你的生命才会更加丰富、更加坚强，林文生看着女儿，你说是不是啊？

林心蕊认真地点了点头。

林文生接着说：恐惧就是那层外壳，偏见也是。我承认，你母亲对你是有偏见的，但在心底，她对你的爱是不掺一点假的。正如你正在逐渐打开自己，你母亲放下这些偏见也还需要一段时间。我希望你能再耐心一点，我会努力把她的工作做通，好吗？

话音落下，林心蕊摊开了手掌。林文生一愣，想起早年送她上学时的那个仪式。林文生笑了，他捏了捏林心蕊的掌心，向她许下了承诺。

海浪越涨越高，看上去甚至漫过了漫天繁星。坐在路阶上的龙思文远远望着那一对父女，想起了自己失联的父亲龙力，心里有些堵。

191

第十三章

01

早上 8 点，龙思文准时来到警务站，准备换上警服开始一天的巡逻，却看见张跃进和另外两名民警坐在桌子两侧，没有说话，彼此的脸上都挂着敌意。

看到龙思文来了，张所长起身把座位让给了他，双手按在龙思文的肩膀上，话却是说给对面两个警察听的：这是我的小弟兄，也就是你们要找的人。

说完，张跃进便抱着胳膊，靠在墙边不再说话。

看到张光头没有介绍来客的意思，为首的那名警察便自报家门：我们是清湾分局经侦大队的民警，我姓易，这位姓张，我们找到你，是给你送达一份立案告知书。

说着，易警官从公文包里掏出一份文件，递了过来。龙思文瞥见最上方写着"龙力涉嫌诈骗和非法吸收公众存款案"。

龙思文没有接文件，他克制着嗓音说：你们应该把这份文件交给我妈。

易警官耸耸肩：你母亲和你父亲已经办理了离婚手续，所以我

192

只能把这份文件交给你。

虽然有许多征兆，但听到母亲真和父亲离了婚，龙思文还是怔住了。

易警官接着说：这是一个法律手续，必须要履行，你只需要签个字就行。

龙思文霍地站起身，质问道：我爸究竟怎么涉及诈骗和"非吸"了？你们给我讲清楚。

张警官有些不耐烦：案件办理过程要保密你难道不清楚吗？

话音刚落，一阵擤鼻涕的声音传来，张跃进把纸巾扔进了纸篓，冷冷地说：垃圾，就该扔得远远的。

你骂谁呢？张警官跳了起来。

易警官按住了同事，语气极度诚恳，大致的案情我刚刚已经向张所长汇报过了，核心的问题还是在钱。麻烦的是你父亲现在不肯露面，我们也找不到他。那些血本无归的人已经挤爆了公安局和地方政府，影响非常不好，各级领导都非常重视，易警官斟酌了下用词，所以，如果你能联系到你父亲，请务必让他主动到公安机关说明情况。

易警官又将一份审批手续放在了桌面上：这是在逃人员登记审批表，上面写着你父亲的名字。如果他能够在一周内主动投案，我们便不会对他发布网上通缉。否则，一周后，他若是被其他公安部门抓获了，不仅会失去减轻罪责的机会，我们也会失去办案的主动权。说完，易警官站起身，向张跃进点头致意，便带着张警官离开了警务站。

看着桌面上那两份文件，龙思文感到词穷，他没想到形势会如此急转直下。不知何时，张跃进已经坐在了他的对面：他们没有虚张声势。

我知道。

你来之前，我逼他们透露了部分案情。他们说得没错，虽然是钱的问题，但涉及的金额达 6 亿元之巨，其中 8000 万是以你父亲个人名义借的款，他大概是想和龙氏集团做好切割，这里面存在虚假抵押和反复抵押的行为，也就是他们所说的诈骗犯罪；至于非法吸收公众存款，他们只说这事涉及肃不良，但具体有多深，他们就不愿意说了。

张跃进把头凑了过来，压低了声音：就像要保护龙氏集团一样，他一定也想保护好你，不想让你蹚浑水。所以，该做什么，不该做什么，你心里一定要有数。

离开警务站后，龙思文的脑子里只剩下了两个字：还钱。他先来到龙氏集团，希望能够力劝公司的那些股东拨出一笔资金，填补父亲留下的窟窿。在他的理念中，龙氏集团毕竟还是自己家的企业，不可能放任董事长身陷囹圄，但当他来到公司楼下时，看到几名工人正将一侧花岗岩上镌刻的"龙氏集团"几个字用刻刀除去。龙思文的心里一咯噔。随后，公司法务代表现任董事长吴晓娟进入会客厅，先向他普及了一通公司法章程，让他明白自己的想法到底有多幼稚。

从法务的口中，龙思文了解到公司的运营并没有太大问题，债务也在可控范围，只是因为连带担保的一家下游企业突然倒闭，龙氏集团不得已出面替对方偿清贷款，致使公司自身的资金链紧张，恰逢另一家公司发行的企业债券也出现违约，多方压力下，父亲才以自己的名义进行抵押借款，并通过一家名为"安平"的资产管理公司进行非法吸收存款。最终的致命一击，是这家非法吸收公众存款的安平资产管理公司也突然宣布破产，老板人间蒸发，相关资金账户也全部被冻结。警方及时跟进调查，发现账上已经没了钱，龙力却背上了好几个亿的非吸债务。

公司的法务费尽口舌，才把整个事情的来龙去脉说清楚，最后他强调：上面的所作所为都是你父亲的个人行为，我想他是打算和龙氏集团做一个切割，不影响公司的正常经营，你母亲正在做的也正是切割和保护。

说完，法务站起身：我是你母亲的个人律师，以后每个月8号，我都会按照你母亲的要求，向你的银行卡内打30万元生活费，比你父亲给的零花钱还多10万元。说完，他扶了扶镜框，像是俯视一个无手无脚的软体动物，随后便离开了房间。

龙思文本想冲进吴晓娟的办公室，以一个成年男性的身份，拒绝母亲每月30万元的施舍。可刚离开会客厅，两名保安就把自己"保护"了起来，一路护送出了公司。无奈的龙思文只得返回自己家中，把车库大门打开，目光在一辆辆顶级跑车的标志上流连。他想再多看一眼这些可爱的玩具，因为过不了两个小时，他联系的二手车行就会将这些车开走变卖。

02

如同检阅部队一般，龙思文从车库的东头走到西头，又从西头走回东头，一个疑问从脑袋里冒了出来，角落里停着的那辆蓝色大众尚酷没了影子。

这辆车个头小、不起眼，马力却很足，再加上机师的一番加强改装，堪比一匹小猎豹。母亲没有车库钥匙，这辆车也并不算车库中最出众的，它到底去了哪里呢？

龙思文调出了车库门禁记录，发现三天前曾有人进出车库，再仔细查看，立即认出了戴着鸭舌帽的父亲。龙思文明白，父亲之所以开走这辆车，一是他的座驾肯定有不少人盯着，太容易暴露；二是这辆车虽然低调，性能却很好，逃跑时能派上用场。

但父亲没想到的是，为了确保这些爱车的安全，龙思文早就暗自给它们安装了 GPS 定位系统，终端就在自己的手机上。很快，龙思文查到，这辆车正停在上半城垃圾发电厂附近的一个院落内，也是上次段一飞和那个红头发梁一泰约架的地方。

为什么龙力会去这个地方？带着这份疑问，龙思文立即驾车向垃圾发电厂驶去。他将车开到发电厂后面的坡道上，向下俯瞰，那辆蓝色尚酷果然停在车棚里。车棚对面是两间平房，上面还刷着安全生产的标语。正值午后，空地上没有人影，平房内也悄无声息。龙思文悄然溜下坡，靠近平房的后窗，一个腆着肚皮的胖男人歪歪扭扭转过屋角，褪下裤子，刚滋出尿，就瞥见眼前这位不速之客。他正想叫唤，没想脚上绊蒜，自己反倒跌进了尿窝里。

龙思文立刻跳过胖子的躯体，奔向前门，一个瘦子也从屋里钻了出来。越过瘦子的肩膀，龙思文看见堂屋里席地而坐的父亲，眼角明显有大片的瘀青。瘦子亮出刀，左晃右晃，却不敢向前。龙思文大喝一声，捡起地上的石头就向瘦子砸了过来。瘦子护着脸庞，不断躲避飞来的石子。身后的胖子已经向那辆尚酷飞奔过去，瘦子也绕开龙思文，跑向了尚酷。

龙思文直奔屋内，半跪在父亲的身边。龙力肿着眼泡，看了儿子一眼，然后便深深地叹了口气。龙思文试图背起父亲，带他去医院治疗。龙力不肯，拽住儿子的胳膊，仿佛只要松手儿子便会逃跑一样。

龙思文知道父亲一定有许多话要说，他顺从地坐在地上，等待父亲开口的那一刻。日头开始偏斜，在堂屋内照出一个明亮的三角区域，垃圾发电厂在刺鼻的臭味中发出轰隆的鸣叫。

最终还是龙思文打破了沉默，他问父亲：到底发生了什么？那两个人又是谁？

龙力舔了舔皲裂的嘴唇说：安平资产管理公司有大笔因为事先转移而未被冻结的资产，其中一大部分就是我募集来的资金。我一直想把这部分资金要回来，返还给投资人，但安平的老总始终不肯见面，我就开始跟踪。不过，公安局立案后，我还得低调行事，因此才开出了你的那辆跑车，没想到被人半路劫了道，把我带到了这间平房里，逼我还钱。

还谁的钱呢？

龙力指了指眼角的瘀青：或许只是安平公司那伙人事先安排的一出戏，要给我点颜色看看。

那你准备怎么办？

龙力摇了摇头：我也不知道。说罢，他又笑了笑：大半生的商海沉浮，没想到栽在了几个毛头小子手里。

毛头小子？

龙力自觉说漏了嘴，便不再言语，生怕再多说一句，会引发儿子不理智的报复行为，可龙思文心中已有了答案。为了不让父亲担心，龙思文转移话题：我再开一辆车出来，帮你转移个地方。

龙力苦笑一声：不用了，你把我送到清湾分局经侦大队就好。

什么，你要投案自首？

也可以说是儿子把父亲抓住送了官，龙力打趣道。

爸，你怎么能这么想我？咱们是亲父子，我又怎么能把你卖了？

但是你有没有想过，作为辅警，职业道德允许你把我放走吗？这么做是不是窝藏包庇？

龙思文沉默了，他没想到父亲会想这么深。

龙力摸了摸儿子的脑袋：我选择投案自首，不仅是为了保护你，更是因为我累了，不想逃了，也不想再去看别人的白眼、受别人的气，就让我好好歇歇吧。

说着，龙力从龙思文的口袋里摸出手机，拨通了张跃进的电话，然后又递还给儿子，示意让他接听。张跃进连"喂"了三声，龙思文才说：我找到我爸了，我们正在垃圾发电厂的一间平房里，你快来吧。

电话里的张跃进明显卡了壳。

龙思文对着话筒哭喊道：张光头，你他妈的赶紧滚过来。说完便扔掉了手机，抱着脑袋号啕大哭。龙力心疼地看着儿子，想拍一拍他颤抖的脊背，但犹豫了半天，还是把手放下了。龙力明白，这是儿子成长的时刻，他需要独自去面对这份痛苦与领悟。

10 分钟后，张跃进开车带着林心蕊赶了过来，搀扶着龙力坐进了车子后座，林心蕊则留下来陪着龙思文。车子开走前，龙力对儿子说：还有一件事，不要怨恨你母亲，她现在要承担更重的担子，她比我更不容易。

望着警车渐行渐远，怅然若失的龙思文愣了许久，直到林心蕊捏了捏他的掌心。龙思文想哭，但看着林心蕊的脸，他还是挤出了一个艰难的笑容。

03

段一飞这些日子明显有些不对劲，他的头发蓄了起来，发根处隐隐约约还有些瘀青。尽管看起来有些颓废，手脚却不时如触电般突然伸展，虽然幅度不大，却很有力道。

每到下班，这家伙便第一个跑出警务站。他从不和人同行，还会不时回头看有没有人跟在后面，神出鬼没的，很是可疑。

一天晚上，在警务站值班的龙思文刷本地的网络直播时，发现了一个叫作"精武堂"的自由搏击栏目。龙思文的手指滑动着，看到了一列列对阵的拳手头像。突然，他的手指停住了，一个蒙面佐罗的头像引起了他的注意。那双透过面具看向自己的眼睛是如此熟悉、锐利、好斗、充满正义感，他是……

龙思文立即点进这段视频录像，看到这个戴佐罗面具的人正绕着另一名体格比他大出许多的拳手跳跃，进攻，退守，虚晃一枪，跟着一记刺拳，然后又跳出击打圈。"佐罗"的位置飘移，行踪不定，像是在戏耍对手，引得对方连连猛出重拳，却都打在了空气上。慢慢地，对方的步法乱了，"佐罗"又连连出拳攻击他的面部。对手一边护住面门，一边逆势出拳，正好将下颚暴露给了"佐罗"。只见"佐罗"稍一侧身，全身像一个压缩的弹簧一样，弹起一记右勾拳，猛击对方的下颚。对方的面部瞬间扭曲，全身僵直，然后便昏倒在地，失去了意识。

裁判检查对方的瞳孔后，举起"佐罗"的左臂，宣布他获得了比赛的胜利。也正是在这个瞬间，龙思文按下了暂停键，他发现"佐罗"胳膊内侧有一道蜈蚣般歪扭的疤瘌。

午夜时分，窝在椅子里打盹的龙思文听到了淋浴声。他立刻睁开眼睛，来到门边，看到段一飞的摩托车停在外面。龙思文心思一动，悄悄进入流动警务室，将搭在洗浴室门沿上的内衬衣全部取走，坐等段一飞从里面出来。

过了几分钟，段一飞骂骂咧咧地推开门，光溜溜地四处找内衬衣，却看见举着手机的龙思文。他按下快门，闪光灯发出刺眼的亮光。段一飞骂道：你变态啊！龙思文却把拍摄的照片放大，显示出段一飞左臂内侧的那道疤瘌。

段一飞一愣，反问：你看到视频了？

龙思文点点头：放心，我不会对别人说。

段一飞边穿衣服边问：那你想干吗？

没想干吗，就是不理解。打来打去好玩吗？

废话，当然不好玩，段一飞没好气地回答。

那为什么还要参加拳赛呢？

能赚钱啊。

原来如此。说说，都是怎么个赚钱法？

段一飞迟疑了一下说：每场比赛能拿到视频打赏的分成，另外，最后的冠军还有三万元的奖励。

你缺那三万元吗？

段一飞反问道：难道你不缺钱？

龙思文叹了口气：现在一块钱对我来说都是宝贵的，但我不明白，你又没有巨额的债务要还，要用这些钱做什么呢？

为了让我爸妈过上更好的生活。

龙思文唔了一声，表示愿意洗耳恭听。

其实我也不知道用这些钱做什么，据说工人新村马上就要启动异地拆迁安置，到时候我想给爸妈买个大一点的房子，那肯定还得补缴一些费用；还有，我爸患有慢性风湿病，膝盖早就该动手术，这个钱能买到好一点的手术耗材；另外，好哥的老婆马上就要换肾，我也想多捐一点。反正就是捉襟见肘，你明白吗？

我明白，不过你就没有想过把钱花在自己身上？

怎么说？

你爸妈肯定在催婚，这才是他们的心愿吧？

这句话戳中了段一飞的痛点，他沉默了一会儿说：男子汉，先立业再成家，我不能让未来的妻子跟着我吃苦受罪。

龙思文竖起大拇指：够男人，我喜欢。你是不是还等着文煜朵？

段一飞沉默了一下，转守为攻：你是不是对林心蕊有意思？

龙思文没有选择正面回答，他只是说：虽然咱俩很多地方都不一样，但有的时候，我又觉得咱俩就像是硬币的正反两面，都太极端，太过急功近利。在这个方面，我们都应该向林心蕊学习。

学习什么？

学习如何对这个世界满怀信心、充满善意。

所以你认为跟林心蕊在一起，会把你改造成一个更好的人？

你不也是一样？文煜朵人虽然走了，但在你的心里，她却始终没有离开，不断激励着你。

两人沉默了会儿，都有些尴尬地笑了，他们没想过会聊到这么细腻的话题。龙思文率先转移了话题：现在打到第几轮了？

晚上刚打完半决赛，明天就要打决赛了。

太牛了！龙思文拍着段一飞的肩膀，对方痛得龇牙。段一飞道：晚上肩膀打脱臼了，胳膊转不过来，你拿红花油给我抹一抹。

龙思文撇了撇嘴：我可只给女孩涂过防晒霜。

哪这么多废话，我可不好你这口。抓紧的，红花油就在抽屉里。

我不能白抹，明天晚上决赛时，我也要去现场观摩。

没问题，明晚是一场恶战，正缺一个给我收尸的，段一飞说着，平躺在了床上。

04

次日傍晚，精武堂拳馆外人潮涌动。许多网友已经提前获知了决赛的消息，他们不满足于网上观战，购买了昂贵的门票，选择到现场体会暴力与血腥。在这些观众中，还有一些手持红蓝标签进行兜售的男子。

段一飞猜想这些人是在鼓励观众下注，但单注的金额是多少，以及自己代表的是红色还是蓝色，他就不知道了。他现在关注的，是如何保持最佳的状态，取得最后的冠军。段一飞偷偷戴上了佐罗面具，正准备进入拳馆，却发现一个戴米老鼠面具的人正咧着嘴朝自己笑。

段一飞一怔，只听龙思文的唱腔从面具后传来：We are the champions, my friends. And we'll keep on fighting...（我们是冠军，我的朋友们。我们会一直战斗……）

原来你也喜欢皇后乐队。

我不是喜欢这个乐队，我是喜欢当冠军的感觉。

段一飞打趣道：米老鼠冠军。

没办法，时间匆忙，我只能从小学门口买这个戴上了。

说话间，两人进到拳馆内，正准备迎接观众们的欢呼，却一下子愣住了，原来拳馆内许多人都戴上了佐罗的面具。龙思文低语道：看来你的粉丝还不少呢。

段一飞哼了一声，挤过人群，找到拳馆经理，简单聊了几句，经理便打开了八角笼，让段一飞钻了进去。这一下子引爆了全场的热情。在大家的高呼声中，龙思文不住地对身边人说：这是我兄弟，我的铁哥们儿。

两分钟后，一个比段一飞还要年轻的男子进入笼内。这人皮肤黝黑，身材精瘦，生着一双长腿，是一名天生的泰拳手。此外，他没有戴面具，眼睛里露出凶光，就像是一头饿了许久的猎豹。

裁判先检查了段一飞的面具，确认符合规定后，高声宣布规则，便将拳击场交给了两位拳手。他的话音刚落，对手便连刺数拳，把段一飞逼到铁丝网上，不得不防住头部和胸腹。慢慢地，泰拳手的拳法有些乱，段一飞瞅准空当，挥拳反击，却被对方一脚扫到左脸颊。倒地的一瞬，他才明白刚才的纰漏只是泰拳手打的幌子。

段一飞休息了 5 秒，然后起身，绕着拳台兜起圈子。他要了解对手。情况显而易见，这个泰拳手刚成年，体能充沛、步法灵活；而段一飞则在前晚胳膊被打脱臼，行动不便。为了节省体力，段一飞只得以静制动，引诱对方来攻。泰拳手的拳脚如雨点般落在段一飞的身上，打一阵，段一飞就将他推开一阵，然后挤出一个嘲讽的笑容，像是在说：你怎么还没把我打倒？

台下的龙思文看不下去了，他高声叫着：进攻啊，赶紧进攻啊！

段一飞再次摆脱对方的纠缠后，对龙思文吼道：闭嘴！

正是这一走神，对方突然飞起，向段一飞的面部连踢两脚。段一飞不得不防住面门，对方则趁机绕到他身后，揪住他之前脱臼的胳膊，把段一飞盘倒在地。段一飞虽然没有叫出声，但从扭曲的面部，就能猜到他正在经历着什么。

裁判一边盯着纠缠在一起的两人，一边瞥向秒表，龙思文也大声喊道：坚持住，还剩下 10 秒！

就在疼痛几乎麻木时，裁判敲响了钟，宣布第一局结束。

看到段一飞踉踉跄跄回到拐角，龙思文立刻将水递了过去，段一飞却一把推开，命令他把自己脱臼的左臂推上。龙思文这下傻了，手也僵在那里。废物，段一飞骂了一句，咬着牙，用另一只手把脱臼的胳膊推上。龙思文分明听到了骨头之间的磕碰声。

从疼痛中缓过劲来的段一飞挤出一个笑，骂道：你这米老鼠面具笑得可真欢快啊。

接下来怎么办啊？

段一飞呵呵一笑：我有妙计。话音刚落，裁判敲响了第二局开场的钟。

双方回到笼子中央，相互碰拳后，泰拳手随即发起进攻。段一飞退守在笼子边上，徒劳地一次次将对方撑开，为自己赢得片刻的喘息时机，随即又陷入对方暴雨般落下的拳头中。台下的欢呼声也慢慢小了下来，只等着泰拳手将"佐罗"击败。

第二局结束，段一飞再次回到角落，米老鼠面具依然咧着嘴大笑，龙思文的声音却充满了忧愁：真打不过啊，要不认输算了。

段一飞喘着气说：少废话，我说了有妙计的。

那赶紧使出来啊。

段一飞一把将聒噪的龙思文推开，他喘息着，盯着对方拳手的眼睛，发现那股子凶光中已经多了许多疲惫。最后一局，必须豁出去了，段一飞暗暗下定决心。

第三局伊始，泰拳手依然密集出拳，段一飞招架一阵，大步跳开，趁对方冲过来时，借助铁丝网的弹力，向泰拳手下盘冲撞过来。两人一下子抱摔在台上。泰拳手灵活，一个打挺压在段一飞身上，重拳又开始倾泻而下。段一飞不得不护住自己的面门，双腿却开始将泰拳手的下肢死死盘住，然后一寸又一寸向上挪。这是一场漫长的战斗，拼的是双方的意志，尤其是对胜利的渴望。

慢慢地，泰拳手的体力透支了，大概没想到对手的忍耐力这么强。就在他的拳法失去节奏的瞬间，段一飞突然撑起身子，将泰拳手翻到身下，两条腿死死锁住了对方的喉咙，两只手也卡住了对方的手腕。龙思文看到转机，兴奋地跳了起来，高喊道：坚持住！坚持住！

泰拳手的拳头还在击打着段一飞的背部，但已经越来越无力、越来越迟缓。段一飞发出一声大吼，使出全力，泰拳手连拍拳台认输。龙思文冲进八角笼内，将段一飞高高举起，发出胜利的欢呼。

05

拳馆经理不仅兑现了三万元的奖金，还递给段一飞一张名片，让他第二天按照名片上的地址去找一位女老板。经理狡黠地眨了眨眼：她绝对会给你一份美差。

尚洁云。段一飞默念着这个名字，然后把名片揣进了口袋。

段一飞并没有立即去找女老板，接下来的几天，他都在为如何使用这三万元的奖金精打细算。他为父亲预约了膝盖手术，又通过网上募捐给杜玉好的老婆筹了手术款，剩下的钱就全部存进了银行，当作异地搬迁的安置费。直到洗衣服时再次掏出那张名片，他才想起了这么一档事。

这天下午，段一飞来到位于铜背山西侧山麓的速比多赛车俱乐部，看到一场正在进行的汽车山地拉力赛。汽车从山脚盘旋至山顶，再回到出发位置，一圈共有 12 公里，一共跑三圈。段一飞靠在围栏上，百无聊赖地看着一辆辆改装的汽车风驰电掣。掀起的沙石迷住了双眼，他不得不侧过身子，发现一个穿着红色赛车服的女人正看着他。

女人大约 30 岁上下，实际年龄或许还要大一些，但一头波浪卷发下的姣好面孔，让她的成熟中透着一丝清纯。女人的目光并没有躲闪或挪移，段一飞笑了，他挥了挥手，女人便拎着两瓶啤酒走了过来。

段一飞问：尚洁云？

不愧是特种兵，有一副好眼力。

我现在不是特种兵，只是一名小辅警。

如果指的是年龄，你的确还小；如果是职位，辅警也是警，也守卫着我们百姓的安全。

尚洁云的话让段一飞心里一暖，嘴上却反驳：你不算普通老百姓吧？

衡量人的标准有很多，不能只算他兜里有多少钱。

为什么选我？难道就是因为我能打？

尚洁云摇了摇头：就算你输了，我依然会选你。你的眼睛中不仅有对胜利的渴望，更有一种如何都打不垮的决心。

段一飞暗暗警告自己，这个女人太会说话了，要小心她的意图。

尚洁云接着说：我没有丈夫，也没有情人，如果非要说伴侣，那就是这些赛车。我是一个车队老板，同时也经营着一家车行。成天泡在这些钢铁猛兽中，免不了要和形形色色的男性打交道。因此，为了自身的安全，我便找拳馆经理为我物色一名保镖。

可我是……

别急，先不要反驳。我知道你现在是一名辅警，我不需要你全天都陪着我，我也不是要请贴身的保姆，你只需要在有赛事或其他重大活动时守在我身边。

有很多人对你图谋不轨？

那倒不是，只是有一个肌肉男陪在身边，我会多一些安全感。

段一飞自嘲道：男花瓶。

你可别这么想，据我所知，你的许多战友都进入了私人安保的领域，收入也都不菲。毕竟报酬是对员工最起码的尊重，每个月我会支付你一万元的底薪，要不你先跟我半个月，感受一下？

段一飞明白辅警不能在外面兼职，但面对尚洁云开出的条件和她坦诚的笑容，他还是点头答应了。

在接下来的半个月中，段一飞跟在这位女老板后面，从赛车场到汽修间，从生意场到招待会，游走在各个阶层的人群当中。没有人把段一飞当花瓶看，尚洁云也非常注重工作和生活的界线，每每深夜只让他把自己送到别墅门口，不给他留下任何遐想的空间。

慢慢地，两周变成了四周，四周变成了两个月。工资加上奖金，段一飞的银行账户第一次充盈起来，让他萌生了辞职跟着尚洁云干的念头。他等待着尚洁云提出全职工作的机会。

一天夜里，段一飞把她送回家后，尚洁云有些欲言又止。段一飞有些期待，也有些紧张，可没想到尚洁云说的却是另外一回事。原来她打算第二天晚上在别墅里攒一个局，邀请一些朋友到家里玩牌。她问段一飞明天上什么班，不管能不能正常下班，都要和她说一声。此外，如果临时通知有紧急任务，或是分局有统一行动，也要给她打电话告知。末了，她用纯洁无瑕的大眼睛看着段一飞，把一张银行卡放在驾驶台上，便开门离开。

看着那张银行卡，段一飞暗忖老板所说的话。他不是傻子，在警务站工作快一年，他当然明白夜间统一行动主要针对的是涉赌和涉黄场所。尚洁云言下之意就是要他通风报信。段一飞陷入矛盾当中，一直纠结到第二天下午。

如果不去联系尚洁云，还属于有情不报的范畴，他可以装作没听懂尚洁云的话；可如果通风报信，那就是主动违纪违法了。最终，段一飞决定不再去想当天晚上尚洁云别墅里的那场赌局，至于那张银行卡，则依旧躺在尚洁云车子的工具箱里。

没有加班或临时备勤的通知，段一飞磨蹭着收拾好背包，准备离开警务站，却见林心蕊抱着几床新被褥塞进了杜玉好车子的后备厢里。段一飞好奇，问这些被子是给谁送去的。林心蕊说是自由村的程大傻。段一飞知道这个傻子，每天乐呵呵的，衣服很破烂。杜玉好说：这个傻子本来很正常，就是喜欢赌，不仅赌得倾家荡产，还把孩子抵押给了人贩子，老婆跟着也跑了，一夜之间，他就变成了傻子。或许只有傻子才可以没皮没脸地干出这些丧尽天良的事情。

杜玉好开车载着林心蕊走了，但"丧尽天良"这四个字却在段一飞心中徘徊不去。

第十四章

01

特警防暴队突袭尚洁云的别墅时，段一飞正坐在上半城索道站外的空地上。从这里俯瞰，别墅大门在树叶的遮蔽下隐约可见。

突袭开始于一片安详中，特警抓住了街口两个骑摩托车巡逻的"钉子"，然后迅速向正门集结。别墅内突然灯火通明，一阵喧嚣中，数十人往后院的小门逃跑，可当他们打开后门时，一组荷枪实弹的特警却早已守在那里，所有赌徒都被一网打尽。

那些赌徒的面貌看不真切，段一飞数着人头，一共有十四个人被特警押到了车上，其中就包括尚洁云。又过了一会儿，特警提着贴了封条的手提箱，放进了内装防盗笼的防暴车里。一共有二十一个箱子，里面少说也有上千万元。

段一飞的心开始惴惴不安起来。

次日上午，段一飞打开公安内网的每日警情栏目，看到了简短的一段话：

昨夜 23 时许，指挥中心 110 接到匿名群众举报，上半城一别墅内有聚众赌博情况。特警防暴队随即对该处所进行突击检查，在该处所的地下室内抓获开设赌场人员1名，为赌场提供望风、抽水、发牌等工作的服务人员4名，发放高利贷人员1名，参赌人员8名，收缴赌资共计1200万元。

龙思文也瞥见了这条新闻，不经意地说：肯定是内部的人反水了，否则这种藏在别墅内的赌局是很难被发现的。

段一飞没有搭话，他关上网页，直奔尚洁云的别墅而去。按照原本计划，他要接老板参加一个赛车主题的动漫展。当然，段一飞心里明白，这计划是无法完成了。

别墅大门紧闭，摁了半天门铃，还是没有人开门。段一飞看了看门外的视频探头，努力在脸上挤出一丝困惑。就在此时，一辆快递三轮停在了身后，快递小哥从车斗里翻出一个黄色塑料包，也来到门前摁响了门铃。段一飞告诉他屋里没人，快递小哥反问：你是段先生吧？

段一飞一愣，点了点头。

寄件人交代过，如果快递交不到女主人手上，就由你代收。

段一飞接过塑料包，看着快递三轮拐过路口，便撕开外包装。一枚金黄色的子弹坠落在地上，沿着坡滚出了好远，一直跌进了下水道盖子的缝隙。段一飞凝视着下水道，又抬头看了看视频探头，突然意识到自己的遮掩有多么容易被拆穿。

浑浑噩噩地回到警务站，就听见袁锵锵说张光头晚上要请大家吃饭。龙思文说这不过年不过节的，他肯定遇到什么喜事了。林心蕊追问是什么喜事，龙思文却又吞吞吐吐，称一切到了晚上便能揭晓。

当晚，在锵锵大排档，四盘凉菜刚上，张跃进便把还要跑去后厨炒热菜的袁锵锵按在了座位上，举起酒杯说：我先敬大家一个。

张跃进的脸色黑中泛白，看着像阴晴不定的天，几名辅警杯中的酒也喝得不明不白。

接下来，张跃进开始宣布喜事：为了稳定辅警队伍，拓展职业空间，经清湾分局向地方政府争取，同意面向全局遴选一批事业编制辅警。

啥叫事业编制辅警啊？袁锵锵问。

龙思文答道：说白了，现在你是临时工，说让你滚蛋就得滚蛋；转成事业编了，你就成了正式工，能捧着铁饭碗到老。

杜玉好补充道：到时候待遇和福利肯定都要翻倍。

张跃进点点头：和民警的收入差不多。

挺好，杜玉好感叹道。

老杜，因为你的工作年限长，本来你是最有机会转成事业编……张跃进的话没有说完，但意思已经表达得很清楚。

杜玉好笑着摇头：我挺满足了，虽然不做辅警，但开出租每月也能赚四五千，而且有更多时间陪老婆。他顿了顿，又把话题拉回到遴选上：会招录多少事业编？都是通过什么程序来招呢？

理论考试、实践操作和体能相结合，各占三分之一的分数。此外，现实表现和工龄也都会作为加分项记入考试成绩。

林心蕊问：现实表现怎么算？

主要是抓获现行犯罪、服务辖区群众一类，会有专门的解释出来，你们可以对照来看。总的来说，就是原来的成绩全部清零，只从今年1月1号开始计算你们的现实表现。

一共招几个人？一直沉默的段一飞也发问了。

张跃进沉吟片刻说：这次事业编制辅警招聘倾向基层，咱们警务站有一个转制的名额。

大家沉默了，每个人都盯着自己面前的盘子，仿佛谁先说话就会显露出对这仅有名额的渴望。

最后还是袁锵锵嘿嘿笑道：我这么笨，接出警时还总是出问题、捅娄子，我肯定是没戏啦。

这话并没有缓解沉默的氛围。张跃进又举起了酒杯：所以今天把大家召集在一起，就是要将这件事摆到台面上。原来我们都有一个共同的目标，那就是实现上半城的长治久安；如今，每个人又多了一个小目标。我知道你们一定会努力，成为一名有编制的辅警，但我也希望你们不要忘记那个共同的梦想，更不要忘记彼此的友谊。

说完，张跃进便一仰脖子，把酒干了。其他人也先后喝完了杯中的酒。

杜玉好开始东拉西扯，似乎要故意淡化张所长刚刚宣布的消息带来的余波，但不知怎么，当晚酒桌的氛围却始终没有热乎起来。

也就是在当晚，饭局结束后，段一飞拦下了老王头，又按照他的指引，找到了那间散发着臭鸡蛋味道的出租屋。

不多久，张跃进率先赶到了现场。戴上三层口罩后，张跃进便进到了那间卧室，看到一个人背躺在床上，被子盖住了全身，只有一只小腿露在外面。

张跃进沉一口气，轻轻掀开被子一角，瞬时，他感到有些白花花的东西从被面里落了下来，定睛一看，居然是一沓厚厚的蛆虫匍匐在那人化成了一片脓水的背部。一股酸水立时顶到他的嗓子眼，但还是被狠狠地咽了回去。张跃进继续将被子掀开，两秒后，他闭上了眼，但视神经系统已经明明白白地告诉他，这是一具无头女尸。

此时，段一飞也大起胆子，跟在张跃进身后，目光越过他的肩膀，又看了眼尸体，他发现尸体左腕内侧有一只黑蝴蝶的文身。

不一会儿，天水街派出所的所长、刑警大队的大队长，甚至连清湾分局主管刑侦工作的崔副局长都来到了现场。段一飞瞧见了崔副局长，自觉躲到了人群后排，龙思文、袁锵锵和林心蕊则站在楼栋单元口，拉起警戒线，拦住了那些想进来看热闹的群众。看到上半城这帮辅警又干起了鸡零狗碎的活儿，段一飞抱怨说：可是我第一个发现的尸体。

张跃进剜了他一眼：你怎么不说是自己想抢功呢？

段一飞吐吐舌头：好歹我也能进去帮着干点儿正事。

一个戴着护目镜和橡胶手套的勘验民警正巧路过，鄙夷了一句：还正事啊，你一个辅警懂个啥？

段一飞心想，辅警怎么了？公安部都下了文件，说像自己这样的警务辅助人员是警力的有力补充，要求各地都提高他们的政治和生活待遇呢。正想张口反驳，刑警队的侦查员向坐镇指挥的崔副局长汇报：没有从房间内找到任何可以证明死者身份的证件和通信工具，房东也表示不清楚死者的真实身份。

段一飞闭上眼，想到了死者左腕那只黑色的蝴蝶。他的心思又是一动，觉得自己有可能又会领先大家一步。

02

辖区发生了命案，上半城警务站乃至整个天水街派出所都忙了起来，他们得配合刑警大队的侦查员封闭现场、走访群众、调取监控。

龙思文对视频侦查有一套自己的工作方法，他通过各个视频卡口对出租屋的周边区域进行排查。林心蕊作为人口专管员则发挥着人熟地熟的优势，走街串巷，想从群众嘴里打听到线索。只有段一飞一头钻进了章姐的 KTV 里面，开门见山地问道：我记得你这里原来有个女服务员，手腕这里有个蝴蝶文身，是不是有这回事儿？

章姐嬉笑道：大帅哥，你啥时候也对我这里的蝴蝶感兴趣了？得让你失望了，她上个月起就没再露过面。

有联系方式吗？

章姐不依不饶，用手拍了拍段一飞俊朗的侧脸说：我要是对你说了，我能有什么好处呢？

段一飞想告诉章姐高亚楠可能已经被害，但转念一想，又怕章姐会把消息泄露出去，便扯谎说：我就是对她一见钟情了，你看怎么办吧?!

章姐一愣，哈哈大笑：行，姐帮你这个忙，这是她的手机号码。

无头女尸案引发了社会的恐慌情绪，各种报道和猜测充斥着自媒体，有说是情杀的，有说是仇杀的，也有说是这一带出了变态杀人狂，专门给年轻女性下蒙汗药，然后摘取器官拿去卖。一时间人心惶惶，老百姓都期盼着公安能够早日破案。

清湾分局成立了专案组，由崔副局长亲任组长，带领刑侦、禁毒、治安、巡防、网安和属地天水街派出所开展侦查工作。按照命案侦破工作机制，专案组的成员白天侦查走访，到了晚上9点，便由崔副局长召集到一起开专案会，听取进展，研判线索，确定第二天的侦查方向和重点。散会时通常已是零点，大家也不回家，在派出所解开背包，散开铺盖，倒头便睡，以便第二天一早投入工作当中。崔副局长已经事先放出话来，案件不侦破，专案组绝不收兵。因此，大家都铆足了劲，希望能够赶紧破案，早点回家。

案发第三天，法医带来了完整的检查报告：根据对死者身上蛆虫及虫卵的检验，初步判断死者死于12天前，也就是9月12日，但具体几时几刻无法确定；尸体表面并无外伤，也没有被性侵的迹象，对心脏的检测显示有猝死的迹象。可以确定的是，凶手在杀人作案后割去了死者的头颅。死者血液的 DNA 并没有在前科人员系统里找到匹配对象，而对血液样本的毒化分析显示，死者体内有大量的毒品成分，初步判断是某种致幻剂。就法医判断，她的死因显然与过量吸食毒品有关，至于凶手为何还要将其斩首，就要由犯罪心理专家进行解释了。

崔副局长点了禁毒大队副大队长蔡善法的名字，请他介绍一下死者体内的毒品成分。蔡善法说：死者体内的毒品成分叫作 LSD，也叫作"邮票"，是一种强烈的半人工致幻剂，毒性是一般摇头丸的三倍，几微克就足以让人产生幻觉。致幻时间长达 6—8 个小时，吸食者通常会心跳加速、血压升高，并出现急性精神分裂和强烈的幻觉，造成极大的心理落差。这种毒品从去年开始出现在清湾地区，目前零星查获了几起零包贩卖的小案，尚不清楚其主要货源是在本地还是由外地输入。

市局特别派来增援的犯罪心理专家表示，被害人是与一位男性合租的，很有可能是两人在出租屋中吸食了毒品后，男租客产生了某种恐怖的幻觉才行凶。至于为何要将死者的头颅割掉，他倾向于认为，凶手这样做，是为了避免警方通过死者的面部特征识别出她的身份。

勘验民警是一位年轻的小同志，黑框眼镜后面的眸子里显出一种异乎寻常的专注。小同志说：房间的门锁没有被破坏，屋内也没有任何打斗和翻动的迹象，因此，我倾向于熟人作案。另外，现场被仔细清理过，除了进屋辅警的脚印外，我们没有找到任何其他的脚印和指纹，也找不到和凶手相关的任何个人物品。这说明，凶手在被害人死亡后，很认真、细致地对现场进行了清理。死者脖子上的伤口断面相对平整，说明凶手对刀或锯一类的凶器使用熟练，很有可能是从事某类特定工作的。

崔副局长追问道：比如哪一类工作？

小同志答道：我想到的是外科医生和木匠。

现场一片静默，这是一个大胆但又合理的猜测。崔副局长反复思考后，要汪海洋介绍一下走访房东和制作嫌疑人画像的情况。

汪海洋说：这房子是去年下半年租的，房东住在另一栋楼，平时不露面，只在交房的时候见过男租客一次，房客提供的身份证和手机号经查也是虚假的。另外，按照要求，我们请来了省厅的画像专家，通过房东和楼下邻居老王头的描述，对男租客进行了画像，大家请看屏幕。

说着，汪海洋轻点鼠标，男租客的肖像便出现在投影屏幕上。

这是一个年龄20岁上下、留着平头、面目清秀，甚至看起来有些羞涩的男生。

崔副局长又问汪海洋：查找尸源的公告发下去了吗？

汪海洋答道：一共印了两万份，马上安排贴到清湾的大街小巷。相比拿着死者的体貌特征逐一问询群众，我想10万元的奖金应该更能刺激群众的热情。

崔副局长点点头：如今看来，那名消失不见的男租客是本案最重要的犯罪嫌疑人。派出所的工作重点是查清死者的身份，特别要查一下近期报失踪的人员信息。另外，刑侦部门要对全市医院和装修行业进行秘密摸排，同时比照一下省厅的画像，看最近有没有潜逃的可疑人员。禁毒部门要针对那种新型"邮票"毒品网络进行梳理，从拿货的下线人员中找出可疑人员。

崔副局长环视一周，像是在思考自己有没有遗漏什么，随后，他强调道：要遵守办案纪律和保密纪律，做到令行禁止、统一行动。不要擅自行动，更不要在外面跑火车，败坏咱公安形象！

崔副局长的话是说给大家听的，眼睛却定定地看着汪海洋。汪海洋倒是不惧领导的凝视，但在心里，他还是对上半城警务站的那几个辅警不放心，毕竟兼任站长的张跃进就不是一个省油的灯。

03

段一飞从章姐那里知道了被害人的联系方式，因此也握有了先手优势。段一飞试着拨打那个号码，听筒里传来声音：您所拨打的电话已关机……段一飞犹豫了一下，用号码在微信、微博、抖音、快手等社交平台上进行搜索，除了微信需要好友验证外，其他平台上注册的账号信息均一目了然。段一飞看到高亚楠晒出了许多张在清湾医学院的学习和生活照，那是一个多么阳光可爱、健康活泼的女孩啊。这些账号全部在去年11月停止了更新，段一飞暗忖，大概彼时的高亚楠已经脱离了生活的正轨，来到了这条驶向终结的轨道。

带着感慨和无奈，段一飞再次检视高亚楠的每一段视频、每一张照片，发现在一张班级户外活动的集体照中，第一排的人举起一面红旗，上面印着"临床医学2018级4班"的字样。

另一边，龙思文调取了案发地点周边8到16天前的全部视频监控，以四倍速播放，试图从中发现可能出现的嫌疑人影像。熬了一个通宵后，龙思文突然从屏幕上看到了一个穿着连帽衫的男人提着工具箱，正向小区门外走去。此时正有一辆警车停在小区门口，兜帽男犹豫了一下，掉头又回到了小区。龙思文定格并放大画面，看到时间正是12天前的晚上10点47分，而兜帽男手中的箱子上印着一个医院红十字的标志。龙思文思忖许久，接着按下快放键，发现警车驶离小区正门两分钟后，兜帽男再次出现在小区门口。龙思文立即进行追踪，终于在小区500米外的一个公共停车场再次看到了兜帽男的身影，只见他钻进一辆福克斯轿车内，依然戴着兜帽，还特意放下了遮阳板。龙思文记下车牌号，查询得知这辆车属于市内的一家租车行。立刻赶往租车行，老板查看了记录后，告诉龙思文，这辆车在 12 天前被租了出去，目前还没归还。龙思文追问有没有租车人的身份信息，老板点头，掉转电脑屏幕，龙思文便看到了那个兜帽男的面孔。

相比之下，林心蕊的运气似乎要更好些。当她在案发小区进行走访时，一个老太太突然拦住了她，边喊着"闺女"边把她拉到了楼栋里。林心蕊想起老太太就住在案发楼栋的四层，空巢独居、无人照料，林心蕊曾帮她跑过医保报销的手续。老太太还没说话，眼泪就下来了，断断续续地道：那也是一个好姑娘啊。林心蕊问她说的是谁，老太太说就是二楼死掉的那个，她的男朋友还救过自己一命。原来老太太有一次吃饭卡住了气管，还是那个姑娘和她的男朋友一起进行了紧急救护，清除了卡在气管的食物。老太太掏出一张字条说：他俩说自己是清湾医学院的学生，喏，那个男孩还给我留了个电话，说要是不舒服了就打给他。林心蕊接过字条，看号码前写着"彭文"二字。她的心抖了一下，没想到自己会这么好运。老太太还在说：这个彭文说他有一个和我长得很像的奶奶，就住在清湾的养老院里……

当三名辅警在各自的侦查道路上疾飞猛进的时候，崔副局长领导的专案组也有了重大的进展。一组侦查员带着嫌疑人的模拟画像走访医院时，有一名医生说画像中的男孩像是去年一个跟着自己实习的男生，名叫彭文。说着，医生还提供了彭文的手机号码。另一边，禁毒部门在对毒品网络进行侦查的过程中，发现彭文的手机号也出现在了毒贩们的联络人员信息中。

不知不觉，所有人的目光都锁定在了清湾医学院的彭文身上。

崔副局长带领专案组的成员联系到清湾医学院保卫科时，段一飞正在医学院门外的小吃街，请高亚楠曾经的室友吃火锅。在这位室友眼中，眼前的帅哥或许只是高亚楠的又一个追求者。

　　吃人嘴软，室友便将高亚楠的情况和盘托出：上学期末，高亚楠因为缺课挂科，已经被学校除名，从宿舍搬了出去，一同搬出去的还有她的男朋友彭文。

　　彭文？他是谁？

　　这个彭文是隔壁班的，也是临床医学专业。两人在一起挺爱玩，经常去 KTV 和舞厅，据说他拿到学位也岌岌可危了。

　　为什么？

　　也是因为缺课啊，好久没有见到他了，如果他明天还不到学校参加答辩，拿到应得的学分，那可真就毕不了业了。

　　另一边，龙思文从租车行那里获知了彭文的身份，他计划以车找人，借助租车行在每一辆车内安装的 GPS 定位系统，很快在一处偏僻的小路上发现了彭文驾驶的福克斯。独自面对嫌疑人，龙思文毕竟还是有些心虚，他打算在福克斯附近蹲守，一旦发现彭文出现，便通知专案组，由他们来抓人，自己也能落得一个发现重要线索的功劳。可等了一个晚上加一个白天，这辆车根本无人问津。龙思文暗忖，是不是车子太过显眼，彭文已经弃车逃跑？想到此，龙思文通知租车行打开了车门。在副驾驶位前的工具箱内，他意外发现了一张清湾医学院第二天下午两点半的答辩通知书。

　　当众人都盯着那场论文答辩时，林心蕊却来到了彭文奶奶所在的敬老院——既然彭文曾救过楼上的老太太，那么对于自己的奶奶，他的心应该也是柔软的。敬老院院长告诉林心蕊，彭文的奶奶昨天下楼的时候，不小心摔了一下，无法站立，已经在医院住下，明天就要进行髋关节手术。林心蕊一惊，追问是不是彭文把奶奶送去的医院。院长摇了摇头：彭文上午刚打来电话询问奶奶的情况，我已经告诉他明天就要进行手术。林心蕊立即赶往了医院，在骨科病区看到了由敬老院工作人员陪伴的彭文奶奶。她在楼梯拐角找了一个隐蔽的地方坐下，紧紧盯着病房外的走廊，期盼彭文会突然现身，照顾即将手术的奶奶。

林心蕊不眠不休，从傍晚一直等到了第二天上午，却一直没有见到彭文的身影。与此同时，崔副局长的专案组已经对清湾医学院进行了全方位的布控。这些布控的刑警被段一飞窥见，他心里也有些发蒙，而更令他措手不及的是，龙思文居然也躲在医学院正门外的一辆私家车内，看样子也是在等待嫌疑人的出现。

不觉间日过正午，参加下午答辩的学生陆续来到了阶梯教室，做最后的准备。又过了一个半小时，答辩正式开始，彭文却依旧没有出现在现场。疑惑和焦虑在警员中弥散，崔副局长通过加密对讲机反复强调：瞪大眼睛，保持低调，千万不要惊动了嫌疑人！

段一飞和龙思文心里也在发毛，疑惑间，上半城警务站辅警的微信群里，林心蕊突然发来了一个戴着鸭舌帽的男子照片，背后可以看到医院的医生和护士，随照片发来的还有一句话：我好像看到嫌疑人了！

龙思文心里一惊，立刻发动汽车，准备赶往清湾人民医院，没想到段一飞突然拉开副驾驶位的门，一屁股坐了进来。龙思文鄙夷地瞥了他一眼：怎么，要去抢功？

呸，既然是林心蕊发现的，那这功劳也就和咱俩拜拜了。

那你还这么猴急？

段一飞忍住怒火：都是同事，我不是也怕你的林妹妹会出事嘛。

龙思文点点头：这话在理。说着，便一脚油门，向医院疾驰而去。

骨科的医生护士在病房内做着手术前的准备工作，很快，老太太便被抬上了担架，乘着专用电梯上到了十楼的手术间，而穿着护工服装、藏在医疗废物间的彭文则跑上了楼梯。林心蕊等了几秒，乘着客用电梯到达了十一楼，又等了几秒，才步行至十楼，瞥见了手术室外假装整理垃圾桶的彭文。

林心蕊不敢再多看一眼，快步下到九楼，在微信群里通报了自己的新位置。三分钟后，龙思文和段一飞一同出现在林心蕊的面前，刚打算商量怎么办，袁锵锵也哼哧哼哧地赶来了。段一飞哈哈一笑：既然人齐了，开始干吧！大家彼此看看，都点了点头。

抓捕计划很简单，四个人分成两组，分别从走廊两头的楼梯围堵。段一飞偷偷瞥了一眼，确认走廊中没有其他人后，便从东侧向手术室靠近，他的身后跟着假装在玩手机游戏的袁锵锵，而龙思文和林心蕊扮作情侣，也从西侧走了过来。

眼见着距离嫌疑人已不足 10 米，激动的龙思文把手揣进了口袋，警棍在大腿外侧突起。段一飞暗叫不妙，正准备上前时，彭文突然像炮弹一样撞在了龙思文的身上，两人摔了一跤，彭文迅速掏出匕首，抵住了林心蕊脖子的一侧。

04

一瞬间，林心蕊想起了爸爸妈妈，想起了小飞龙，也想起了自己短暂的生命，这让她暂时忘了眼前的局面，甚至刀子刺破了皮肤，一滴鲜血从白皙的皮肤下洇出来，她都没有感觉到。

鲜血让段一飞的脑袋飞速运转，他立即指着龙思文的鼻子骂道：浑蛋，你就是这样保护战友的?! 这个烂摊子就留给你收拾吧。说完，竟气呼呼地转身离开了走廊。

袁锵锵目瞪口呆，他是真看不懂了，林心蕊被劫持，最能打的人反倒脚底抹油溜了。他扭头再看龙思文，对方脸色铁青，全部精力都放在林心蕊身上。

袁锵锵意识到自己得做点什么，来缓和眼前的局面。他鼓起勇气说：别冲美女撒气，你看看我，帅哥一枚，颜值爆棚，我把她换回来。

彭文完全沉浸在自己的情绪里，低头看着林心蕊，突然大声喊道：高亚楠，我对不起你！奶奶，我对不起你！那把颤抖的刀刺得更深了。

袁锵锵急得都要哭了出来，他用无助的目光看向龙思文，却发现龙思文罕见地冷静下来，眼皮向上翻着。袁锵锵不解何意，龙思文却在此时掏出了警棍，一声大吼，把彭文的注意力吸引过去。

与此同时，彭文头上中央空调风道的出口突然塌陷，段一飞猛然砸下，一把掐住了他的脖子。龙思文也冲了上去，死死摁住了对方持刀的手腕。袁锵锵则一把拉住林心蕊的胳膊，把她带离危险区域。一番挣扎后，嫌疑人终于被段一飞和龙思文控制住。

事态安顿下来后，首先便要检查林心蕊的伤情。医生做了检查，发现只是破了口子，不会留下疤痕。

该把嫌疑人押回专案组了，彭文却提出了一个请求，他想等到奶奶的手术结束后再走。林心蕊和袁锵锵表示赞同，龙思文和段一飞表示反对，但反对的一方最后让步了，他们一边将情况汇报给同在专案组的张跃进，一边陪着彭文等待手术结果。

一刻钟后，崔副局长带领专案组的同志赶到，彭文的奶奶也被推出了手术室。手术很成功，但因为打了麻醉，老人家并没有看到戴着手铐的孙子。

四名辅警远远地看着嫌疑人被押上了警车，崔副局长对着汪海洋训话，表情很严肃，而汪海洋则是一副想笑又笑不出来的样子。虽然听不到他们在说些什么，但很明显，功劳又被手下人抢了，最后，崔副局长瞥了四名辅警一眼，目光特别在段一飞的身上稍做停留，便开车离去。

到了傍晚，真相基本已水落石出。彭文和高亚楠是大学同学，也是恋人关系，彭文在大三上学期借了非法网贷，利滚利，债务越来越多，无法偿还。高亚楠为了帮他还债，被债主逼着去KTV陪唱，其间染上了毒瘾，几次戒毒均告失败，彭文因为和她同居，也染上毒瘾，本想着两人一同努力爬出泥沼，不想却是坠入了更黑暗的旋涡，无法自拔。案发当晚，两人一起吸食"邮票"后，彭文产生了幻觉，把高亚楠生生掐死，到了第二天早上，毒瘾退却，才意识到自己犯下了什么样的罪行。恐慌和纠结后，彭文冷静了下来，他决定处理尸体。

第一个想法便是抛尸，鉴于经济窘迫，他在租车行只租到了一辆福克斯，却发现车很难停进老旧小区，必须要把死者抬着走出。那么只有分尸了，好在他是医学专业，有过解剖经验，便偷偷潜回学校，取来了医药工具箱。哆嗦了许久，他才下了手，把高亚楠的头颅整体切掉，装进医药工具箱，准备先带到小区外，再开车找个偏僻的地方处置，可没想到在小区门口遇到了巡逻的警察。他以为警察是来抓自己的，便立刻掉头回到小区，在小区一侧荒废的菜园子中，把医药箱埋进了土里。

由于害怕警察会找上门，他不敢再回出租屋，又怕警察发现他的车，便先藏匿起来，可没想到奶奶又摔坏了髋关节，因此才会到医院探望，被守在这里的警察抓了个正着。

大家都觉得彭文既可怜又可恨，这种情绪或多或少冲淡了破案的喜悦，他们也都不再争抢功劳了。

各自散去后，段一飞偷偷来到了清湾分局，看到崔副局长办公室的灯还亮着。从那一次撞见崔副局长和董大兵私下有接触后，段一飞便对这位领导起了疑心，做出了跟踪的决定，为此，他借来了杜玉好的车。大概过了两个小时，彭文离开清湾分局，被几名刑警押上了警车，送往了看守所。随后崔副局长办公室的灯灭了，段一飞揉了揉眼睛，打起精神。

过了一会儿，崔副局长驾车驶出了停车场。段一飞等了片刻，缓缓跟在了崔副局长的车子后方。

显然，车子没有向崔副局长家的方向驶去，反倒是一头扎进了酒吧夜市一条街。段一飞把车停下，看到崔副局长进了一家夜总会。稍等片刻后，段一飞也下了车。舞厅里音乐嘈杂，各种灯光迷惑着他的眼睛，段一飞还没回过神来，身后就有人拍了拍他的肩膀，转身一看，居然是崔副局长。

崔副局长皮笑肉不笑地说：你是在跟踪我吗？顿了顿又说：恐怕你今天是不会有什么收获了。

05

撰写结案报告时，张跃进犯了难——到底该把谁的名字写在前面？毕竟破获这起重大案件相当于一举抓获五名吸毒人员，这宝贵的 0.5 分却只能加到一个人的名下。

张跃进瞅着再次回到警务站驻点的蔡善法：老蔡，你说该怎么办？

蔡善法耸耸肩：这是你的兵，我可管不着。

张跃进又扫视着警务站里的四名辅警，袁锵锵还在捧着手机专心玩游戏，但其他人都将余光瞥向了自己。张跃进把笔一摔，借机撒气：袁锵锵，上班时候玩游戏，你也不怕督察部门给你发批评通报？

袁锵锵一惊，扔掉手机站了起来。

怒气出了，难题还没解决，张跃进沉吟道：高亚楠的案子你们都有贡献，政治处要统计加分情况，你们看这 0.5 分加在谁头上合适？

每个人都低着头。

张跃进真生气了：老蔡，这分我也不要了，送你拿去禁毒大队卖人情吧。

段一飞和龙思文都急了，林心蕊也直摆手。蔡善法提出了投票评选的办法，要求每人匿名推选一人或多人。

大家匆匆在纸条上写下了名字，又交还回去，袁锵锵是最后一个写完的。蔡善法公开唱票，第一张字条上写着段一飞的名字，第二张字条上写着龙思文的名字，第三张字条上写着林心蕊的名字。蔡善法笑着打开了至关重要的第四张，却发现上面歪歪扭扭地写着段一飞、龙思文和林心蕊三个人的名字。片刻的沉默后，大家都明白，袁锵锵是把票都投给了其他三名辅警，却没有把自己的名字写上。林心蕊的脸红了，段一飞和龙思文也低下了头。蔡善法用胳膊肘捅了捅张跃进，张跃进说：这样吧，因为袁锵锵在平时工作中受伤最多，也最默默无闻，这次的 0.5 分就奖励给他吧。

没有人表态。

如果没有异议，这事就这么定了，张跃进抓紧时间写完结案报告，签下了自己的名字。

午饭过后，是一个半小时的休息时间。四名辅警分成两组，主动下社区摸排吸毒人员。

张跃进把烟盒递给蔡善法：饭后一支烟，快活似神仙。

蔡善法摆摆手：早都戒了。

张跃进收回烟盒：从上午加分的事情看，你处理纠纷矛盾也很有一套，倒不如调到基层派出所来干。

蔡善法哈哈一笑：你又不是不知道，禁毒部门也有闲的时候，人能歇得过来，不像警务站，全年都忙，还得通宵值班。对了，我看你降压药都是一次吃两片。

张跃进摇头苦笑：谁让上半城的治安状况这么令人操心呢？你还记得咱们刚入警的那会儿吗？身体多棒，熬了这么多年，也像是上半城的那些破楼一样千疮百孔了。

蔡善法叹了口气：总会好起来的，局里面这次是下定决心要把涉毒问题挖个底朝天，再加上政府马上就要启动旧城改造，上半城的治安环境一定会大大改观。时间紧，任务重，这对那几名年轻的辅警也是一个考验。

张跃进掐灭手中的烟蒂：一年多来，这几名辅警经历了各种各样的警情历练，对付一般的违法犯罪我倒是不担心，我真正担心的，是在利益面前，他们彼此的友情能否经受住考验。

的确，自从辅警转制事业编的消息传出，上半城警务站的气氛就有些不同往常，每个人的话都明显少了许多，不仅是沟通协作，就连平日里的闲聊也少了。他们都将精力放在了蔡善法带来的吸毒人员名单上，准备通过努力为自己加分。

也是怕他们惹出什么乱子来，张跃进明令出外勤时要两人一组。龙思文选择和林心蕊搭档，段一飞便和袁锵锵成了一组。对于这个结果，段一飞还算满意，虽然袁锵锵总是犯糊涂，但他只对游戏和做菜感兴趣，对自己也构不成什么威胁。

其实打心底里，龙思文对这个事业编辅警名额是无所谓的，他主要的精力还是放在为父亲还债上。可看到段一飞那副急功近利的

225

模样，他便也耐不住性子，暗中还怂恿林心蕊一定要好好努力，和姓段的一争高下。

林心蕊的确是有些先发优势的，不仅因为她有荣誉称号的加持，更因为她过硬的理论成绩。龙思文聘请了一名健身教练，为她专门制订了体能考试的应试方案。他还请了白晓骁和吕笑笑喝茶，把林心蕊这一年来服务群众的点滴事迹说给两人听。根据遴选考核方案，每一篇先进事迹报道算 0.1 分，和抓获一名违法犯罪人员分值相同。

看到这些，段一飞真的急了，他每天都拖着袁锵锵，对吸毒名单上的人员挨个走访检查。这份工作被袁锵锵戏称为"跑敲扒"，意思是跑到吸毒人员的住处，把门敲开，再让对方扒下裤子验尿。当然，扒裤子这种事不会由他俩来做，部分人员会主动配合检查；若遇到不配合的，那自然是嫌疑加重，必须得跟他们回警务站做进一步检查。目标人员试图逃跑，甚至暴力抗法的情况也时有发生，但对方本领再强，也敌不过段一飞敏捷的身手。通常是追上嫌疑人后，段一飞一个抱摔，便骑在对方的背上，再一回头，袁锵锵才哼哧哼哧地跑上前来，递过手铐。

虽然工作中充满了辛劳与危险，段一飞仍然发现自己在额外加分项上被林心蕊越落越多。原来龙思文通过视频监控对目标人员（主要是女性）进行了提前研判，对方什么时候起床、什么时候回家、什么时候点外卖、外卖喜欢叫哪几家，他都搜集了详细数据。加上林心蕊天生的性别优势，他们很轻易就能敲开嫌疑目标的门，为成功完成任务打下坚实基础。

慢慢地，名单上被划掉的名字越来越多，剩下的那几位可真就是难啃的硬骨头了，其中就包括昼伏夜出、行踪不定的菜头。菜头是一名有着近 20 年吸毒史的瘾君子，自从去年从戒毒所释放后，仅到社区报到过两次，便再没露过面。通过走访相邻的住户，林心蕊得知他早已搬到了姘头的住处，但这个姘头叫什么名字、住在哪里，周围人却是一问三不知。林心蕊获得了一条情报，这个菜头患有结核病，会定期到医院的专科门诊取免费药。龙思文立刻开展基础情报调查，果然找到了菜头取药的那一家门诊，发现下次取药的时间就在一天后。他提前做好视频布控，只等菜头进入医院，便带林心蕊对其进行控制，可让他万万没想到的是，来取药的竟然是一名中年女子。他俩没有灰心，继续跟踪这名中年女子，希望她能引导他们找到菜头。

就在此时，章姐给段一飞打了电话，称菜头刚订了一个包厢，说晚上会带朋友们来 happy 一下。段一飞追问包厢有多大，章姐说是四人间的小包。正值周五晚高峰，段一飞挂了电话，便要拉着袁锵锵一起去 KTV 蹲守。指挥中心却在此时发来预警，称由于地下管网改造，上半城的道路交通即将发生严重拥堵，请警务站的同志配合交警做好疏通工作。段一飞哼了一声：我们可是管理社会治安的，什么时候还得给汽车开罚单了？

袁锵锵有些犹豫：毕竟是下了指令，再说了，很多人都着急下班回家呢……

好吧，你当交警去吧，我可要去赚分了，段一飞骑着摩托车向 KTV 疾驰。

留在警务站的袁锵锵也开始收拾装备，准备去往上半城的中心路口。在扎武装腰带时，他碰翻了桌上的茶杯，警服的前襟都被茶水打湿了。袁锵锵正要拿毛巾去擦，指挥中心的指令便又一次传来，催促他抓紧到达指定位置。为了方便蹲守，段一飞是穿便装出门的，袁锵锵没再多想，便换上了他的制服。

此时天色已经擦黑，下半城的大街小巷渐次亮起了灯光。走在路上的袁锵锵心情不错，甚至哼起了小曲。

只是，他不知道，死神就在前面的那个路口等待着他。

第十五章

01

段一飞独自赶到 KTV 时，菜头那一伙人还没有到。和章姐寒暄两句，段一飞就换上一套工作服，扮起了服务生。他计划先观察这伙人有没有在包厢内聚众吸毒，如果有，那就通知禁毒部门一锅端；如果没有，就由他对菜头直接采取行动。

晚上 7 点半，菜头带着三个朋友进入 KTV。段一飞端着果盘进入包厢，扫了一眼他们的随身物品，并没有发现任何可疑迹象。又过了半小时，一个中年女人来到 KTV，径直推门进入菜头的包间。正当段一飞试图透过门上的玻璃观察女人有没有带来毒品时，他的肩膀却被人拍了一下，回头一看，居然是林心蕊和龙思文。

段一飞一愣，抢先道：里面这些人可都得算到我的名下。

龙思文不乐意了：凭什么啊？我们可是一路追踪到这里的。

我管你是怎么追踪的？第一个到这里的可是我。

行，你能打是吧？有本事你把屋里五个人全抓喽。

你还别不信，说着，段一飞就要打电话给蔡善法请求增援。

龙思文也掏出手机：别以为就你能搬救兵。

看到两人针尖对麦芒，夹在中间的林心蕊正想劝说几句，却发现包间的门开了，菜头居然从里面走了出来，叫嚣着：老板娘，你手下的服务员怎么回事儿，老是晃来晃去的？

章姐还没来得及回答，菜头身边的中年女人就指着林心蕊说：我好像在哪里见过你。

林心蕊赶忙否认：我是大众脸，你肯定认错人了。

中年女人一拍脑门：对了，刚才在医院看到的就是你，穿的也是这件衣服。

这句话立刻引起了菜头的警觉，他刚想折身返回包厢，就被段一飞拽住胳膊，林心蕊也控制住中年女人，龙思文则高喊道：清湾公安，例行检查，都不要动！

最终，五人中有三人被检测出在近期吸食了毒品，好在人数是三，每人都能加上 0.1 分。正暗自庆幸时，张跃进打来电话，告诉他们一个噩耗：袁锵锵在路口协助指挥交通时，被一辆车撞飞，正在医院抢救。

三名辅警一下子蒙了，禁毒大队的同事将三名吸毒人员接走后，他们便立即向医院赶去。

在走廊上，交警讲述了事情发生的经过：已近晚上 8 点，堵了许久的交通开始慢慢恢复正常，指挥中心也通知上半城增援的同志可以先撤。袁锵锵却还坚守在岗位上，他说要等到晚上 9 点多，家里大排档迎来第二拨客人时再回去。

听他这么说，交警便没再坚持，回到了马路另一侧，背后却传来一声闷响，再一转身，就发现袁锵锵整个人都被撞飞，一辆蓝色轿车则在巨大的呼啸声中逃逸而去。

看到交警的反光背心上沾有血迹，林心蕊猜想他是跟急救车一起来的医院，便赶忙问他医生是怎么判断的伤情。

情况很严重，交警说着，指着角落里一件带血的外套。很明显，这是手术前医生剪开的袁锵锵的警服。

段一飞心痛地拿起警服，蓦然看到上面挂着的是自己的警号。一瞬间，他的思绪被拉回到尚洁云别墅外收到的那颗子弹上。

楼梯另一头，崔副局长带着汪海洋和陈晨赶了过来。陈晨明显按捺不住内心的焦虑，超过大步流星的崔副局长，第一个冲到张跃进面前，声音里都带着些哭腔：锵锵这孩子怎么样了？

张跃进还没答话，崔副局长就命令交警把事发经过再说一遍。一片喧哗中，突然爆发出一声高喊，大家把目光投向了段一飞，这才发现他紧抓着额前的头发，嘴里喃喃说着：都是我的错，都是我的错……

段一飞讲述了自己给尚洁云当保镖，匿名举报赌场，遭到了人身威胁的事。说着，他指着带血的警号说：对方是要开车撞我的，只不过他们认错了人，使袁锵锵代我受了害。

大家都把目光锁定在崔副局长身上，毕竟他是在场级别最高的警察，没想到汪海洋却在此时站了出来。他拍着段一飞的肩膀说：你做的一点儿错都没有，在关键时刻举报了赌场，证明了你立场的坚定。

崔副局长瞪了一眼汪海洋，知道他是在护犊子，只能把此事先放下不谈：你们还不知道，分局已经秘密成立了扫黑除恶专案组，目标是打掉一个盘踞在清湾的涉黑团伙。我认为，袁锵锵被故意撞伤也是这个团伙的成员所为。我本想等时机成熟再对这个团伙采取行动，但看样子对方已经到了穷凶极恶的程度。因此，明天上午8点，你们所有人都到分局参加专案组会议，我会把案件详情告诉你们。留两个人守在医院，其他人都先回去休息吧。

没有人动弹。看到场面有点尴尬，陈晨说：都是战友，他们肯定舍不得回去。

崔副局长抬头看着手术室的大门，深深地叹了一口气：他才21岁吧？多么年轻的生命啊……

02

手术一直持续到下半夜，所有人也都在走廊外守到了下半夜。在此期间，张跃进把袁锵锵的父母接到了医院。两位老人起先并不知道事情如此严重，看到带血的制服，响亮的哭声便震颤了整条走廊，也震颤了现场每名民警和辅警的心。每个人的内心都悬在那里，被手术室内的任何动静牵动着，看着一包包血浆被送进去，大家毫无困意，鸦雀无声。

天刚放亮时，手术室的门开了。大家都把目光投向满脸疲惫的医生，琢磨他到底会带来什么样的消息。医生明显体力不支，但看到病人忧心忡忡的父母，还是挺直腰板说：我们已经做了最大的努力。

袁锵锵的母亲腿一软，被林心蕊一把扶住。

医生接着说：胸腔的血已经止住，受伤的脏器也采取了保护措施，但人还在昏迷。他脑部的出血很严重，虽然出血量在降低，但接下来会发生什么还很难说。

会有什么可能？

医生迟疑了一下：虽然很难接受，但我必须要把最坏的结果告诉你们。如果脑部的情况继续恶化下去，病人很可能会出现脑死亡。

林心蕊扶着袁锵锵母亲的胳膊加了分劲。崔副局长对医生说：我是清湾公安分局的副局长，里面的小同志是因公负伤，你们一定要尽全力，不管请什么样的专家，或是用什么样的药，都一定要救下这个小英雄。

医生说：放心，我们已经联系了省内的专家，马上就要会诊，所以……

崔副局长又重重地握了握医生的手，然后侧开身子。医生的离去也给他提了醒，一看手表，距离 8 点的专案会已不到 40 分钟了。崔副局长命令道：老杜、林心蕊，你们俩留下来守着，一旦有什么情况直接给我打电话。其他人跟我回局里面开专案会，我们必须得把那群王八羔子抓回来。他罕见地骂了脏话。

在分局的合成作战中心会议室，禁毒大队的蔡善法，以及刑侦、经侦、特警等单位的同事早已坐在桌前。蔡善法指着桌上的牛奶和包子说：还没吃早饭吧？我特意让食堂留了几份。但大家只是瞥了眼食物，丝毫没有动手的意思，看样子都已失去了食欲。

崔副局长也把早饭推到一边，说了一大段开场白：去年年底以来，清湾地区多次发生以暴力或软暴力等方式实施讨债的警情，涉及非法拘禁、寻衅滋事、故意伤害等违法犯罪行为，最严重的还曾逼得欠债人喝药自杀。这些案件看似互不相干，而且属于民事债务纠纷，但真正调查后，才发现借款合同都经过了层层伪造，签合同时也多有威逼利诱的情况，本质就是近年来多发的套路贷犯罪。放贷的主体是一家名叫开隆资产管理的公司。下面，就让汪海洋来具体介绍一下这家公司。

汪海洋清了清嗓子：我先帮崔副局长补充两句，这个案子最初没有让上半城警务站参与，就是因为涉案公司和大部分的发案地都在上半城，有的同志还卷入了案件当中，或是被害人，或是案件相关人员。因此，为了保密，才没有把案件的情况告诉你们。不过，前期的调查证实，你们在大是大非面前，都还是坚定地守住了立场，是值得信赖的好同志。

话说完后，汪海洋瞥了眼崔副局长，后者点头示意，汪海洋便进入了案件正题：开隆资产管理公司的老板是肃平安，这个人不用我多介绍，你们肯定都熟悉。幕后的金主是他的父亲肃不良。关于金主的情况回头陈晨还会具体介绍，我在此仅列举这家公司的几项主要犯罪事实。先从最近的一件事说起，开隆公司活跃在清湾的几家地下赌场内，其中就包括了段一飞举报的尚洁云赌场。在那次特警突击行动中，一共收缴了1200万，其中有800万都属于开隆资产管理公司。这也就解释了为什么他们会对举报人段一飞采取报复行动。

段一飞愤而起身，被教导员陈晨强行按下，让他接着听案情汇报。

你们肯定要问，那些放贷的钱都是从哪里来的？汪海洋看向龙思文，通过对资金流的初步分析，其中很大一部分都来自龙氏集团。

这个消息让龙思文猝不及防。

还记得龙力涉及的那个金额高达5亿元的非法集资案吗？当时龙氏集团资金链紧张，安平资产管理公司找到你父亲，承诺可以通过幕后操盘，在短时间内迅速融资。龙力轻信了对方，抵押了自己的股权，通过这家公司成功融资，但这笔钱停留在安平公司的账面上不久后便不翼而飞，安平资产管理公司也宣告破产。龙力一分钱没捞到，反而背上了沉重的债务。现在我们查明，这家资产管理公司就是开隆公司的一个外壳。那5个亿的融资实际进了肃平安和他父亲肃不良的腰包。

龙思文想起身陷囹圄的父亲，再难克制自己的情绪，重重地拍着桌面追问道：前段时间我拿我的法拉利做抵押，从一家公司借出了70万元，最后被迫还了200万元才把车赎回来，那家公司也和开隆有关吧？

汪海洋点点头：这只是他们干的坏事中很小的一件，时玉、张江波，包括我们上半城警务站的袁锵锵等人涉及的案件，也都和他们有关。我先说一说时玉被轮奸的案子。汪海洋将三名犯罪嫌疑人的头像投屏，开始介绍：这三个年轻人是肃平安手下的马仔，肃平安买下魔力红夜总会的股权后，这三人便在外面寻找可以到夜总会坐台的女孩，看中了时玉，时玉不同意，三人无计可施时，便将她轮奸。案发后，肃平安私下安排三人躲了起来，由于专案还没到收网的时候，我们目前只是对这三人进行了严密的监控，随时可以对他们展开抓捕。

至于张江波坠楼案，此人目前已经醒来，恢复情况良好，正在公安机关的严密保护中。据他供述，他是因为在肃平安、董大兵入股的赌场欠了赌债，才想到了诈骗商户购买消防器材的主意。事发后，张江波躲了起来，肃平安、董大兵等人害怕他会把赌场的事供述出来，才订了一批消防器材送给他，以此掩盖经营赌场的犯罪事实。

还有去年秋天，袁锵锵在 KTV 被一名女子踢伤了下体，后来那伙人又砸了袁锵锵家里的饭店。其中有一个红头发的格斗冠军，不知道你们还记不记得？他就是肃平安手下的主要打手，一直由蔡善法副大队长在跟踪调查。

角落里的蔡善法站了起来：我现在有理由相信，开车撞袁锵锵的司机就是这个叫作梁一泰的红头发。

03

蔡善法调出一张照片，开始介绍：这是昨晚事发路口交警探头拍摄的嫌疑车辆照片。可以看到，前排驾驶座上的司机戴着口罩和

234

鸭舌帽，明显有反侦查的意图。同时，这辆车也上了假牌照，龙思文应该不会陌生，因为这正是他父亲被人抢走的蓝色大众尚酷，提速快，自重大，很适合肇事后逃逸。蔡善法看着龙思文：这辆车装了GPS，为我们还原车辆轨迹提供了很好的依据。通过调取更早之前的视频画面，我们发现正是这个梁一泰在垃圾发电厂外从肃平安的手中接过了车辆。所以我们有理由相信肃平安是这起报复案的教唆犯，实际实施犯罪的则是梁一泰。

张跃进提出了疑问：他为什么要替肃平安报复杀人？值得吗？

值得！蔡善法肯定道，通过前期调查，我们得知这个红头发借了肃平安的高利贷，后来利滚利到了100多万，压得他根本还不起，才成了被肃平安牵线的马仔。

这个梁一泰和段一飞打过交道，为什么还会撞错人？

因为案发时袁锵锵戴了交警的口罩，穿的是段一飞的制服，再加上梁一泰吸食了"邮票"毒品，所以才会撞错人。

所以他也在你的那份名单上？

是的，不过他只是毒品网络上的一个小马仔，真正的大佬隐藏在更深的幕后，蔡善法顿了顿，你们都见过这个人。他扫视一圈，期待有人能够说出那个并不陌生的名字。

龙思文举起手：董大兵？

对，就是他。不过我很感兴趣，你是怎么猜到他的？

我是凭直觉。这个人经常出现在肃平安身边，看似无所作为，非常低调，我就猜他会干一些大事情。

蔡善法点头：几年前，董大兵顶替肃平安蹲了监狱，服刑期间，他认识了一个外号芋头的制毒人员，两人约定出狱后一起制贩毒品，窝点就设在上半城，而启动资金则来自肃平安那里。

龙思文想起第一次见到董大兵时，肃平安当着众人的面给了他

10万元的答谢费。

蔡善法接着说：可惜的是，截至目前，我们还不知道窝点的具体位置。我们本想通过传唤名单上那些有吸毒前科的人员，发现有关窝点的线索，可由于肃平安的贸然报复，我们只能提前行动。

崔副局长插话问：人都盯着吗？

蔡善法答道：除了那名制毒师下落不明，肃平安、董大兵还有那个红头发都盯着呢，只等下达抓捕指令。

崔副局长指着陈晨说：轮到你介绍一下肃不良的情况了。

陈晨说：现在能够确定的，是肃不良的一系列商业欺诈行为。正是他在幕后操盘，才延缓了龙氏集团的贷款，一步步诱使龙力陷入旋涡当中。至于涉黑和涉毒犯罪，得等到其他人员到案后才能进一步核查。不过这个肃不良鬼得很，上周还找到分局政工部门，提出要设立一个见义勇为基金。

崔副局长看向段一飞：你不是怀疑我和肃家父子、董大兵那些人走得太近，很可能已经贪污腐化了吗？我要告诉你的是，我不仅对肃不良的提议表达了感谢，还专门在周一的局务会上对这项见义勇为基金进行了集体研究。另外，董大兵曾经也是我的一名线人，这次出狱后，他主动向我贴靠，目的就是想探听公安机关是否有意对他们进行打击。

段一飞有些羞愧地低下头，他明白崔副局长真正想要表达的意思——在对犯罪分子采取行动前，一定要麻痹对方。

崔副局长站起身，声如洪钟：扫黑除恶专项行动是党中央、国务院部署的一项大政方针，也是公安机关的一项重点工作，直接关系到民心向背。像肃平安集团这种长期盘踞上半城，把地方治安搞得乌烟瘴气的犯罪团伙，必须要连根拔起，除恶务尽。另外，上半城的涉毒问题也非常严重，希望大家能够借此机会，打掉这个制贩毒网络，为上半城即将实施的旧城改造项目奠定一个良好的环境。

随后，崔副局长便宣布了统一抓捕的方案，明确了时间、分工和后续审讯等方面的工作。上半城的辅警们也因为即将参与到一起重大案件中，个个心潮澎湃。

根据计划，汪海洋将带领网安和经侦部门的同志，负责抓捕肃不良本人，并在现场搜查相关的犯罪书证、物证和电子证据；蔡善法带领禁毒部门的同志负责抓捕董大兵，一旦首犯落网，即刻落实制毒工厂和制毒师的下落；鉴于龙思文对肃平安的据点——魔力红夜总会地形熟悉，他便成了陈晨及派出所其他民警的领路人；段一飞则与张跃进一道，驾车与正在跟踪盯梢蓝色尚酷的警员汇合，伺机对车内的梁一泰展开抓捕。此外，针对涉黑组织和贩毒网络的骨干成员和从犯，其他抓捕组也分别领取了任务，确保每一名犯罪嫌疑人都至少有四名警力对其实施抓捕。

集中收网的时间定在下午三点，大家还有时间吃一顿午饭，填饱空空的肚子。

在分局食堂，张跃进自掏腰包，打了三份饭，招呼段一飞和龙思文两人过来。看到两人有些不情不愿，张跃进拉着脸说：我可不想下午抓捕时，你们饿得跑不动、打不过，到头来把犯罪分子给放跑咯。

话都说到这个份上了，他俩只好端着盘子，坐在张所长指定的方桌前，头抵着头，闷声不响地扒起了饭。

看到两个年轻人没精打采的模样，张跃进举起的筷子又放下了：对不起，我辜负了你们。

龙思文和段一飞抬起头，眼神中有些惊愕。

一直以来，上半城警务站都是铁打的营盘流水的兵，说实话，我已经数不过来你们是我带过的第几拨了，而我自己有时都会感到灰心与麻木，就像这破败的上半城一样。因此，当你们来报到时，我没想过该怎么欢迎你们，而是在想你们将如何借着警务站这个跳板，找到更加舒适、待遇更高的工作。我以为你们也会像我一样，对很多事情渐渐麻木、慢慢懈怠，可是你们没有辜负自己，不管是你们俩，还是林心蕊，或者袁锵锵……

一声哽咽后，张所长的话戛然而止，他埋下了头，大口吞着饭，大滴的眼泪落在了碗里的米粒上。

龙思文和段一飞看着张所长的光头，怔了怔，又互相看向对方。他们想起了一年来彼此间的磕磕碰碰、嬉笑怒骂，也正是这非同一般的缘分，将他们绑在一起，经历了这么多的坎坷波折。

龙思文对段一飞说：注意安全，预祝成功。

段一飞说了声"你也是"，随即伸出了手。

两人握住的手，又攥成了拳，像是在宣布年轻而势不可当的力量。

04

随着总指挥崔副局长一声令下，各路抓捕组同时出发，奔赴清湾不同的战场。

汪海洋带队率先来到肃不良的公司大楼，随即兵分两路，经侦和网安的同志去往财务和信息部门，立即对账目和电子证据进行查封；汪海洋则直接闯入了董事长办公室，见到了满脸堆笑的肃不良。肃不良寒暄道：汪所长，什么风把你吹来了？哦，对了，你是来谈设立见义勇为基金的事情吧？我来通知一下财务，让他们把资金方案拿给你看一下。

看到得意扬扬的肃不良，汪所长伸出手，比了一个"请"的动作。

肃不良的手刚伸向座机话筒，电话便响了。原来是财务部门的负责人主动打了过来，他的声音充满焦虑不安：肃总，来了许多警察，说要查扣公司的账目。

肃不良脸上的肌肉僵硬了，他抬头看向汪海洋，只见对方将一纸"传唤通知书"放在桌面，上面写的正是自己的名字。

肃不良被传唤的同时，陈晨带领的抓捕组也到达了魔力红夜总会。根据情报反映，一场 cosplay 网红选拔赛正在夜总会内进行，肃平安既是赞助方也是评委，因此肯定在场。唯一的麻烦在于，这家夜总会只有一扇窄门，且始终有一名身材魁梧的保镖看守，只有会员才可以进入。

正犯愁间，龙思文称自己就是夜总会的会员，还在吧台存了好几瓶洋酒。

怎么把你这个公子哥忘了呢？陈晨打趣完，关照道，你先进门，只要门打开，我们就往里面冲。

不远处，龙思文先和看门的保镖攀谈了两句，随即掏出一张百元大钞，塞进了他的上衣口袋。保镖客气地打开门，龙思文却不急于进入，而是把左脚搭在门框上，假装系起了鞋带。也正是此时，陈晨通过对讲机向埋伏在夜总会外拐角处的两组警员下达了行动指令。

色彩斑斓的 cosplay 人群里突然闯入了许多藏青蓝，主持人还以为是有人装扮成了警察，正想戏谑几句，却看见为首的那名女警亮出了警官证。主持人扶着镜框，赞叹道：这个证做得可真够像的啊。

陈晨没工夫和他废话，命令打开全部照明设备。明晃晃的灯光下，几名男青年迅速消失在阴影中。陈晨立即跳下舞台，带着龙思文等人追了过去，最后停在了一扇关闭的暗门前。龙思文晃了晃大拇指，自嘲道：高级会员。随后在门锁上按下了自己的指纹，门便自动打开。陈晨又一马当先，走下逼仄的楼梯，一间地下室就在前方。她走下最后一级楼梯的瞬间，身后的龙思文发现一个举着砍刀的人影倒映在墙上。龙思文立刻拉住教导员，刀砍了个空。陈晨随即一个横踢，持刀的男子便软绵绵地倒在了地上。再扫视屋内，简直就是一个毒窝，男男女女或坐或卧，眼神迷离，身边摆着吸食毒品的器具。他们大多是这个黑社会团伙的成员，可唯独首犯肃平安没了影子。龙思文看到有人瞟向地下室那扇打开的半潜式窗户，窗边还放着一把椅子。龙思文立即明白过来，他跳上椅子，从窗户翻到了街道上，看见了边跑边打电话的肃平安。

肃平安此时正在给红头发梁一泰打电话。手机在副驾驶的座位上响了几下，梁一泰瞥了一眼，却没有理会，此刻的他已是慌不择路、自顾不暇。自从在路口把那名辅警撞飞，看着他如一片狂风中的落叶，从引擎盖滚到前挡风玻璃上，又重重摔进绿化带，梁一泰脑袋里毒品的威力便开始消减，与此同时一点一滴地被恐惧摄住。尤其是玻璃裂缝中那几丝雨刷无法清除的血迹，时刻在提醒着他：你已经变成了一个杀人犯。

梁一泰不敢停车，在他眼中，那些路边的车辆、那些无所事事的路人，都成了要把他置于死地的公安。他只得紧紧握着方向盘，像没头苍蝇一样，在上半城迷宫般的道路上到处乱窜，完全没有在意一点点滑向红线的油表指针。

袁锵锵被撞后，交警事故组的同志只用了半个小时，便在视频里锁定了嫌疑车辆，开始了实时跟踪。由于该车行驶速度极快，在狭窄的街道上贸然拦截，极有可能引起更为严重的交通事故。随后，分局专案组接管了案件，继续对这辆蓝色尚酷保持视频和实地追踪。

穿过一个拥挤的街区，张跃进和段一飞已经看到了蓝色尚酷的车尾。地图显示前方就是高速路口，一个加油站就在入口外200米处。此处路段很宽，人员较少，张跃进暗暗计算，从撞飞袁锵锵到现在，梁一泰除了短暂下车解决生理需求外，已将近20个小时没有停车加油，现在油量不足，高速路外的加油站一定是最佳的抓捕地点。

有了这个判断，张跃进呼叫后方车辆，要他们埋伏在加油站的出口，自己则驾驶车辆跟在尚酷后方，慢慢驶入了加油站。果然，尚酷停在了一台加油机前。车窗玻璃打开，穿着蓝色工作服的姑娘探过身子，说了些什么后，便开始提枪加油。

段一飞看了一眼张跃进，低声问道：现在行动？

张跃进摇头：太危险，等他驶出加油站。两分钟后，车辆加满油，开始慢慢驶向出口。张跃进也缓缓启动车子，来到加油机前，对探过头的姑娘低声说：我们是警察，前面是嫌疑人，现在赶紧躲进屋里。

姑娘一愣，张跃进举起对讲机命令：行动！

05

就在蓝色尚酷即将驶出加油站的瞬间，埋伏在路边的车子突然启动，横在了尚酷车头。尚酷正要倒车，张跃进又一脚油门，堵住了梁一泰的退路。

看到前后围堵的警察，梁一泰翻滚下车，向加油站内的超市奔去。众人堵截不得，倒吸一口凉气，看到梁一泰持刀抵住了刚刚给车加油的那个女孩，另外两名工作人员则尖叫着，躲进货架角落，畏缩着不敢出来。

张跃进立即呼叫坐镇指挥的崔副局长,后者随即亲自带领一组特警狙击手来到加油站。段一飞一瞅,背着狙击枪的警察正是和自己一同参加狙击考试的女考生。

梁一泰此时躲进了超市货柜之间,无法看清他在做些什么,只有一声声哀求和恐吓从屋内传出,煎熬着在场每名警察的心。

考虑到梁一泰不仅曾行凶撞人,还吸食了毒品,极有可能再做出极端行为,专案组认定狙击手一击毙命是最好的办法。可梁一泰正在视线盲区,必须想办法把他引诱出来。

那名女狙击手自告奋勇道:我是一个女孩,可以装扮成店长,进屋观察里面的情况,时机合适,我会一枪毙命。

崔副局长知道这名女战士在武警部队时就参与过许多次冲突和人质解救行动,经验和能力都过硬,唯一让他犹豫的,是一旦女战士进入屋内,狙击手的位置就会空缺出来。女战士指了指段一飞:他的枪法也很准,我们在靶场比试过。

崔副局长瞅着这个曾经让自己吃过瘪的辅警,没有立即表态。

女战士又说:我争取一枪毙命,他就算是一道保险吧。

崔副局长问段一飞:你能打得准吗?

段一飞点了点头,身边的张跃进也说:放心,他心理素质过硬。

崔副局长发发狠:要是打不准,第一个革你张光头的职。

听到现场总指挥这么说,女战士把狙击枪递给段一飞,自己则钻进车内,脱去警服,换上了加油站员工的制服,一步步走近小超市。与此同时,段一飞匍匐在绿化带后,黑色枪管从枝蔓里探出,而他的前方,则是背手站立、提供掩护的张跃进。

狙击镜里,女战士把脑袋探进超市,沟通了几句,便走了进去,停在最外侧的那个货架边,一只手搭在货架的栏杆上,另一只手则挥舞着，像是在劝劫匪要冷静，但随着她挥舞手势越发频繁，谈判的情况也变得越来越糟。她几次想摸腰间的枪，半途都主动放弃，看起来当面毙敌的机会不大。

就在此时，她摸了摸脑袋——根据事前约定，这意味着接下来将由段一飞出击。张跃进不动声色地说：要沉住气啊！

段一飞没有回答。

突然，挡住嫌疑人的货柜被女战士一把拉倒，劫匪和人质瞬间暴露在段一飞的狙击视线内。就在梁一泰手中的刀刃即将扎进人质的脖颈时，段一飞扣动了扳机，劫匪的身子一震，随即瘫软在墙根。女战士飞起一脚，踢走了他手中的匕首。张跃进转过头，看到段一飞提起了枪，神色坚定，仿佛一名久经沙场的战士。

肃平安通过警车车载对讲机，听到了崔副局长通报击毙梁一泰的消息，坐在身边的龙思文瞟了他一眼，仿佛在说：这都是你干的好事。

两个小时前，这对曾经的好兄弟也上演了一场你死我活的追逐戏。肃平安从地下室的窗户翻出后，开始向街口狂奔，但他的身体早已被毒品掏空，没跑上几步，就被身后的龙思文追上，一脚踹翻在地。肃平安护住了面部，却看到龙思文高举的拳头迟迟没有落下。龙思文当然想狠狠地揍肃平安一顿，但此时他不是一位复仇者，而是一名公安局的辅警。他克制住内心的怒火，招呼身后的同伴一起给肃平安戴上了手铐。

挨到晚上，所有抓捕组都已有了战果，唯独蔡善法和禁毒大队的同事还没有对董大兵动手。毫无疑问，董大兵已经知道了公安机关统一行动的消息，但他的内心还存在一丝侥幸，认为此次行动的目标是肃平安等人的黑社会团伙，或许不会牵连到自己的制贩毒生

243

意。即便如此，他还是在上半城兜圈子，计划确定后面没有人盯梢，再联系买家进行交货。

临近午夜，一条来自省厅禁毒总队的协查通报传到了清湾分局专案指挥部，显示一名公安部通缉的 A 级涉毒逃犯正乘坐大巴来到清湾。蔡善法收到情报后，敏锐地意识到这名毒贩可能就是冲着董大兵来的。嫌疑人都已浮出水面，那处制毒工厂到底在哪里？蔡善法愁得嗓子都哑了。

林心蕊刚从清湾人民医院返回上半城，打算取一些看护物品，再返回医院陪护在袁锵锵身边。蔡善法的电话此时打了过来，他开门见山地问了一个问题：如果她是制毒师，会把制毒工厂安排在哪里？

林心蕊想了想：我会放在水产市场。

为什么？

因为水产市场里不仅有各种海货鲜货，味道大，而且人来人往、通宵工作，很容易隐藏。

林心蕊的回答令蔡善法醍醐灌顶，他追问道：你愿不愿意参与到追捕毒枭的行动中？

林心蕊犹豫片刻：我还要去医院，袁锵锵他……

开车撞袁锵锵的人就是服用了"邮票"毒品，你这样做也是为锵锵报仇。

好的，林心蕊答应下来，我把小飞龙带着，它的鼻子灵敏，或许能帮上忙。

10 分钟后，车子接上林心蕊和小飞龙，赶到了水产市场。虽然是凌晨，水产市场里却是灯火通明，一派繁忙景象。蔡善法把一小包"邮票"毒品递给小飞龙嗅了嗅，然后由林心蕊牵着它逡巡于市场的各个区域，其他警员则守候在车内，只等林心蕊的消息。

小飞龙果然不负众望，不到一刻钟，就在一个集装箱前站住了，翘起后爪，撒了一泡尿。林心蕊扔给小飞龙一枚小鱼干，然后牵着它离开。

禁毒民警盯紧了这个集装箱。两小时后，跟踪董大兵的民警发现他拨打了一个电话，两名男子开始从不同方向朝那个集装箱靠近。经过辨认，他们分别是公安部通缉的 A 级逃犯以及制毒师芋头。

在芋头打开集装箱的那一瞬间，埋伏许久的禁毒民警突然冲了出来，将两人控制住。再一看集装箱内部，简直堪比高级制毒实验室。董大兵意识到情况不妙，正要逃跑，也被一直盯梢的民警一举抓获。

尾声

01

早晨 8 点,晨曦透过窗户,照在病床上的袁锵锵脸上。他的眼睛略略睁开,看着围在床边的父母和上半城警务站的兄弟姐妹。袁锵锵的母亲握着儿子的手,眼含热泪:撞你的坏蛋已经被他们抓到了……

张跃进接着说:他不会再危害社会了。

袁锵锵的眼皮微微发颤,然后便慢慢合上。不管他看到了什么,或是听到了什么,这都是他最后一次接收到来自这个世界的信息。

10 分钟后,医生撤除了设备,宣布了死亡的消息。

很意外,虽然泪水在眼眶里打转,却没有人哭出声。或许悲恸已变成了一种力量,或许悲恸也是另一种生活的开始。

辅警转事业编的遴选考试就在两周后。汪海洋专门向所里的民警强调,在这一周内尽可能不要给辅警分派任务,让他们安心备考。很快,分局政治处也发布了辅警加分公示表。上半城警务站的辅警因为连续参与侦破大案要案,分数排在前列,大家毫无异议。段一飞原本以为龙思文又会像之前那样，将自己的额外加分全部算在林心蕊的头上，没想到这次他却主动认领了自己的功劳。段一飞明白过来，这是一场公平的比赛，对于林心蕊的偏爱就是对别人的不公，即便龙思文对考试并不在乎，经历过这一切的他已不会再任性妄为。况且，就算龙思文想给，林心蕊还不一定想要呢。

临考前的那个周末，林心蕊约龙思文到清湾沙滩散步。海风轻拂，吹皱了海面，倒映了城市的灯火，像是一场摇曳斑斓的梦。一贯高冷的龙思文瞅着细沙一次次漫过鞋帮，预感到林心蕊会对他说些什么，或许是好消息，又或许是判决书，但要命的是，林心蕊始终一句话也不说。龙思文甚至想，不如索性蛮横点，一把攥住林心蕊的手了事。

最终，理智战胜了情感，龙思文克制住内心的波澜，轻声问：上次你和你父亲在沙滩上漫步时，都说了些什么？

林心蕊吁了一口气，像是卸下了沉重的包袱：说了很多。

说了哪些呢？

林心蕊想了想：他说父母对子女表达爱的方式有很多种。对，他说爱有很多种形式。

当这句话慢慢流进了龙思文的心底后，他不慌了，手也不抖了，仿佛看到了一条道路，一条充满着无限可能的爱的道路。令人欣慰的是，他已经站在了这条道路的起点。

林心蕊发现龙思文的眼睛熠熠生辉，她真诚地说：祝你考试好运。

龙思文站直身子，也祝福对方：你也是，好运加实力。

离开沙滩后，林心蕊搭车回到出租屋时，发现屋里的灯是开着的。她想不出是谁进了屋子，心里先是一紧，悄然进屋。小飞龙反应过来，从里间奔了出来，不住地摇着尾巴，然后回头看着屋里的客人。林心蕊再抬头，看到母亲正倚着门框站立。

林心蕊一愣，心下犹疑，只喊了声妈，不敢上前。

母亲返回屋，从里面扶着疯刘子出来，有些愧疚地说：是这位老人家找到了我，他不能说话，只能一路比画着问路，给了我这么一封他写的信。

母亲把信递给林心蕊。林心蕊展开一看，原来是疯刘子用歪歪扭扭的字写下了林心蕊的种种义举，以及对她由衷的感谢。

林心蕊鼻子一酸，像一个小女孩似的啜泣起来。母亲则心疼地喊了声女儿，上前把她抱在怀里，安慰道：都是妈不好……

在公司前台，龙思文听说龙氏集团最困难的一段时间已经过去。吴晓娟正在召集公司董事开会，他们回购了建龙大厦的一个楼层，准备将之开发成一个市民服务中心。他们讨论的，是如何能在保证公司效益的基础上，最大限度发挥其社会效益。

龙思文坐在会议室外的长椅上，董秘从会场出来，邀请他进去旁听，还说这是董事长的意思。龙思文笑笑：我可不是公司董事，坐这儿挺好。董秘没有再坚持，转身返回了会场。龙思文则打开手机相册，一张张翻看警务站和上半城的照片。

过了许久，会议结束，人们纷纷走出会议室。龙思文起身挨个问好后，看到母亲正在屋里等他。吴晓娟说：这个会议和你有关，你应该进来听听。

龙思文耸耸肩：我就是一名辅警，可没有资格听。

吴晓娟呵呵一笑：看来你是准备继续当辅警了？

龙思文点点头。

这样也好，你爸和我一起创业时，起点比你还低，但正因为这样，我们才有一览众山小的视野。

龙思文不明白母亲为什么会提到父亲，他准备洗耳恭听。

吴晓娟收拾好手边的文件：除了业务工作，我还和董事们通了气，准备将我手里的股权全部转到你的名下。你先别急着反对，我有更多的事情要向你宣布。肃不良和肃平安父子倒台后，扣下的集资款已经回到了你父亲的账上，我安排了专业的会计师事务所，抓紧时间将钱款返还给投资人，至于超出的利息部分，你也通过变卖豪车抵偿了。你父亲已经和检察院达成认罪协议，公诉人会以两年缓刑向法院提请公诉。

看到儿子的表情越来越激动，吴晓娟的脸上也浮现出了笑意：之所以把股权转让给你，也是想着等事情结束后，你可以把这些股权还给你父亲，由他重掌龙氏集团，而我将主动离职。我得好好歇歇，这段时间太累了，皮肤和身材都欠呵护。

龙思文高兴地说：太棒了，我现在就给你买燕窝，帮你好好调理调理。

吴晓娟嗔怒道：现在才来巴结你娘，先前不一直骂我不仁义吗？

龙思文低下头：我知道你是为了公司大局，你真的不容易。

吴晓娟正色道：也别给我买什么燕窝了，你当辅警工资也不高，虽然我不劝你重新找份工作，但也不准备给你发零花钱了。你已经向我证明可以自己养活自己了。

放心，我会好好努力的。

吴晓娟打趣道：努力给我带一个准媳妇回来吧。

龙思文红着脸挠挠头：说过了，我会努力的。不过你和我爸未来怎么办，能复婚吗？

吴晓娟伸了个懒腰：那就要看你父亲够不够努力了。

02

辅警考试定在 3 月 13 日举行，前一天正好是植树节。张跃进和园林部门提前联系，买来一株香樟树，带到袁锵锵所在的烈士陵园一起种下，随后大家来到袁锵锵的墓前，各自祈福、彼此祝愿后，便于次日参加了由人社部门代为组织的遴选考试。

考试在清湾警校举行，分为笔试、现场操作和体能三个科目。尽管有些紧张，段一飞、龙思文和林心蕊也都在前两项考试中发挥出了正常水平。体能测试开始时，夕阳已经西斜。和先前集训的结业考试一样，每个人都要完成一段 5 公里的长跑。男子先跑，段一飞一马当先，第一个冲过终点。段一飞没有喘息，立即沿着内道跑回到龙思文身边，大吼着，引领他加速再加速，最终他以超出个人最快纪录 7 秒的成绩冲过终点。女子组比赛开始时，段一飞和龙思文又跑到林心蕊身边，一路陪着她以小组第一名的成绩冲过终点……

像是心有灵犀，他们都没有追问考官前两项的成绩，而是一起径直离开了警校。张跃进正等待在车里，杜玉好已经提前打来电话，要他们到自己新开的羊肉汤馆尝尝鲜。

在小包间内落座时却起了一番争执。按常理，张所长和杜玉好都是上座，但他们执意让林心蕊、段一飞和龙思文坐在上首。杜玉好打趣道：今儿个就是庆祝你们考成归来，当然要居 C 位。见大家还是有些忸怩，张跃进虎着脸道：总不能给你们立个名牌、摆几朵大红花，你们才愿意坐吧？话都说到这个份上了，三个年轻人只好吐吐舌头，坐了下来。

随即，羊杂、羊蹄、桂花藕和素菜拼盘摆在圆桌四角，一大锅香喷喷的羊肉汤也端上了桌。众人盯着菜时，林心蕊却瞟向那个走路一瘸一拐的小服务员。杜玉好看穿了林心蕊的心思，他笑着问：

你还记得"小狮子"吗？

呀，他怎么到你这里了？

杜玉好低声对林心蕊耳语：我看他可怜，知道他没有其他生计，便和老婆一合计，把他收留下来，又托张光头联系了附近的小学借读。白天他去上学，晚上有空来帮厨，然后跟我回家，就住在壮壮空出的那间屋。

张跃进把一粒花生米扔进嘴里，插话道：壮壮身体还好吧？

杜玉好点头：挺好的，虽然捐了一个肾给他娘，但身体各项指标也都正常。戒毒所把他安排在了图书室，前两天我去看了他一次，感觉戒毒后他脸色都红润了。

那嫂子怎么样？段一飞关切地问。

观察期已经过去了，没有什么排异反应，现在人也在康复。另外，我也有个好消息要宣布，杜玉好举起了酒杯，之前醉酒那次，我在医院检查时发现胃部有个息肉，一直没心思处理，前几天终于一鼓作气把它给割了。

割得好！龙思文带头鼓起了掌。

杜玉好又说：感谢你们的爱心，给了我和我老婆重生的希望。说完，便仰起脖子，将酒一饮而尽。大家也纷纷干掉了杯中的酒。

杜玉好给每人盛了一碗汤，然后转向龙思文：听说你父亲也出狱了？

龙思文点点头：法院已经做出了缓刑判决，现在他已经回龙氏集团了。

张跃进笑着说：记得你刚来时，大家都喊你公子哥，以为你就是来玩票的，没想到你能在上半城待这么久，还取得了这么多的成绩，以后还会接着做辅警吗？

说到自己的过去，龙思文的脸红了，带着一丝羞愧说：当然了，我肯定会接着干下去。

段一飞拍着桌子说：他要走了，没人和我拌嘴了，那我不得憋死啊？

一阵哄笑后，张跃进突发冷箭：你也不小了，爸妈没向你催婚啊？

段一飞眨眨眼，没有说话。

林心蕊道：他心里始终装着那个女孩，一直在等她从西部归来。

不用说，大家都知道那个女孩的名字。段一飞想起在暴雨中和文扬分别时，对方和他说起的那位奥运射击手，便自言自语道：就像马修·埃蒙斯一样，不计一城一池的得失，失败了大不了再爬起来。

他问林心蕊：你有什么打算？

林心蕊想了想说：我准备请一周的公休，回到家，陪陪我爸和我妈。

张跃进举起酒杯：除了一周公休，我再给你争取一周的探亲假！

大家欢笑着，杯子放下后，杜玉好用胳膊肘捅了捅张跃进：该你了，有什么计划？

张所长挠了挠光头，反问道：癞皮树一棵，我能有什么计划？

不对啊，上半城马上就要启动旧城改造，到时候整个区域的社区警务工作也会发生重大变化，你难道没什么想法？

张跃进呵呵一笑：常言道，树挪死，人挪活，我说了，我已经是一棵成精的老树了，就让我继续扎根在这片土地上吧。

因为嘴里塞着羊蹄，张光头的话说得含混，却深深触动着三名年轻辅警的心。他们无法预知自己到了张跃进的年龄时，将会从事什么样的工作，唯愿在那时，依然能够保持那份扎根大地的初心。

袁锵锵被追授公安二级英模的当天，正好是辅警转事业编遴选考试公布入选名单的日子。参加完追授会，张跃进去了天水街派出所，说是办点儿事，另外三名辅警则回到警务站，一遍遍刷新人社局的网页，时刻关注发榜的新闻信息。

　　不一会儿，张跃进推门进来，他让过身，一个清秀的男生向大家挥了挥手。张跃进介绍道：新补录的辅警，名叫房枪枪，分到咱们警务站工作。

　　张跃进的眼中闪烁着狡黠的光芒，这个辅警的名字不由得让大家浮想联翩，而房枪枪也不见外，他从包里掏出一大块沙琪玛，边掰开分给大家，边说道：我没啥其他爱好，就喜欢琢磨怎么吃好的。有机会一定请你们尝尝我的拿手菜啊。

　　听到房枪枪这么说，大家先是鼻子一酸，然后心中一暖。林心蕊第一个走上前来，轻轻抱了抱这个新来的小伙子。随即，所有人都围了上来，抱在一起，就像一个永远不会分开的大家庭。